Sirena

OBRAS DAS AUTORAS PUBLICADAS PELA RECORD

Série Beautiful Creatures

Dezesseis Luas
Dezessete Luas
Dezoito Luas
Dezenove Luas

Sonho Perigoso

Série Dangerous Creatures

Sirena

Série A legião (Kami Garcia)

Inquebrável

Série Ícones (Margaret Stohl)

Ícones

Tradução
Rita Sussekind

1ª edição

— Galera —
RIO DE JANEIRO
2014

CIP-BRASIL. CATALOGAÇÃO NA PUBLICAÇÃO
SINDICATO NACIONAL DOS EDITORES DE LIVROS, RJ

Garcia, Kami
G199s   Sirena / Kami Garcia, Margaret Stohl; tradução Rita Sussekind. – 1. ed. – Rio de Janeiro: Galera, 2014.
(Dangerous Creatures ; 1)

Tradução de: Dangerous creatures
ISBN 978-85-01-05282-7

1. Ficção americana. I. Stohl, Margaret. II. Sussekind, Rita. III. Título. IV. Série.

14-14903   CDD: 813
                                                                       CDU: 821.111(73)-3

TÍTULO ORIGINAL EM INGLÊS:
Dangerous Creatures

Copyright © 2014 by Kami Garcia, LLC, and Margaret Stohl, Inc.

Todos os direitos reservados.
Proibida a reprodução, no todo ou
em parte, através de quaisquer meios.
Os direitos morais do autor foram assegurados.

Composição de miolo: Abreu's System
Design de capa: Igor Campos

Texto revisado pelo novo Acordo Ortográfico da Língua Portuguesa.

Direitos exclusivos de publicação em língua portuguesa somente para o Brasil
adquiridos pela
EDITORA RECORD LTDA.
Rua Argentina 171 – Rio de Janeiro, RJ – 20921-380 – Tel.: 2585-2000,
que se reserva a propriedade literária desta tradução.

Impresso no Brasil

ISBN 978-85-01-05282-7

Seja um leitor preferencial Record.
Cadastre-se e receba informações sobre nossos lançamentos e nossas promoções.

Atendimento e venda direta ao leitor:
mdireto@record.com.br ou (21) 2585-2002.

*Para Link e Ridley,
pois sabíamos que havia
mais a contar —
e para nossos leitores,
porque pediram para ler esta história.*

Odi et amo. Quare id faciam, fortasse requiris?
Nescio, sed fieri sentio et excrucior.

Odeio e amo. E me perguntas por que ajo assim?
Não sei, mas sinto e sou atormentado.

— Catulo

❧ ANTES ❧

Ridley

Existem apenas dois tipos de Mortais neste fim de mundo que é Gatlin, na Carolina do Sul — os burros e os empacados. Pelo menos, é isso que dizem.

Como se houvesse algum outro tipo de Mortal em outro lugar.

Sei.

Por sorte, só existe um tipo de Sirena, não importa aonde você vá neste ou no Outro Mundo.

Empacada, não.

Esnobe? Talvez.

Burra?

É tudo uma questão de perspectiva. A minha é: já fui chamada de muita coisa, mas o que realmente sou é uma sobrevivente — e, embora existam Sirenas burras, não há nenhuma sobrevivente burra.

Basta dar uma olhada em minha ficha. Vivi mais que alguns dos maiores Conjuradores das Trevas e outras criaturas. Suportei *meses* inteiros na Stonewall Jackson High. Além disso, sobrevivi a milhares de terríveis canções de amor de Wesley Lincoln, um menino Mortal sem a menor noção de nada que se tornou um quarto Incubus, mas igualmente sem noção. E que, por sinal, não é o mais talentoso dos músicos.

Por um tempo, sobrevivi à vontade de escrever para ele minha canção de amor.

Isso foi mais difícil.

O papel de Sirena é para ser uma via de mão única. Pergunte a Ulisses e ao equivalente a dois mil anos de marinheiros mortos se não acreditar em mim.

Não escolhemos que fosse assim. Foi o destino que recebemos, e não vão me ouvir reclamando. Não sou minha prima Lena.

Vamos esclarecer uma coisa: eu *tenho* de ser a vilã. Sempre vou decepcionar. Seus pais vão me detestar. Você não deve torcer por mim. Não sou um bom exemplo.

Não sei por que todo mundo parece se esquecer disso. Eu nunca esqueço

Não importa o que diga, Lena nasceu para ser Luz. Eu nasci para ser Trevas. Respeitem as equipes, pessoal. Pelo menos, aprendam as regras.

Meus pais me deserdaram depois que as Trevas me Invocaram na minha Décima Sexta Lua. Desde então, nada me incomoda... nada, nem ninguém.

Sempre soube que minha estadia no sanatório que o tio Macon chama de Fazenda Ravenwood seria uma parada temporária no caminho para *maior* e *melhor*, minhas duas palavras preferidas. Pra ser sincera, é mentira.

Minhas duas palavras preferidas são as que compõem meu nome, *Ridley Duchannes*.

Por que não seriam?

Claro, Lena recebe todo o crédito por ser a Conjuradora mais poderosa de todos os tempos.

Problema dela. Isso não *me* faz menos excelente. Como não faz o namorado Mortal bom-demais-pra-ser-verdade, Ethan, o Teimoso Wate, que derrota as Trevas em nome do verdadeiro amor todos os dias da semana.

E daí?

Eu nunca seria perfeita. A essa altura já deveria estar claro.

Fiz minha parte, joguei minha mão e até lancei minhas cartas quando precisei. Apostei o que não tinha, e blefei até conseguir. Uma vez Link falou: *Ridley Duchannes está sempre jogando*. Nunca disse isso a ele, mas ele tinha razão.

O que há de tão ruim nisso? Eu sempre soube que preferia jogar a assistir das laterais.

Exceto uma vez.

Houve um jogo que lamentei. Pelo menos, um que lamentei ter perdido. E um Conjurador das Trevas para quem lamentei perder.

Lennox Gates.

Duas marcações. Tudo que eu devia a ele, e era o bastante para mudar tudo. Mas estou me adiantando.

Tudo começou muito antes disso. Havia dívidas de sangue a serem pagas — apesar de o pagamento não ser função da minha prima e do namorado dessa vez.

Ethan e Lena? Liv e John? Macon e Marian? Não tinha mais a ver com eles.

A questão agora envolvia a mim e a Link.

Eu deveria ter sabido que não escaparíamos tão facilmente. Nenhum Conjurador cai sem luta, mesmo quando você acha que a luta já acabou. Nenhum Conjurador permite que você vá em direção ao pôr do sol em algum unicórnio branco ridículo ou na lata velha que seu namorado chama de carro.

Qual é o final feliz de conto de fadas de Conjuradores?

Não sei; Conjuradores não têm contos de fadas — principalmente Conjuradores das Trevas. Esqueça o pôr do sol — o castelo todo é incendiado e consome o Príncipe Encantado. Depois os sete anões se transformam em ninjas e chutam sua bunda para fora do reino.

É assim que acontece num conto de fadas de um Conjurador das Trevas.

O que posso dizer? A lei do retorno é implacável.

Mas a questão é:

Eu também sou.

⊰ CAPÍTULO 1 ⊱

Home Sweet Home*

Era a última noite de verão, a última noite de liberdade, a última noite congelados no tempo em Gatlin, Carolina do Sul — e, tecnicamente falando, Ridley Duchannes e Wesley Lincoln estavam no meio de uma briga.

Quando não estamos?, Ridley pensou. Mas essa não era uma briga qualquer. Era a avassaladora e arrastada mãe de todas as disputas sobrenaturais — *Predadora Sirena versus Alien Incubus Híbrido*. Foi assim que Link batizou o conflito, pelas costas dela. O que era o mesmo que falar na cara, pelo menos, em Gatlin.

Começou logo após a formatura, e três meses depois continuava firme. Não que você fosse perceber olhando para eles.

Se Link e Ridley admitissem abertamente que continuavam brigando, isso significaria admitir abertamente que ainda se importavam. Se admitissem abertamente que ainda se importavam, isso significaria admitir abertamente coisas como sentimentos. Sentimentos implicavam todo tipo de complicações melosas, desorganizadas e confusas.

Sentimentos foram a razão pela qual a briga começou.

Nojento.

Ridley preferia que Link a golpeasse no coração com a tesoura de jardineiro a admitir qualquer uma dessas coisas. Preferia cair de cara como Abraham Ravenwood, no seu Jardim da Paz Perpétua, dando o último

---

* Lar, doce lar.

suspiro sozinho e sem amor — uma queda dura para o Incubus de Sangue mais poderoso do mundo dos Conjuradores.

Ao menos Ridley entendia Abraham Ravenwood. Ela era expert em solidão e falta de amor.

Idolatrada e obedecida? Ótimo. Temida e odiada? Aceitaria.

Mas amada e acompanhada? Isso era mais difícil.

Esse era o território de Lena.

Então Ridley não admitiria que ela e Link estavam no meio de uma briga. Nem aquela noite, nem noite alguma. Não dava para derrubar um dominó de relacionamento sem atingir todos os outros. E, se não podiam discutir se estavam brigando, ela não queria nem *pensar* no que mais poderia ser derrubado. Não valia o risco.

Razão pela qual Ridley não mencionou nada do que estava pensando enquanto marchava pelo pântano mais pegajoso de Gatlin em direção ao lago Moultrie, com suas sandálias plataforma de pele de cobra.

— Eu devia ter usado salto-gatinho — lamentou Rid.

— Tenho certeza de que gatinhos não usam saltos. — Link sorriu.

Rid tinha cedido e pedido uma carona a ele para a estúpida festa de despedida que sua prima havia organizado. Era a primeira vez que os dois ficavam a sós por mais de cinco minutos desde aquela noite no começo do verão, quando Link cometeu o erro de confessar a Rid que a amava.

— Miau — disse Ridley, irritada.

Link pareceu entretido.

— Não a vejo como uma fã de gatos, Rid.

— Adoro gatos — respondeu ela, arrancando do pé um pedaço de lama quase seca. — Metade de meu guarda-roupa é de leopardo. — Seu sapato produziu um ruído nojento de sucção que fez com que Ridley se lembrasse de sua irmãzinha, Ryan, tomando raspadinha de gelo.

— E o resto é couro, Greenpeace. — Os cabelos espetados de Link estavam arrepiados, como sempre; mais cabelo bagunçado de travesseiro que de músico. Mas dava para entender as intenções dele. A camiseta desbotada dizia VOVÓ QUEBROU OS DOIS HIPSTERS, e a corrente presa na carteira o fazia soar como um cachorrinho em uma coleira. Em outras palavras, Link estava exatamente igual a todos os dias de sua vida, parte Incubus ou não. Ganhar poderes sobrenaturais não fez nada para melhorar seu senso de estilo.

Exatamente como o menino por quem me apaixonei, Ridley pensou. *Mesmo que todas as outras coisas entre nós estejam diferentes.*

Ela puxou o pé da lama com violência mais uma vez e cambaleou para trás. Link a segurou quando ela estava a caminho de um banho de lama completo. Antes que Rid pudesse dizer alguma coisa, ele a ergueu acima do ombro e atravessou o pântano até a beira do lago.

— Me ponha no chão! — Rid se contorceu, puxando a minissaia de volta para o lugar.

— Tudo bem. Você é uma pirralha mimada às vezes. — Link riu. — Quer que eu a coloque no chão mais uma vez? Porque tenho muitas piadas de louras...

— Ai, meu Deus, pare... — Ela bateu nas costas dele, dando uma joelhada no tórax nesse meio tempo, mas, no fundo, não se importava com a carona. Nem com as piadas. Nem com a superforça. Havia algumas vantagens em ter um ex-namorado que era um quarto Incubus. Ficar pendurada de cabeça para baixo, no entanto, não era uma delas, e Rid tentou ficar de cabeça para cima nos braços de Link.

Lena acenou para eles de seu lugar no camping, uma fogueira improvisada à beira da água. O cachorro preto e enorme de Macon, Boo Radley, estava encolhido aos seus pés. Ethan e John ainda estavam montando a fogueira, do jeito Mortal, sob a direção de Liv — não que ela já tivesse feito uma fogueira antes. Provável razão pela qual só conseguira fumaça.

— Oi, Rid. — Lena sorriu. — Belo transporte.

— Tenho um nome — disse Link, segurando Ridley com um braço.

— Oi, Link. — Os cachos negros de Lena estavam amarrados em um coque frouxo, e seu amuleto familiar, pendurado no pescoço. Mesmo o velho par de All Star pretos nunca mudava. Ridley notou que o ornamento da formatura de Lena já havia sido acrescentado à coleção de amuletos. *Cerimônias Mortais sem significado.* Rid sorriu ao se lembrar do diploma de Emily Asher se transformando em uma cobra exatamente quando apertou a mão do diretor Harper. *Um de meus melhores trabalhos*, Ridley pensou. *Nada como algumas cobras para acabar com uma formatura chata; e depressa.* Mas Lena parecia mil vezes mais feliz agora que Ethan tinha voltado.

— No chão. Agora! — Ridley deu um último chute em Link, só para constar.

Link colocou Ridley no chão, sorrindo.

— Jamais diga que nunca fiz nada por você.

— Ah, Shrinky Dink. Se o que vale é a intenção, você não fez nada. — Ela deu um sorriso doce de volta. Esticou o braço e o afagou na cabeça. — Essa coisa é como um colchão de ar.

— Minha mãe chama de balão. — Link estava imperturbável.

— Toca aqui, Cabeça de Pudim. — Ethan derrubou o último tronco da pilha esfumaçada de gravetos e deu um soquinho em Link.

Liv suspirou.

— Tem oxigênio suficiente em todos os troncos. Utilizei uma clássica estrutura de tenda. A não ser que as leis da física tenham mudado, não sei por que...

— Precisamos fazer isso do jeito Mortal? — Ethan olhou para Lena.

Ela assentiu.

— É mais divertido.

John acendeu mais um fósforo.

— Para quem?

Ridley levantou a mão.

— Esperem aí. Isto está parecendo um camping. É um camping? Estou *acampando*?

Link foi para o outro lado da fogueira.

— Vocês talvez não saibam disso, mas Rid não é uma campista feliz.

— Sentem-se. — Lena lançou a ela seu Olhar. — Porque estou prestes a fazer todo mundo feliz. Acampando ou não. — Ela estalou os dedos, e o fogo acendeu.

— Está brincando? — Liv olhou de Lena para o fogo que estalava, ofendida, enquanto os meninos riam.

— Quer que eu apague? — Lena ergueu uma sobrancelha. Liv suspirou, mas esticou os braços para pegar os marshmallows, o chocolate e os biscoitos de canela. Considerando o gosto por lanches nada nutritivos, as camisetas desbotadas do Grateful Dead e as tranças bagunçadas, Liv tinha cara de quem deveria estar voltando para o colégio, e não indo para a faculdade. Contudo, uma vez que Liv abria a boca, parecia uma das professoras.

— Eu pagaria caro para ver Rid acampando de verdade. — Link se sentou ao lado de Ethan.

— Sua mesada não é alta o suficiente para me fazer acampar, Shrinky Dink. — Rid tentou descobrir alguma maneira de sentar em uma pedra perto da fogueira sem rasgar a fina saia preta que estava usando.

— Problemas com sua nanossaia? — Link acariciou o assento improvisado ao seu lado.

— Não. — Ridley torceu a mecha cor-de-rosa no cabelo. Lena espetou um marshmallow em um palito, rindo, enquanto Ridley fazia mais uma tentativa de sentar na pedra.

— Não consegue relaxar presa nesse Band-Aid de bunda? — Link estava se divertindo.

Ridley não.

— É micromini. Da Miu Miu. E o que você sabe? Não sabe nem escolher acompanhamentos para saladas.

— Tenho meu próprio gosto, Baby. Não preciso comprar na Miau Miau.

Ridley desistiu da pedra e, em vez disso se sentou na borda de um tronco logo abaixo de Link.

— Gosto? Você? Você lava o rosto com xampu e escova os dentes com uma toalha.

— O que você quer dizer? — Link ergueu uma sobrancelha.

Lena levantou o olhar.

— Chega. Não me digam que ainda estão brigando. Isso deve ser algum tipo de recorde, mesmo para vocês. — Ela acenou com o palito, e seu marshmallow pegou fogo.

— Digo, se estiver se referindo àquela noite... — começou Rid.

— Foi mais uma conversa — disse Link. — E ela me deu bolo.

— Eu pedi desculpas — rebateu Rid. — Mas sabe o que dizem. Uma vez Mortal...

Link deu um muxoxo.

— Mortal? Eu não acreditaria em uma Sirena se ela...

Lena levantou a mão.

— Eu disse para não me contar. — Ridley e Link desviaram os olhos um do outro, envergonhados.

— Tudo bem — falou Link rigidamente.

— Acampamento. — Ridley mudou de assunto.

Lena balançou a cabeça.

— Não, isto não é um acampamento. Isto é... Na verdade, não sei o verbo. Marshmellar? –– Lena colocou um pedaço branco derretido entre duas bolachas e enfiou tudo na boca de Ethan.

Ethan emitiu um som como se estivesse tentando falar alguma coisa, mas não conseguia abrir a boca o suficiente para dizer qualquer palavra.

— Presumo que gostou de minha marshmellada? — Lena sorriu para ele.

Ethan assentiu. Com a camiseta mais velha da Harley Davidson e o jeans rasgado, estava basicamente como no primeiro dia em que Ridley o viu, após um treino de basquete na Pare & Roube. O que era uma loucura, considerando tudo que aconteceu com ele desde então. *As coisas por que esse menino passou por causa de minha prima. E as pessoas pensam que Sirenas pegam pesado com o sexo oposto. Ele faria qualquer coisa por ela.*

Uma vozinha na cabeça de Ridley ressaltou o óbvio: *amada e acompanhada é o oposto de não amada e sozinha.* Ridley mal suportava observar uma relação tão funcional.

Ela deu de ombros e balançou a cabeça, se recuperando.

— Marshmellando? Não quis dizer entediando? Porque isso não é jeito de passarmos nossa última noite juntos. Há inimigos a serem feitos. Leis a serem transgredidas. Líderes de torcida a serem...

— Hoje, não. — Lena balançou a cabeça, espetando mais um marshmallow.

Rid desistiu e pegou um saco de barras de chocolate para se consolar. Sirenas adoram açúcar, principalmente esta.

— Fale por si mesma. Acho isto ótimo — disse Liv, se empanturrando com uma mistura de chocolate, marshmallow e biscoito. — Chocolate derretido e marshmallow quente se unindo no biscoito doce? É a democracia em sua melhor forma. É por isso que amo os Estados Unidos. Este doce de acampamento.

— Esse é o único motivo? — John a cutucou.

— Único motivo? Sim. Não. — provocou Liv, lambendo um dedo. — Doce, Dar-ee Keen e TV a cabo. — E deu uma olhadela nele que o fez sorrir, jogando um marshmallow na boca aberta de Boo Radley, que abanou o rabo, contente.

Vinte e cinco marshmallows depois, Boo estava um pouco menos contente e o fogo se reduzia a brasas, mas a noite estava longe do fim.

— Viram? Sem lágrimas. Sem adeus — disse Lena, remexendo nas cinzas com seu graveto queimado. — E, quando formos embora, ninguém pode falar nada que leríamos em algum cartão cafona.

Ethan passou o braço em volta dela. Lena estava tentando, mas nem todo açúcar do mundo ia facilitar a despedida.

Não para aqueles seis.

Ridley fez uma careta.

— Se você quiser dar ordens por aí, priminha, deveria fundar uma irmandade. — Ela remexeu no saco com as embalagens vazias de chocolate. — É nossa última noite juntos. E daí? É pra aceitar e seguir em frente. Vida dura, pessoal. — Ridley falava bem, mas, no fundo, sabia que a própria dureza não era muito mais dura que os marshmallows derretidos da prima.

Elas só tinham maneiras diferentes de demonstrar.

Lena ficou parada, olhando para o fogo que se apagava.

— Não consigo. — E balançou a cabeça. — Já deixei muita gente para trás, muitas vezes. Não farei isso de novo. Não com vocês. Não quero que tudo mude. — E esticou o braço para Boo, enterrando as mãos no pelo escuro. O cão deitou a cabeça sobre as patas.

Os seis amigos caíram em silêncio, até que apenas os restos da fogueira estalando fossem ouvidos.

Ridley estava inquieta com a quietude, mas tinha ficado ainda mais inquieta com a conversa sentimental que o precedeu, então ficou calada.

Foi Link quem finalmente falou:

— É, enfim, mudanças acontecem. Eu costumava adorar essas coisas — falou, apertando um marshmallow entre os dedos. Empurrou John, que estava sentado em uma pedra entre ele e Liv. — Cara. Quando você me transformou em Incubus, deveria ter me alertado sobre esse lance de que não-precisamos-comer-e-tudo-tem-gosto-horrível. Eu teria comido um monte de coisa na minha última refeição.

John ergueu um punho.

— Você só é um quarto Incubus, garanhão, e eu lhe fiz um favor. Ninguém ia chamá-lo de garanhão se você continuasse comendo aquelas coisas.

— Ninguém o chama assim agora — falou Ethan.

— O que está dizendo? — Link estava indignado.

— Estou dizendo que você costumava ser meio triste, Homem de Marshmallow, e agora as meninas estão fazendo fila. De nada. — John se recostou.

— Ah, por favor — falou Ridley. — Como se o ego dele precisasse aumentar.

— Essa não foi a única coisa que aumentou. — Link deu uma piscadela, e todo mundo bufou. Ridley revirou os olhos, mas ele não se importou. — Ora, vamos. Como se não fosse óbvio que eu diria isso.

Lena se sentou ereta, olhando acima da fogueira para os rostos dos seus cinco amigos mais próximos no mundo.

— Tudo bem. Esqueçam isso. Esqueçam as despedidas. E daí que vamos para a faculdade amanhã? — Lena olhou para Ethan.

— E para a Inglaterra. — Liv suspirou, pegando a mão de John.

— E para o Inferno — acrescentou Link — se perguntarem para minha mãe.

— Coisa que ninguém vai fazer — observou Rid.

— O que estou dizendo é: não precisamos fazer isso do jeito Mortal — emendou Lena. Ethan a encarou estranhamente, mas Lena continuou. — Em vez disso, vamos fazer um pacto.

— Só não vamos fazer nenhum pacto de sangue — disse John. — Do jeito dos Incubus de Sangue.

Link se esticou ao ouvir isso.

— É mais um hábito de acampamento? Porque definitivamente não fazíamos isso no acampamento da igreja.

Lena balançou a cabeça.

— Sem sangue.

— Talvez uma promessa de cuspe? — Link pareceu esperançoso.

— Eca — disse Rid, empurrando-o para fora do tronco.

— Nada de promessa de cuspe. — Lena se inclinou, segurando a mão sobre o fogo. As chamas refletiram em sua palma, transformando-se em laranja, vermelho e até mesmo azul.

Rid estremeceu. A prima estava aprontando alguma, e, com poderes tão imprevisíveis quanto os de Lena, isso nem sempre era uma boa ideia.

As brasas brilharam sob as pontas dos dedos de Lena.

— Temos de marcar a ocasião com algo mais forte que biscoito e marshmallow. Não precisamos nos despedir. Só precisamos de um Feitiço.

⇥ CAPÍTULO 2 ⇤

*Symptom of the Universe**

Os seis amigos discutiram a ideia até a lua chegar ao ápice e o fogo quase apagar, e, mesmo depois disso tudo, Link ainda não sabia ao certo o que estava realmente se passando.

Eles só estão tristes, pensou. *Acho que não existe Feitiço para isso.* Mesmo assim, ele não seria o responsável por dar a notícia. Se Lena e Liv quisessem fingir que havia algo que pudesse ser feito para mudar o fato de que todo mundo ia embora de Gatlin no outro dia, Link não ia estourar essa bolha. Já tinha aprendido a ficar fora do caminho de Conjuradores e de seus Feitiços.

— Eis o que queremos: alguma coisa que diga que, independentemente de aonde formos, independentemente do que fizermos, sempre, sempre nos apoiaremos. — Lena cutucou Ethan ao luar. — Certo?

— Precisa mesmo perguntar? — resmungou Ethan, passando o nariz no pescoço dela, sonolento. — Não precisamos de um Feitiço para isso.

— Qualquer lugar? Até do outro lado de um oceano? — perguntou Liv, apertando a mão de John.

Link desviou o olhar. Era um fato há muito estabelecido que John simplesmente seguiria Liv ao redor do mundo como um cachorrinho domesticado, para que ela pudesse concluir os estudos em Oxford enquanto completava o treinamento de Guardiã. Era muito diferente de tudo que Link já tivera com Rid, mesmo quando eles ainda tinham alguma coisa.

---

* Sintoma do universo.

Mas essa noite John e Liv estavam felizes porque ficariam juntos, e seria impossível separar Ethan e Lena mesmo com uma espátula do tamanho do Lata-Velha de Link. Iam para faculdades no mesmo estado, mas em cidades diferentes; esse foi o compromisso a que chegaram com as respectivas famílias. Link sequer conseguia lembrar os nomes, apesar de ter fingido prestar atenção a mil conversas sobre o assunto — as faculdades, os dormitórios, as listas de livros. *Blá-blá-blá*. Tudo que sabia era que estariam em faculdades rivais em velhas cidades monótonas de Massachusetts (ou Michigan, ou talvez Minnesota — que diabo, qual era a diferença?), que ficavam a 90 minutos de distância. *Parecia até que eram 90 mil quilômetros de distância, pela forma como agiam.*

Dois bananas.

Mesmo assim, Link sorriu com a doce estupidez daquilo tudo. Quem era ele para julgar? Se alguém tinha chance de dar certo, era o casal Ethan e Lena. Até John e Liv conseguiram ficar juntos. Só Link e Ridley formavam o casal trágico de Gatlin.

Ex-casal, ele lembrou a si mesmo.

— Nada vai mudar. — O tom de Lena ficou sério. — Não vamos permitir. Já passamos por muita coisa juntos para sabermos que as pessoas de que você gosta são as únicas coisas que importam.

Link capturou o olhar de Ridley na direção do fogo, apesar de tudo. Ela desviou os olhos, fingindo ouvir o que Lena dizia, como se ela se importasse. *Qualquer coisa para me ignorar*, Link pensou. *Esse é o truque dela, o mesmo de sempre, e ela ainda acredita que não sei o que está fazendo.*

Exatamente como nos velhos tempos.

— Então, acha que um Feitiço vai nos manter juntos? — perguntou Ridley, fingindo escutar. — Não podemos simplesmente, sei lá, mandar cartões postais?

Lena ignorou.

— Talvez Marian tivesse uma ideia.

— Ou não. Porque é uma má ideia — disse Ridley.

— Não, espere. Acho que sei. — As tranças de Liv estavam se desfazendo, e ela parecia exausta. Mas o brilho em seus olhos ardia forte como os restos da fogueira. — Um Feitiço de Ligação. É como Ravenwood se protege e mantém afastado os que lhe fariam mal, certo? Ligar uma pessoa a um lugar? Não poderia também ligar seis pessoas? Teoricamente?

Lena deu de ombros.

— Um Feitiço de Ligação para pessoas? Poderia funcionar. Não consigo pensar em nenhum motivo para não dar certo.

Link coçou a cabeça.

— Funcionar como? Tipo, nossas mãos permanentemente presas em um abraço grupal? Ou tipo, podermos ler as mentes um dos outros? Pode ser um pouco mais específica? — *Não que eu me importasse em ficar Ligado a Rid*, pensou. *Ao menos, não seria horrível.*

Lena olhou fixamente para as brasas brilhantes.

— Quem sabe? Estamos meio que improvisando aqui. Não existem muitos Feitiços para Ligar pessoas.

— Ou, sabe, algum. — Ridley suspirou. — Então por que eu sou a única que acha que deveríamos pegar o *schnapps* de pêssego e ir para o boliche? — Ninguém gostou da ideia. — Que tal café da manhã, então?

Link chutou um monte de terra em direção ao fogo. Desde quando Rid tinha medo de usar seus poderes? Ficou assim depois do verão. Assustada como um cachorrinho; e tão nervosa quanto um.

— Não é magia negra, Rid — disse Lena. — Se fizermos alguma coisa errada, desfazemos depois.

— Quando essas palavras *não* voltam para assombrar depois? — Ridley balançou a cabeça para a prima.

— Nada muito grande — disse Lena. — Só alguma coisinha para não nos esquecermos uns dos outros. Tipo um não-me-esqueça. Uma lembrança. Posso fazer isso dormindo.

Rid ergueu uma sobrancelha.

— Tem alguém muito convencido desde que trouxe o namorado de volta do reino dos mortos.

Lena ignorou a provocação e estendeu a mão para Ridley.

— Todos deem as mãos.

Ridley suspirou e pegou a mão de Lena, assim como a quente e suada de Link.

Ele sorriu e apertou a dela.

— Vai ser uma coisa obscena? Por favor, seja obscena.

— Por favor, cale a boca — disse Rid. Mas era difícil não sorrir, e ela precisou fazer esforço para manter a expressão contrariada.

John pegou a mão de Liv, e ela, a de Link. Ethan deu as mãos para John e Lena para completar o círculo.

Lena fechou os olhos e começou a falar em tom baixo.

— *Existe um tempo além das montanhas e dos homens...*

— É isso? — perguntou Link. — O Feitiço? Ou você só está inventando? Porque achei que todos os seus Feitiços fossem em lat...

Lena abriu os olhos e o encarou, um olho verde e um dourado brilhando com o que sobrara da luz da fogueira. A boca de Link se fechou e sua voz foi silenciada, no estilo Conjuradora. Link engoliu em seco. Foi como se Lena tivesse passado fita crepe em sua boca.

Ele entendeu o recado.

Em seguida, ela fechou os olhos outra vez. Enquanto falava, Link quase conseguia enxergar as palavras na página, como se um pergaminho tivesse se aberto para eles.

Existe um tempo além das montanhas e dos homens
Quando nossa lua de seis faces deve nascer.
Se você me chamar, vou até você,
E nosso cavalo de seis cabeças vai cavalgar.
Apesar de 16 luas terem começado nosso fio,
E de 19 luas deverem nos encerrar,
Permita que sejamos sempre ligados à Estrela do Sul,
E quando em grave perigo...
Envie-nos.

Um raio brilhou no céu, rasgando as nuvens escuras e refletindo na superfície parada do lago. Boo rosnou.

Um tremor passou pelos seis — tal qual uma corrente fria vinda do próprio lago —, e eles abaixaram as mãos, como se alguma força invisível os tivesse separado.

O círculo se rompeu.

Link tentou falar e ficou aliviado ao ver que conseguia. O que era uma coisa boa, porque ele tinha algo a dizer.

— Minha nossa! O que foi isso? — Ele abriu os olhos. — "Grave perigo?" E "envie-nos"? Enviar para onde? Do que vocês estão falando? — A voz soou rouca, como se ele tivesse acabado de gritar.

Lena pareceu pouco à vontade.

— Foram as palavras que vieram a mim.

John sentou-se ereto na pedra.

— Espere, o quê?

Lena se contorceu.

— Eu não estava esperando a parte do perigo. Mas está tudo certo, não é? — Ela franziu o rosto assim que acabou de falar. — Acho que isso não soa muito bem, soa?

— Você acha? — Ridley mudou de posição no tronco. Não parecia satisfeita.

— Será que pode ser um mau presságio? — O rosto de Liv turvou-se. — Um alerta ou uma ameaça de alguma coisa que vai acabar conosco?

Lena deu de ombros.

— Não sei. É para ser o que quer que seja. Digo, é o que saiu quando tentei me concentrar na Ligação.

Foi aí que Link se descontrolou.

— Como assim, é o que saiu? Como você pode conjurar um Feitiço sem saber o que está conjurando? E se for alguma coisa ruim? Porque Deus sabe que isso nunca nos aconteceu antes!

Ethan socou o braço de Link.

— Calma, Sra. Lincoln.

Link lançou a ele um olhar de contrariedade, que Ethan mereceu. Era basicamente a coisa mais maldosa que se podia dizer a ele.

Ainda assim.

Controle-se, cara.

— Lena sabe o que está fazendo. — Ridley tentou soar confiante.

Se ela disser isso muitas vezes, talvez se transforme em verdade, Link pensou.

— Ridley tem razão. Tudo bem. Está tudo certo. Ninguém em pânico. — Mas Liv não parecia acreditar em nenhuma das próprias palavras.

Lena também não parecia muito aliviada.

— Bem, devemos estar Ligados agora. Viram? Está acontecendo alguma coisa. — Ela indicou o fogo.

Ali, embaixo do monte de cinzas e lenha que só aumentava, havia uma estranha luz pulsante. Lena se inclinou para a frente, soprando as cinzas.

O que restou foram seis montinhos azuis brilhantes de brasas.

— Que lindo — disse Liv.

Enquanto todos observavam, os montinhos — que mais pareciam esferas — se elevaram no ar, girando e pairando sobre as chamas. Boo ganiu aos pés de Lena.

— Uau — disse Link.

Lena esticou um dedo para a frente, cada vez mais perto, até as esferas azuis explodirem em um banho de faíscas e desaparecerem.

— É isso? O final? — Ethan examinou as brasas que se extinguiam.

— Não sei. — Lena pegou um graveto e cutucou, curiosa, as cinzas.

— Vejam. Ainda está faiscando. — Liv se inclinou para perto.

Lena cavou as cinzas quentes com os dedos.

— Pronto. — Ela levantou alguma coisa. — Seis. Um para cada.

— O que é isso? — Ethan olhava fixamente. Todos olhavam. Não era algo que se via todos os dias, nem no condado de Gatlin, nem em todo o mundo Mortal. Havia um pequeno anel na mão de Lena, delicado e translúcido. Olhando de longe parecia uma espécie de vidro cuidadosamente soprado.

Lena colocou o anel no dedo. Coube perfeitamente, e a luz interna brilhou forte, se apagando em seguida.

— Vão em frente. Não vai machucar. — Ela olhou fixamente para o dedo enquanto falava.

Ethan alcançou um anel, em seguida, parou.

— Você acha.

— Eu *sei* — disse Lena. — Todo o objetivo de um Feitiço de Ligação é a proteção. — Ela não soou segura.

Ethan respirou fundo e colocou o anel no dedo. John repetiu o gesto, e, em seguida, Liv.

Rid fez o mesmo lentamente.

Cinco anéis em cinco dedos. O sexto estava ali, brilhando nas brasas. Esperando.

— Ei, cara! — Ethan cutucou Link com o cotovelo. — Pegue.

— Um minuto, Frodo. Preciso pensar. — Link passou a mão no cabelo.

— Sério? Vamos fazer isso agora? — John balançou a cabeça.

Mas bastou um olhar de Rid e o sexto anel seguiu caminho antes de Link poder falar mais alguma coisa.

Particularmente, Ridley achava toda a história do anel um pouco estúpida. Ela não fez Link usá-lo para agradar à prima. Para ser sincera, ela não entendia nem de longe o conceito de pressão psicológica que os Mortais mencionavam o tempo todo. *Quem faria alguma coisa porque outra pessoa queria que ela fizesse?* Quando alguém queria que Ridley fizesse alguma coisa, ela quase automaticamente queria fazer o oposto.

Inclusive Anéis de Ligação.

Mas considerando a breve história de seus amigos no condado de Gatlin, Ridley não queria se arriscar. Ninguém podia questionar o fato de que o raio não cairia duas vezes no mesmo lugar. Não para os Conjuradores e os Mortais do condado de Gatlin.

Nem mesmo Ridley.

Se um anel idiota Conjurado por uma Natural fosse impedir que coisas ruins acontecessem, ela usaria. Usaria um em cada dedo se isso a ajudasse a se livrar da encrenca em que tinha se metido no verão.

Amanhã, todos começariam os respectivos futuros. Ridley tentaria desfazer seu passado.

⚔ CAPÍTULO 3 ⚔

Master of Puppets*

N*as sombras do Submundo, qualquer coisa pode parecer maléfica.*
Era isso que o sujeito na beira de uma antiga plataforma de metrô pensava. Ele tinha 18 anos e ainda morria de medo de ir até ali. Afastou dos olhos dourados o cabelo rebelde cor de caramelo.
É impossível saber a diferença entre a escuridão e as Trevas aqui embaixo, mesmo para um Conjurador das Trevas como eu.
E Lennox Gates era muito Sombrio.
A menina pálida sentada à beira da plataforma do outro lado do trilho não tinha as mesmas preocupações filosóficas. Encolhida em uma jaqueta de couro preta costurada em faixas diagonais, ela parecia uma criminosa futurística. Seus cabelos foram raspados com máquina 2, exceto por uma mecha azul no centro da cabeça. Apenas sua cara de bebê parecia inocente.
Perigosa, porém, inocente.
Lennox pensou no futuro dela. Gostaria de não ter visto, mas não conseguia ignorar as coisas que captava cada vez que acidentalmente olhava para uma lareira, uma vela acesa ou um isqueiro. O futuro dela, como tantos outros, veio a ele por meio de explosões, como o flash de uma câmera, transmitindo uma enxurrada veloz de informações que ele não conseguia controlar. Viu angústia e culpa, sangue e traição.
Amor.

---

* Mestre das marionetes.

A Conjuradora das Trevas Necromante ia passar por uma jornada e tanto.

Apoiada em uma das vigas de suporte, os olhos opacos como leite — em vez do dourado habitual dos Conjuradores das Trevas —, ela não parecia consciente. Ele se sentia mal com o arranjo, apesar de ela ter concordado com o contrato. Foi ideia dela limpá-lo de sua mente, por razões de segurança. Como tantos Necromantes, ela não queria saber o que estava dizendo ou para quem. Apesar de a garota não se lembrar de nada, ele lembraria — cada momento tedioso e desperdiçado.

Por que tive de herdar essa perturbação, além de tudo mais que me deixaram?

O anel de velas que a cercava havia se queimado e formado poças de cera. Espirais de fumaça subiam em direção ao rosto vazio. Suas pernas estavam penduradas na borda da plataforma, chutando involuntariamente em um ritmo desconhecido.

Ainda bem que esses trilhos estão abandonados. Se um trem passasse, as pernas seriam arrancadas do corpo. Necromante ou não, Lennox pensou. Por melhor que ela fosse, não conseguiria se proteger nesse estado. Ela confiou nele, e ele jamais poderia se esquecer disso.

Ossos do ofício dela.

Ele pegou um charuto do bolso interno do casaco preto e considerou. Ele detestava cheiro de charuto — o cheiro daquele em particular.

Ossos do meu ofício.

Ele encarou o charuto, como se quisesse que desaparecesse — como se ele também quisesse desaparecer. Mas não conseguia. Era o último de sua linhagem, e ainda havia trabalho a ser feito, mesmo que ele não quisesse participar.

Será que algum de nós tem controle sobre nossos destinos? Talvez sejamos tão desamparados quanto os Mortais, no fim das contas.

Ele ouviu um som pelos trilhos. A menina acordaria em breve. Não havia mais tempo para autopiedade.

Hora de uma oferenda.

Então levantou o charuto no ar e elevou a voz.

— De Barbados. O seu preferido. Eu daria um a sua *obeah*, mas não acho que ela vá apreciar. — Ele acendeu o charuto, deixando o fósforo se apagar e cair nos trilhos. Nox não olhou diretamente para a chama, nem mesmo para o charuto aceso. O fogo o fazia ver coisas das quais não gostava. — Entendi que queria conversar. Estou aqui. O que quer de mim?

Ele olhou para a menina do outro lado do trilho.

Ela continuava em estado de coma, mas levantou a cabeça quando a fumaça do charuto a alcançou, e sua boca se abriu como a de um ventríloquo. A voz que saiu pertencia a um homem idoso — baixa e grave, com um sotaque marcante do sul.

— O que quero é vingar a honra de minha família. Que minha dívida de sangue seja paga.

Sua dívida de sangue? Depois de todo o sangue que derramou?

Lennox tentou conter a raiva da voz.

— Algumas pessoas dizem que os culpados já pagaram infinitas vezes. Até seus amigos pagaram. Sua família recebeu o que merecia. Pelo menos, você recebeu.

— Segundo quem? — O rosto da menina se contorceu em uma careta de desdém.

— Segundo eu — falou Lennox friamente.

— Pense mais uma vez, menino.

Cuidado, Lennox pensou. *Ele pode estar morto, mas ainda é perigoso.*

Lennox balançou a cabeça para a menina possuída.

— Fiz o que me pediu. Faço certas coisas acontecerem. Estou afundado em uma pilha de ossos e corpos apodrecidos, como Homer diria. — E bateu as cinzas do charuto sem nunca levá-lo aos lábios. — Que bom que minha mãe não está aqui para ver isso.

— Eu não me preocuparia. Sua mãe nunca se preocupou com o que você fazia.

Lennox se irritou.

— Ela não teve chance. Você garantiu isso. — *Quando a torturou.*

— Eu garanto tudo. — A menina pausou um instante para apreciar a fumaça e sorriu cruelmente. — Seu trabalho está longe de ser concluído.

Lennox queria arremessar o charuto nela.

Nele.

— A Roda do Destino esmaga a todos nós. Não é isso que dizem, velho? — Lennox balançou a cabeça. — Esse é um assunto perigoso. Mexer com o destino de tantas pessoas ao mesmo tempo. Tem certeza de que vale a pena?

— Não seja um covarde como seu pai — murmurou a menina. — Eu terei minha vingança.

Lennox apenas sorriu.

— Foi o que você disse.

Meu pai deveria tê-lo matado quando teve a chance.

— Por que está sorrindo, garoto? — A menina rosnou para ele através da escuridão. — Até que eu tenha meu descanso, você também não terá paz.

Lennox acenou o charuto no ar entre eles.

— Fico satisfeito que estejamos avançando para as ameaças. Estava começando a me sentir menosprezado.

— Não é apenas uma ameaça. É uma promessa. Eu mesmo vou garantir isso. Isso, e muito mais.

O Conjurador das Trevas ergueu uma sobrancelha.

— Não é à toa que me tornei um cidadão modelo. Considerando que fui criado em uma comunidade tão amorosa.

— Você não tem meu sangue — disparou a menina animada.

— Graças a Deus. — Lennox estava cansado do velho. Nem a morte o livrou do fardo de sua presença. — Por que não segue em frente de uma vez? Não faz a travessia? Passou uma vida inteira se vingando de todo mundo que conheceu. Ainda não se cansou?

— Não vou a lugar algum, garoto. — Ela rosnou. — Quero todos mortos. Não só a mão que manipulou a lâmina. Não só o traidor que me conduziu. Todos que o levaram a isso, àquela hora do dia.

— Todos?

— Todos. Está ouvindo bem? Porque quero ser perfeitamente claro. Você. Mata todos. Para mim.

Lennox olhou fixamente para os trilhos. Não havia nada além de escuridão.

Que escolha tinha, na verdade?

No fim das contas, só havia uma resposta. Sempre só havia uma resposta. Ele suspirou.

— Farei o que puder.

As palavras soaram estranhas em sua boca, como se outra pessoa estivesse dizendo aquilo.

— Interpreto como um sim?

— Nem que seja apenas em nome da honra da família.

A Necromante sorriu, erguendo as mãos.

— Minha família agradece.

Lennox pareceu enojado.

— Estava falando da minha, não da sua. Não seja convencido.

— Mas nossas famílias eram tão *próximas*, Lennox. — A voz ecoou através do túnel. — É difícil dizer onde uma terminava e a outra começava.

Não para mim, pensou o rapaz.

Ele descartou a caixa de fósforos vazia nos trilhos. Havia seis letras impressas na capa vermelha. Uma palavra.

SIRENA.

Sobre os trilhos, a menina estava encolhida no chão como uma boneca de pano. O velho tinha se retirado. Por mais vezes que já tivesse visto, ainda ficava perturbado. Ele esperou apenas o suficiente para se certificar de que a Necromante estava voltando a si.

Ela ficaria enjoada pela manhã. Enjoada e fedendo a charuto. Ele teria de trabalhar com mais afinco para fazê-la se esquecer deste. Talvez acrescentar algo ao pagamento. Não era culpa dela o fato de ser particularmente boa em fazer contato com psicopatas mortos, mas essa era uma das razões para que fosse tão valiosa.

Mais ossos do ofício.

Lennox se afastou, desaparecendo na escuridão mais profunda. Sempre havia mais escuridão esperando por ele. Tinha vivido toda a vida nas sombras.

Não conseguia evitar espalhá-la por aí.

⊰ CAPÍTULO 4 ⊱

*Learning to Fly**

Quando o último marshmallow caiu no fogo, nenhum Mortal ou Conjurador estava acordado para ver. Os dois Incubus híbridos observavam em um silêncio protetor enquanto os quatro amigos dormiam no acampamento.

Ridley pôde ouvi-los murmurando enquanto caía no sono. Seu último pensamento antes de dormir foi em Link, em saber que ele estava ali.

Como nos velhos tempos.

Depois disso, seus sonhos foram preenchidos por velhas lembranças. Ela não estava pensando em despedidas, nem em meninos ou anéis nascidos das brasas. Ela não tinha como saber que planos mais perigosos que qualquer fogueira — e definitivamente mais grudentos que qualquer marshmallow — foram postos em ação.

Como poderia?

Em vez disso, continuou dormindo, sonhando com coisas muito mais misteriosas que um anel. Ainda mais misteriosas que um Feitiço desconhecido — Ligando eternamente uma Sirena, uma Natural, uma Guardiã, um Rebelde e dois Incubus — sob uma lua cheia de verão em um condado Conjurador.

Uma lua cheia era feita para magia.

Magia e lembranças.

―――――――

* Aprendendo a voar.

Uma menininha de cabelos louros se sentava entre os dois galhos curvos do carvalho mais antigo do terreno da infame Fazenda Ravenwood, lendo um livro que era ainda mais velho que a árvore. Enganchou as pernas magricelas em torno de um tronco coberto de cascas e mais espesso que sua cintura, mas, de qualquer modo, não era o lugar mais seguro para uma menininha ou para um livro grande.

— Sabe que não deve ler isso, Rid. — Uma vozinha feminina chamou de baixo.

— Bebê — provocou Ridley, sem desgrudar os olhos do livro. — Você sabe que não deve trocar a própria fralda.

— A tia Del vai arrancar sua pele quando descobrir que você andou roubando coisas do armário dela outra vez. — Lena, um emaranhado de cachos escuros e olhos verdes, gritou da segurança da grama abaixo da árvore.

— Fofoqueira — disse Ridley, virando mais uma página. — Seu dedo está duro?

As páginas eram tão grandes que, quando Rid tentava virá-las, esfregavam no jeans desbotado, quase se rasgando. A lombada do livro era quase do tamanho de suas costas.

— Pior para você. — Ao falar, Lena se jogou na grama, tirando um caderno e uma caneta do bolso. Destampou a caneta e abriu em uma página em branco com um suspiro. — Bem, diga. O que está acontecendo, Rid?

— Tem um navio, Leanie-Beanie. — Ridley enrolou uma mecha loura no dedo sem prestar muita atenção.

— Não me chame assim. E?

— E três sereias. Só que não são sereias, porque têm asas. E estão cantando, pelo menos uma delas está. E a outra toca uma espécie de flauta estranha. E a última toca uma pequena harpa de ouro.

Enquanto Ridley observava, as figuras na página se moveram pela história, exatamente como ela descrevia.

— Anda, Rid! — Lena arfou, os olhos brilhantes. — Conte o resto.

Um navio surgiu. Um navio com velas. Cercado por ondas e pedras.

— Tem marinheiros. E eles visitam as sereias. Acham as sereias as criaturas mais lindas que já viram. Acho que querem se casar com elas. Acho que estão apaixonados.

— Eca. —Lena riu debaixo da árvore. — E agora?

— Agora as sereias estão cantando mais alto. Dá para ouvir? Feche os olhos. — Ridley fechou os olhos. Sob a árvore, a prima Lena fez o mesmo.

— Consegue?

Música lírica soprou das páginas do livro para o rosto de Ridley. Foi ficando cada vez mais alta, preenchendo toda a árvore com harmonias, até os galhos começarem a tremer e as folhas caírem no chão.

A menina não se importou. Tinha a sensação de estar a milhões de quilômetros de distância.

Lena escondeu a cabeça com as mãos, mas as folhas e os galhos a cobriram assim mesmo.

— Rid! Você está bem?

Mas Ridley estava paralisada. Sentada, segurava o livro com as duas mãos, uma luz dourada irradiando das páginas para seu rosto.

A música era linda, hipnótica. Então de hipnótica se tornou horrível.

Os sopranos se transformaram em gritos, e as melodias de ópera poderiam ser pregos raspando pedras. O barulho era ensurdecedor, se tornando mais alto a cada segundo, até que ouvi-lo causava dor.

Ridley continuou parada. Não conseguia se mexer. Nem parecia estar respirando.

Debaixo da árvore, Lena pressionou as mãos contra os ouvidos com a máxima força possível.

— Pare. Acabe com isso. Rid. Pare agora!

Ridley congelou.

Ela abriu a boca e a fechou novamente, sem dizer uma única palavra.

Era como se tudo que quisesse na vida estivesse preso bem ali, naquelas páginas — porém, quanto mais escutava, mais tinha certeza de que jamais teria nada.

A tristeza era maior do que podia suportar. Seus olhos se encheram de lágrimas, enquanto os dedos apertavam a página com mais força.

A música se intensificou em um uivo. A brisa se transformou em um vento forte, soprando em círculos ao redor da garotinha de cabelos dourados.

— Se segura, Rid!

Lena escalou lentamente o tronco da árvore, um dedo em uma das orelhas, a outra pressionada contra o ombro.

Ela tirou o dedo da orelha, gritando como o que sua avó chamaria de banshee.

— Não consigo te ouvir, não consigo te ouvir, não consigo ouvir nada e particularmente, não consigo te ouvir!

Esticou a mão até seus dedos arranharem a borda dourada do papel. Com uma última explosão de energia, puxou o livro com toda força possível, arrancando-o dos braços de Ridley e jogando-o para baixo, para fora da árvore, em uma explosão de faíscas azuis brilhantes.

O livro aterrissou de cabeça para baixo na terra, com uma pancada.

Em seguida, silêncio.

Ridley abriu os olhos e viu Lena subindo até seu lado. As meninas se seguraram uma na outra, tentando recuperar o fôlego e desacelerar os corações disparados.

— O que foram aquelas coisas? — O rosto de Lena estava pálido. — E não diga que eram sereias.

— Sirenas. — Ridley arfou. A voz estava quieta, quase um sussurro. — Elas se chamam Sirenas. Trevas. Com asas, garras e presas. Arrancaram os corações dos peitos dos marinheiros. — Seus olhos estavam feridos. — Eu vi.

Lena balançou a cabeça.

— Eu nunca, nunca ia querer ser uma dessas.

— Nem eu — respondeu Ridley, os olhos começando a marejar e arder com as lágrimas.

— Não seremos. — Lena se esticou, afagando a bochecha da prima. — Não se preocupe, Rid. Vovó disse que, se nossos corações forem bons, também cresceremos boas. Claras como o sol.

— É? Como você sabe se seu coração é bom? — Um fiozinho úmido passou pelo canto do olho de Ridley.

— O seu é — retrucou Lena solenemente. — Eu simplesmente sei. — Ela pegou um pirulito vermelho do bolso e o entregou a Ridley. — Prometo.

Por um instante, a prima mais nova quase pareceu a mais velha.

Elas ficaram dividindo o pirulito nos galhos do velho carvalho até Ridley não se lembrar mais dos dentes rangendo, das garras afiadas nem dos marinheiros sem coração.

Nem um pouco.

Promessa.

Quando Ridley acordou, estava chorando e não sabia por quê. Lembrava-se de ter sonhado, mas os detalhes já haviam começado a desbotar.

— O que houve, Rid? — Lena estava a seu lado, abraçando-a à luz matutina.

— Nada. — Tentou pensar, mas era como se botasse a mão numa ferida aberta.

— Você detesta despedidas, sua melosa. Mal falou ontem à noite. — Lena franziu o rosto, colocando a coberta azul desbotada em volta das duas. — Essa é a única coisa incomodando?

— Já disse. Não é nada. — Rid olhou em volta, assimilando a fogueira apagada e os cobertores abandonados. Só Ethan continuava ali, o rosto enterrado no pelo de Boo. — Cadê todo mundo?

— Link ainda precisa arrumar as malas. John e Liv também. Eu disse para não acordarem você. — Lena sorriu. — Te conhecendo como conheço.

Ridley ficou aliviada.

Lena ajeitou uma longa mecha rosa atrás da orelha da prima.

— Sabe, ainda há tempo. Só porque não terminou o colégio com a gente, não quer dizer que não possa se formar. Você pode fazer supletivo, estudar à noite...

Santa mãe do bom Deus...

Rid pegou o pulso de Lena com cinco unhas que pareciam adagas.

— Espere aí. Você está sugerindo que o fato de não me formar pela Stonewall Jackson High me incomoda? Você perdeu o que restava do juízo?

Lena afastou gentilmente o braço de Ridley.

— Você só não parece estar em seu estado normal.

Rid ficou furiosa.

— Está dizendo que não estou parecendo uma bruxa fria? Ou estou? Porque, da última vez que cheguei, era isso que eu era.

— Ridley.

— Não sei por que todo mundo em Gat-lixo tem tanta dificuldade em lembrar que não sou como eles. Sequer sou como você. Sou uma Sirena sem coração.

— Você não é sem coração — respondeu Lena, sem rodeios. Poderiam repetir essa conversa quantas vezes Ridley quisesse, mas ela jamais mudaria de opinião nesta questão em particular.

— Como é que você sabe? — Ridley soou tão miserável quanto se sentia.

— Simplesmente sei. — Lena beijou a bochecha da prima. — Confie em mim.

Honestamente, Ridley não confiava em ninguém. Mas, se confiasse, a prima seria a primeira da lista.

Ficaram sentadas assim, de braços dados em silêncio, por um longo instante.

— Promessa — sussurrou Ridley. Odiou a si mesma até por dizer isso, por desmoronar assim, como sempre, no momento em que o fez.

— Promessa — Lena sussurrou de volta, pegando um pirulito verde do casaco.

— Verde?

— É bom mudar. Viva um pouco.

Ridley pegou o pirulito, balançando-o na cara da prima.

— Sua rebelde. — Ela se levantou, esticando pouco à vontade as pernas longas e descobertas.

— Então. Tenho de ir. — Era o mais próximo que Rid conseguia de se despedir da única amiga de verdade.

— Eu sei — disse Lena. Ela sabia tudo. O que Rid estava dizendo e o que não podia dizer. E estendeu uma chave de carro. — Acabei de Conjurar um *Manifesto*. Está na esquina.

Ridley balançou a cabeça.

— Você é boa.

— Eu sei. — Lena deu de ombros, com os olhos brilhando.

— Dê tchau a Ethan por mim. E se comporte, priminha. — Ridley sorriu, apesar de tudo.

— Sempre me comporto. Eu sou a boazinha, lembra?

Ridley jamais esquecia.

⊰ CAPÍTULO 5 ⊱

Sweet Child o'Mine*

Um banho e uma troca de roupa resolvem tudo.

Bem, um banho, um quimono *vintage* de seda rosa, uma dose de chocolate quente, uma camada de batom Chanel Rouge Allure Incandescente — em outras palavras, Vermelho Sirena — e o vestido bandage Hervé Léger preferido de Ridley.

Roupas de batalha de uma Sirena.

Hora do show, Rid pensou.

Quando o Mini Cooper vermelho desceu a colina e cruzou a Rota 9 para a cidade, Ridley já estava melhor. Assim que viu Link, deu para notar que ele estava fora de si. Pelos motivos habituais, ela supôs. Sem falar no roupão rosa-cor-de-Pepto-Bismol que um dos ditos motivos estava vestindo naquela manhã.

— Wesley Lincoln! Você não vai precisar desse *lixo* na Georgia College do nosso Salvador. — A senhora Lincoln estava na entrada, tentando arrancar o pôster de *Guerra nas Estrelas* da mão de Link. — Aliás, lá você não vai precisar de nada dessa bagunça do seu quarto.

Link puxou o pôster com mais força, frustrado. O Lata-Velha estava quase cheio, mas ele já devia ter saído há uma hora. Ridley sabia mais do que ninguém que ficar na entrada de casa discutindo sobre seus bonequinhos, um por um, com a mãe, era como Link imaginava ser o inferno.

— Ah, mãe, anda. São minhas coisas. E eu tenho de ir. Quer que eu me atrase para toda a boa orientação da faculdade?

---

* Minha doce criança.

A senhora Lincoln respondeu tirando o pôster do alcance de Link, puxando-o para o alto até rasgar.

— Mãe!

Ridley escolheu aquele instante para entrar.

— Sra. Lincoln. A senhora está *ótima*! Digo, a maneira como seu *roupão* combina com os *bobes no cabelo*. — Por mais que tentasse, Ridley nunca conseguia deixar de irritar a mãe de Link. Era basicamente sua especialidade. Isso e fazer com que a mulher atingisse um tom de vermelho anteriormente reservado apenas para beterrabas velhas e porcos queimados de sol.

Link pareceu tão aliviado ao vê-la que Rid achou que ele fosse ceder e beijá-la ali mesmo.

Mas então ela olhou para a mãe dele e repensou.

A senhora Lincoln estava fervendo.

— Isso é insolência? Acha que quero conselhos de uma meretriz sem vergonha e seminua sobre como cobrir o corpo me dado por Deus?

Rid considerou por um instante suas botas na altura da coxa e o vestido decotado — um pouco menor que um verdadeiro vestido bandage — e sacudiu uma longa unha vermelha.

— Ai, ai. A senhora não pode ser preconceituosa. Não sabe disso? Tem um Democrata na Casa Branca, senhora.

A Sra. Lincoln engasgou.

Ridley sorriu. Seu humor estava melhorando. Ela gostava de lidar com Mortais. Exercitar os músculos maldosos.

Ser uma boa Ridley às vezes era tão tedioso que ela se sentia tentada a fazer novos amigos só para poder perdê-los mais tarde.

— Fica na sua, Rid. — Link voltou-se para a mãe, pegando o pôster da mão dela. — Rid veio se despedir. Você deveria dar uma folga a ela, considerando que ela não vai para a Geórgia comigo. Principalmente depois que você escreveu todas aquelas cartas para a direção por garantia.

A Sra. Lincoln forçou um sorriso.

— Não, ela certamente não vai. Ela pegaria fogo se pusesse os pés em um bom campus cristão, não se esqueça disso.

— Jesus ama a todos, mãe.

A Sra. Lincoln fez uma careta para Ridley.

— Essa aí é uma das crianças esquecidas por Jesus.

Link tentou manter o rosto sério. Nada deixava sua mãe mais louca que um sorriso ou alguma insolência durante uma bronca.

— Não sei. Devem chamá-lo de Salvador por algum motivo.

— Garanto a você, ela foi esquecida. Não pense em sequer ligar para ela. — A mãe de Link estava quase roxa.

— Isso não é assunto seu — respondeu, amuado.

— Ah, pode apostar que é. Sou a chefe de departamento dos seus assuntos, Wesley Lincoln.

— Só vim me despedir — disse Ridley, doce como mel.

Uma coisa de cada vez.

Ridley estava ali para recuperar o namorado e pretendia cumprir a missão.

Link lhe estendeu a mão. Ela a fitou.

— Um aperto de mão? O que você quer que eu faça com isso?

— Se despeça, suponho. Como você disse... — Ele alcançou a mão dela com um sorriso e uma piscadela. — A gente se vê, Rid. Foi ótimo conhecê-la.

Ridley pegou a mão dele. Os olhos da Sra. Lincoln se fecharam. Ridley puxou Lincoln em sua direção, pegando o rosto dele com as duas mãos. Ela inclinou a cabeça dele e o beijou com tanta intensidade que os dedos dos pés do Incubus se curvaram e seu rosto ficou completamente rubro.

Quase tanto quanto o da mãe.

Era o tipo de beijo que fazia a fama das Sirenas, o tipo de beijo que ardia mais que um exército de vespas — o tipo que fazia com que você se esquecesse do próprio nome e do seu destino. O tipo de beijo que faria um marinheiro lançar seu navio contra as pedras.

Até ser ele a usar bandagens, Rid pensou, mais que satisfeita. Ou ao menos orgulhosa pelo trabalho. Ela não tinha treinado a língua com pirulitos de cereja à toa durante tantos anos.

Então, tão depressa quanto o agarrou, Ridley o jogou para trás, sem fôlego e gaguejando. Quando o afastou, Link parecia prestes a desmaiar.

— Tchau, então — falou docilmente.

Link cambaleou até o carro. A mãe dele veio em seguida, com os braços abertos, então os abaixou, enojada.

— Ora, Wesley Lincoln, está feliz agora? Que tipo de mãe beijaria o próprio filho após uma demonstração sórdida como essa? — A senhora Lincoln se irritou. — É melhor entrar em casa e lavar a boca, ou nunca mais conseguirei beijá-lo.

— Aaahh, não seria um horror? — ronronou Ridley.

Cinco minutos depois, ela estava na calçada, olhando enquanto o Lata-Velha se afastava. The Who — ela achou que fosse *Teenage Wasteland* — foi tocando atrás, quase como a trilha sonora do fim do filme que fora a péssima vida de Link em Gatlin.

A Sra. Lincoln fungou, apertando os olhos com o lenço.

Ridley deu um tapinha nas costas dela.

— Então, Mamma. Acho que também vou indo. — Ela desviou a cabeça para a bochecha da senhora Lincoln e lhe deu um beijo, fazendo um som alto e deixando uma marca vermelha. — Não se importa se eu chamá-la assim, certo, Sra. L? Considerando que seremos da mesma família a qualquer momento... — Rid se inclinou para a mulher que a odiava mais que a todos os livros proibidos da Biblioteca do Condado de Gatlin somados. — Sabe que ele está economizando para comprar uma aliança, não sabe?

A Sra. Lincoln mal conseguiu falar.

— Saia de minha propriedade, sua petulante.

Ridley mostrou os dedos, o Anel de Ligação ainda na mão. *Que tal este aqui?* Ela não conseguia deixar de usar um pouco de poder de Sirena na repulsiva mãe de Link.

O rosto da Sra. Lincoln ficou roxo, mas ela não conseguia expelir qualquer que fosse a coisa horrível que pretendia.

Ridley sorriu.

— Também te amo, Mamma. Mal posso esperar para herdar sua porcelana chinesa! — Ela soprou um beijo para a mãe de Link e passou pelo melhor canteiro de flores dela, chutando terra no caminho.

Ridley voltou para o carro, rindo durante todo o trajeto pela Rota 9, o lenço rosa esvoaçando alegremente atrás dela.

Quando Ridley alcançou o Lata-Velha, Link estava estacionado no posto de gasolina no extremo da cidade, apoiado no capô.

Ridley buzinou e abriu o vidro, esticando o braço até o cinzeiro para pegar um pedaço rasgado do velho pôster de *Guerra nas Estrelas*.

— Você se esqueceu de uma coisa.

Link sorriu, pegando o pedaço de papel.

— Acho que você fez minha mãe infartar.

— Só queria dar a ela uma lembrancinha. Ela está começando a gostar de mim. — Ridley sorriu, puxando o espelho para passar o batom vermelho.

— Não acha que exagerou um pouco? Ela provavelmente vai ter pesadelos pelos próximos três meses.

— Só três? Você sabe como magoar uma garota, gostosão. — Ela contraiu os lábios. Link apenas observou.

Vestido bandage dois. Wesley Lincoln, zero.

— Por falar em despedida, acha que sua mãe acreditou? — Ela olhou para Link.

— Sim, acreditou. — Link sorriu. — Anzol, linha e Salvador. Sou um homem livre. — Ele vinha planejando a fuga havia meses. Tudo, até a falsa carta de aceitação da falsa faculdade religiosa, foi repassado mil vezes. A prática de Link em falsificar bilhetes no colégio finalmente serviu para algo.

Chega. É hora. Rid fechou o espelho.

— E o que foi aquele aperto de mão? Você realmente achou que sua mãe fosse acreditar que somos só amigos?

— Por que não? Não somos? — Link se apoiou sobre a borda do carro. Ridley desligou o motor.

— Depende. — Ela abriu a porta, empurrando Link para trás com o movimento. Em seguida, deu a volta no carro e desamarrou o cachecol, derrubando-o lentamente no banco de trás.

Às vezes é como dançar. Mesmo que apenas um dos dois consiga ouvir a música.

— Onde está indo? — Link a observou, desconfiado.

Ridley não respondeu. Apenas se abaixou para abrir a mala do carro, pausando para se certificar de que Link apreciasse a vista. Vestido apertado. Botas até as coxas. Exatamente como os Céus queriam que ela estivesse.

Um.

Dois.

Três.

Agora.

Ridley tirou três malas Louis Vuitton idênticas e as entregou a Link, uma por uma. A julgar pelo olhar no rosto dele, dava para perceber que tinha apreciado muito bem a vista.

Ela já havia encerrado a transação. Agora só precisava dar a notícia ao menino.

Rid foi até o funcionário do posto e entregou as chaves.

— Meu carro volta para a cocheira da Mansão Ravenwood. Estacione o mais longe possível do carro fúnebre de meu tio Macon. Minha prima dirige aquilo como uma maníaca. — Pegou a mão dele. — E eu nunca estive aqui.

Rid nem precisava mais de um pirulito, não para a maioria das pessoas em Gatlin. Tinha uma reputação, o que era ainda mais poderoso. O atendente engoliu em seco e assentiu. Pegou as chaves e desapareceu, voltando à garagem.

— Isso significa o que acho que significa? — Link olhou fixamente para Rid. — Você vai comigo para Nova York?

— Bem, certamente não vou a Georgia do Salvador com você.

Link tentou não sorrir.

— Está falando sério?

Surpreendentemente, Ridley descobriu que precisou se esforçar tanto quanto ele.

— Tão sério quanto a morte.

Ele respirou fundo.

— Você e eu?

— Está vendo alguma outra Sirena aqui? — Ela própria respirou fundo para se controlar. — Ou você tem algum problema com isso?

Ridley sabia que havia muitas coisas que Link poderia ter dito naquele instante. Ele poderia ter perguntado sobre sua súbita mudança de ideia. Poderia ter enchido a paciência por ela ter infernizado John quando este resolveu ir atrás de Liv na Inglaterra. Poderia ter citado a não-briga interminável dos dois, os grandes fins de namoro.

Fins de namoro.

Mas Link não fez nada disso. Em vez disso, abriu um sorriso tão grande quanto o rio Mississipi.

— Bem — disse Link.

— Sim — disse Rid.

— Acho que devemos...

— Certo.

Só demorou dez segundos para Link, sem jeito, ajudar Rid a enfiar as três malas na traseira do Lata-Velha.

— Você só trouxe isso? — Link parecia chocado.

— São apenas minhas roupas íntimas. Uma coisa que sei sobre a cidade grande, Shrinky Dink, é onde fazer compras.

Bem, eu farei as compras. Você fará o que preciso que você faça.

Esse era o plano, pelo menos. Mesmo que não pudesse contá-lo a Link. Ridley sentiu uma pontada de culpa, mas a afastou tão depressa quanto ela surgiu.

Que seja. Penso nisso depois.

Quando voltaram ao Lata-Velha, a inquietação passou e tudo que restou foi a alegria escandalosa de ter conseguido.

Ridley se ajeitou no assento ao lado de Link.

Ele aumentou o volume e a puxou para perto.

— Estou esperando para fazer isso desde a noite passada. — Ele se inclinou para lhe dar um beijo, e ela sentiu uma explosão inesperada de felicidade.

Meu Deus. Realmente senti falta dele, afinal. Dele e disso.

— A espera acabou, querido. — Ela retribuiu o beijo, subindo no colo dele ao fazê-lo. Seria uma longa viagem, e ela concluiu que deveria ficar confortável.

Link não conseguia deixar de sorrir, apesar dos beijos.

— Não conseguiu ficar longe, não é?

— Não consegui fazer isso com você. — Ela o beijou outra vez.

Ele se afastou por um segundo, sorrindo para ela.

— Faculdade de igreja o cassete.

Ela bateu os cílios.

— Eu me comportei muito, muito mal, Wesley Lincoln. Você acha que pode me salvar?

A resposta dele se perdeu na própria língua.

Ou talvez na dela.

⊰ CAPÍTULO 6 ⊱

Welcome to the Jungle*

As despedidas se acabaram. Quando John e Liv embarcaram para o aeroporto de Heathrow, e Ethan e Lena se encaminharam para a Massachusetts Turnpike, Link e Lena estavam a caminho de Nova York, o único cenário do único sonho de Link. Há tempos ele queria aquilo.

— Você se lembra da última vez em que estivemos em Nova York? — Link olhou de esguelha para ela.

— Na vez em que você fingiu que estava no acampamento da igreja?

— Melhor acampamento de banda de todos os tempos. Entrar sorrateiramente em boates no East Village. Entrar de penetra em albergues e centros de juventude. Dormir no Lata-Velha. — E afagou o painel.

— Como eu poderia me esquecer?! — Ridley sorriu. Tinha sido uma alucinação inteiramente mágica, incrementada por um feitiço poderoso de Sirena.

— Vencer na vida em Nova York, Rid. Está no mesmo nível de assinar com uma gravadora ou tocar na premiação da MTV.

— Devagar, gostosão. Talvez você devesse começar procurando uma banda nova. — *E eu sei exatamente onde começar a procurar*, Ridley pensou.

Link estava sonhando com coisas maiores.

— Quem sabe? Esse pode ser o primeiro capítulo de minha autobiografia. *Rock'n'Roll: a construção de um ícone da Carolina.* — Ele falou como se já não tivesse dito isso mil vezes.

Ridley sorriu.

---

* Bem-vindos à selva.

— E, com sorte, talvez você consiga que sua mãe proíba seu livro na Biblioteca da Stonewall Jackson High.

Link riu, ajeitando-se atrás do volante.

— Não custa sonhar. — Ele aumentou o volume.

Ridley balançou a cabeça. Ao menos, não ia se chamar Meatstik, que era o nome da sua última banda. E ela achava que os Holy Rollers fossem ruins. Os Holy Rollers eram os Rolling Stones comparados ao Meatstik, provável razão pela qual Link não conseguiu convencer nenhum dos integrantes da banda a acompanhá-lo a Nova York. Grable Honeycutt ia trabalhar no lava-carros em tempo integral, e Daryl Homer era simplesmente Daryl Homer. Provavelmente ainda estaria sentado no sofá da mãe a essa altura no ano que vem, a não ser que ela vendesse o móvel como ameaçou.

— Minha aposta é em Daryl — observou Link quando a banda anunciou que ia acabar, logo antes da formatura. — Além disso, quem vai querer um sofá de veludo dourado cheirando à bunda de Homer?

Não que algum deles estivesse deixando uma grande carreira para trás. (*You're My*) *Mystery Meat* e (*Feels Like I'm Chewin' On*) *Indigestible Gristle*, as duas mais pedidas do Meatstik nas festas Centro Comunitário de Summerville, tinham algumas das piores letras já escritas por Link, na opinião de Ridley ("destrua meu coração, corte minha alma e, quando eu sangrar, coloque no pão"). As piores, na verdade. E isso era significativo, considerando que Rid já assistira a mais shows dos Holy Rollers que qualquer pessoa.

— Agora que a banda acabou, você deveria tentar escrever sobre alguma coisa que não tenha a ver com carne — falou ela.

— Mas carne é a coisa que mais me faz falta. — Link suspirou. — Agora que não estou mais comendo. E que nós estamos juntos outra vez. — E deu uma piscadela para ela. — Nosso amor é passado, malpassado.

— Não ouse citar Meatstik para mim.

Ridley não forçou. Agora não era hora de ferir os sentimentos de Link, principalmente quando ela sabia o que estava por vir. Mais cedo ou mais tarde, ela teria de contar para ele que a viagem não era mais uma questão de sonhos. Não mais. Era por causa de TFPs — Talentos, Favores e Poderes. Particularmente, os favores que perdeu em um jogo de cartas chamado Pechinchas de Mentirosos em um clube chamado Sofrimento. Ela ainda estava humilhada demais para admitir a verdade para alguém — e com muito medo.

Tinha uma dívida com Lennox Gates, que era mais que apenas um poderoso Conjurador das Trevas dono de boate. Se Link não fosse à Nova York, estaria abrindo mão de mais que um sonho. Ele colocaria Ridley em uma confusão da qual nem ela saberia escapar. Ou, dependendo da perspectiva, ele a estaria entregando à confusão em que ela mesma se colocou. *Talvez eu devesse avisar para que ele fizesse o retorno. Já apostei o futuro de Link*, pensou, com uma pontada de culpa. *É tarde demais para me preocupar com o meu.* Mas afastou o pensamento tão depressa quanto ele surgiu. Ela não poderia fazer o que precisava se permitisse que sentimentos estúpidos atrapalhassem.

Estou fazendo um favor a ele. Preciso arrumar um baterista para Lennox a fim de resolver esse primeiro problema, e Link vai para Nova York ser baterista. Existe algo de errado em fazer um favor para nós dois? E essa banda, como se chamava? Devil's Horsemen? Hangmen? Não eram tão ruins assim, eram?

Deve haver coisas piores que passar um ano com alguns roqueiros Conjuradores que fazem bons shows.

Aliás, Ridley sabia que havia. Foi a outra coisa que perdeu naquela noite — a coisa sobre a qual não conseguia nem começar a pensar. A parte em que quitaria não apenas a dívida de um baterista, mas uma segunda, com a casa, o que significava que cabia a esta decidir quando cobrar e o quê.

Em outras palavras, Lennox Gates era dono da casa e do clube, então era dele a dívida de Rid. Em outras palavras, ele era o dono dela por um ano a partir do dia em que Rid perdeu o jogo.

Ela devia a ele um favor. Ou pior — um talento, talvez até um poder.

Não havia limites.

Qualquer coisa que ele pedisse.

Ele poderia fazê-la saltar do prédio mais alto do mundo se quisesse. Se afogar no Lago Moultrie. Se trancar em um cinema.

Aliás, Lennox Gates poderia obrigar Ridley a fazer qualquer coisa que ela já tinha obrigado alguém a fazer, utilizando o Poder de Persuasão dela mesma. Ele poderia cobrar quando quisesse, e não havia nada que ela pudesse fazer a respeito.

Ridley ainda conseguia vê-lo se vangloriando naquela noite no Sofrimento.

Estava mais para insuportável. Era isso que ele era.

Ela tirou esse assunto da cabeça.

Uma coisa de cada vez.

Tinha de acertar sua dívida de jogo e, para isso, precisava levar Link a Nova York. Um baterista saindo já já.

Na Filadélfia, Rid só permitiu que Link saísse do Lata-Velha por tempo suficiente para comprar uma Coca-Cola em uma parada de caminhoneiros, embora ele não pudesse beber.

Em East Brunswick, Nova Jersey, ela ficou aliviada ao ver placas em todos os cantos explicando que somente frentistas podiam mexer na gasolina, portanto, saltar do carro sequer era opção.

— Sinto muito, gostosão. É a lei.

Ridley não conseguia deixar de sentir um pânico irracional de que ele talvez desse meia-volta e voltasse para casa. Dava para sentir os nervos dele do outro lado do carro. Link não conseguia tirar as mãos do volante. Estava ocupado batucando em todas as superfícies do Lata-Velha.

— Só preciso parar e respirar um instante. — Ele soltou o ar fazendo um barulho alto, como um fumante sem cigarro.

— Está tudo bem. — Ridley esticou a mão. *Eu deveria afagar alguma coisa, certo? Talvez o braço dele?*

Ela deixou a mão cair sobre a perna de Link, pouco à vontade.

— Você não sabe isso. E se eu me der mal? E se eu nunca conseguir uma banda nova? E se tudo isso tiver sido uma ideia tola? — Ele disse as palavras como se fossem pensamentos novos, e Ridley tentou não sorrir.

— Quando isso já impediu você de fazer alguma coisa? — Ela desistiu do afago.

Depois disso, Ridley ficou preparada, pronta para implementar medidas emergenciais. Link estava tendo um ataque ao volante, e Ridley, presa no banco do carona. Se ela não fizesse alguma coisa, ia afundar também.

Gostando ou não, estavam juntos nessa.

Link deu de ombros.

— Posso arrumar um emprego no lava-carros, acho.

Foi a coisa mais triste que Ridley já ouviu. Fez com que tivesse um pensamento tão incomum que pareceu dar curto em seu cérebro.

Isso é que deve ser estar Ligada a uma pessoa. Não dá para afastar, ligar e desligar num passe de mágica. Conectar-se, de fato, com alguém era infinitamente mais complicado que isso.

Ela olhou para o Anel de Ligação forjado de fogo no dedo. Ridley tinha de fazer alguma coisa, por eles dois.

Rid balançou os dedos enquanto observava as cores do anel mudando de azul brilhante a verde-leitoso. *Verde Conjurador*, ela pensou. *Como um grande anel do humor Conjurador.*

Ela fechou os olhos.

Não. Não era um feitiço. Não era sequer um Amuleto. Não era o mesmo que um pirulito de cereja ou um pedaço de chiclete ou algo que ela pudesse mascar, chupar ou com o qual adoçar os poderes de Sirena.

Era um desejo.

Mas, à medida que desejava, ela sentiu um puxão estranho — como se alguma coisa estivesse abrindo espaço na parte mais profunda da própria mente, como acontecia quando conversava por Kelt com um Conjurador ou Encantava algum escoteiro inocente.

Queria que o Lata-Velha pudesse Viajar. Se John estivesse aqui, ele daria um jeito de fazer acontecer. Iríamos daqui a Nova York em um segundo.

O coração de Ridley bateu forte, e ela abriu os olhos a tempo de ver o Lata-Velha atravessando a Brooklyn Bridge, acima das águas de Manhattan, em direção ao Brooklyn.

— Espere — falou ela, voltando-se para Link. — Está vendo isso?

— É um pouco difícil não ver a Brooklyn Bridge, Rid. Mesmo sendo um menino de Gatlin. — Link sorriu. Tinha voltado a si. Alguma coisa na cidade o encantava tanto quanto qualquer coisa que Rid pudesse fazer com ele.

— Não notou nada de estranho nesse meio-tempo? Entre Nova Jersey e aqui?

— Além das placas terem as cores erradas e das estações de rádios ficarem confusas? E o fato de que é preciso pagar para dirigir na via expressa?

Tudo é estranho, querida. Estamos no norte. — Então *Stairway to Heaven* começou a tocar e a conversa obrigatoriamente parou. Era uma das poucas regras do Lata-Velha. Era preciso respeitar *Stairway*.

Rid elevou a mão ao luar, encarando o anel. *Quais eram as palavras do Feitiço de Ligação? Alguma coisa nos mandou? Será que o anel fez isso?*

Tinha desbotado para a cor azul novamente e, naquele momento, não parecia mais poderoso que nenhuma outra peça que ela estava usando.

Link não fez o Lata-Velha Viajar. Ele sequer notou. E eu não imaginei. Não posso ter imaginado.

Porque estavam em Nova York.

Ela não sabia como ou por quê, nem mesmo quem seria o responsável — mas, ao menos, nada de mal havia acontecido. Ela conseguira seu desejo. Não havia como virar as costas para Nova York agora.

Ridley não sabia se era por causa do anel, mas, enquanto atravessavam a escuridão de uma extremidade de luzes brilhantes a outra, a Brooklyn Bridge parecia o lugar mais mágico do mundo, ou o segundo mais mágico. E fez com que Ridley se lembrasse da ponte Conjuradora, que levava à Fresta, a grande fronteira entre o mundo Mortal e o Outro Mundo. Mas se aquela ponte não passava de um velho porto cheio de farpas, esta era quase um monumento para os Mortais. Ela ficou imaginando por que nunca tinha notado antes. A escala enorme de tudo — os cabos se elevando altos no céu acima, as vigas de apoio projetando sombra e luz enquanto o Lata-Velha acelerava — não era parecida com nada que estavam acostumados a ver em Gatlin.

Era Mortal e de tirar o fôlego, e Ridley não conseguia se imaginar acostumada à ideia de que a patética e falida raça humana pudesse criar algo tão lindo.

Justo quando você pensa que não podem surpreender, pensou. *Aí você precisa se preocupar com a possibilidade de que possam fazer exatamente isso.*

⊰ CAPÍTULO 7 ⊱

*Another Brick in the Wall**

— Não estamos perdidos. Quão grande pode ser o Brooklyn? E tenho um faro de cão d'caça, lembra?

— *Cão de caça* são três palavras — disse Ridley. — E você quer dizer cão farejador.

— Tanto faz. — Ele tomou um gole da Coca-Cola alojada entre o assento e a porta. Carros antigos como o Lata-Velha não contavam com luxos como porta-copos ou fluido de limpador de para-brisa, quanto mais dois faróis.

— Tem certeza de que você sabe aonde está indo? Onde fica seu apartamento? — Ridley o olhou, desconfiada.

Ele cuspiu o refrigerante de volta na lata com um suspiro. Era o mais próximo que conseguia chegar de tomar um gole; como qualquer Incubus, Link não precisava de comida ou sequer a desejava. Mas isso não significava que não sentia falta.

Ele suspirou, chacoalhando a lata.

— Não é um apartamento. Não exatamente.

— O que é, exatamente?

— Um estacionamento — falou, olhando Rid de lado.

— Excelente. — Ela tentou parecer irritada, mas, na verdade, não estava surpresa.

— Concluí que dormiria no Lata-Velha. Até onde sei, nós nos divertimos muito aqui. — E afagou o painel afetuosamente.

---

* Mais um tijolo na parede.

— Seu plano era se mudar para Nova York até vencer na vida e dormir no carro o tempo todo?

Link deu de ombros.

— Quanto tempo pode demorar? Sou um cara talentoso.

Ridley puxou um papel da bolsa e pegou do painel o telefone antigo e nada smart de Link. Achou o teclado e lentamente digitou as letras com as pontas de suas longas unhas vermelhas.

— Esquece. Eu cuido disso.

Era hora da segunda parte do plano, encontrar a banda, e Link não podia ter facilitado mais. O roadie do Sofrimento deu a ela o telefone do guitarrista e avisou para ligar quando chegassem. *Aqui estamos.*

a caminho endereço pf — Rid, do Sofrimento

— Cuida? Cuida de quê? — Link franziu o rosto.

— Conheço algumas pessoas. — Ela o afagou no braço. — Sempre conheço.

— Desde quando? — Agora foi a vez de Link desconfiar.

A mensagem seguinte foi quase instantânea e incompreensível.

palhaço vomitante myrtle duane.

Ridley tentou decifrar.

— Parece que vamos ficar com um cara chamado Duane — falou. — E talvez uma garota chamada Myrtle.

— Como é que nunca ouvi falar nessa gente?

Ridley se remexeu.

— São amigos de John. Mandei uma mensagem para ele, e ele arranjou.

— John deveria estar num avião agora, lembra? — disse Link. — Quem é esse Duane, de verdade?

— Agora existe wi-fi nos aviões — respondeu Ridley suavemente. *As mentiras estão começando a sair com facilidade. Com mais rapidez que o habitual.* — Coisa que você saberia se já tivesse entrado em um.

— Ei, já fui a muitos lugares.

— O ônibus para Myrtle Beach não conta. — A garota sequer levantou o olhar. — Por falar em Myrtle... — continuou digitando.

que palhaço vomitante

A resposta veio tão depressa quanto.

vomitou em myrtle

O quê?

Link deu uma risada, e Rid se forçou a parar de olhar para o telefone. Ele desviou o olhar das placas de rua o suficiente para erguer uma sobrancelha para ela.

— Por que preciso de um avião? John é burro por não Viajar.

— Engraçado, porque, na última vez que chequei, estávamos em um carro a dez mil horas da Carolina do Sul rumo a Nova York. Em vez de Viajar. — *Exceto pela parte em que Viajamos*, pensou Ridley.

— É diferente. Não podia deixar este docinho em casa. Ela me mataria. — Link afagou o painel. — Não é, meu amor?

— Temos onde dormir com Duane e Myrtle. É isso que importa. Tenho certeza de que vai ficar tudo bem.

Ridley quase acreditou em si mesma ao falar. Tentou escrever mais uma vez.

palhaço vomitante quem diabo é myrtle
Dessa vez não houve resposta.

— Ela é uma rua, não uma pessoa. — Ridley estava embaixo da placa que dizia AVENIDA MYRTLE. Foi um milagre terem encontrado, considerando que era o meio da noite, estava muito escuro, e todas as placas, muros e superfícies ao redor ostentavam pichações.

— Meio que entendi sobre Myrtle. — Link suspirou. — Vamos voltar para o carro. A casa desse cara tem de ser por aqui em algum lugar.

Ridley balançou a cabeça.

— Não é óbvio? Duane está brincando conosco.

— Na verdade, não está, não. — Link apontou, com uma risada. — Mas Duane quer muito que você tome vacina de gripe. Porque ele também não é uma pessoa. — Lá estava a placa indicando o dia de vacina dois por um na Duane Reade.

Duane Reade, a farmácia.

Droga, ela pensou. *Estão brincando comigo. Claro. Devil's Hairspray. Essa banda já consegue ser pior que Meatstik.*

Link olhou para Ridley.

— Não tem Duane, baby. Nem Myrtle. Você faz alguma ideia de para onde vamos, ou quem vamos encontrar?

— Um palhaço vomitante. — Ela se sentou no meio-fio. Era verdade, e a única pista que restava. Ridley estava tão frustrada que teve vontade de chorar. Não ajudava o fato de que as pessoas que estava procurando continuavam não respondendo às mensagens.

— Claro. Por que não disse antes? — Link soltou o ar, tentando não se descontrolar.

— Isso foi tudo o que o cara disse. Sou muito burra por dar ouvidos a um Conjurador idiota que sequer conheço, achando que ele fosse ajudar. — Ela se interrompeu. — Mesmo que seja amigo de John. — *Certo.* Não era tão fora de propósito assim. Havia muitos Conjuradores idiotas aos quais nunca deveria ter dado ouvidos.

Malditos Conjuradores.

E maldito roadie Mortal. Se não o tivesse conhecido, não teria entrado no jogo de Pechinchas de Mentirosos que a colocou nesta confusão.

Malditos Mortais.

— Então quem é este cara que-não-se-chama-Duane? Conjurador das Trevas? — Link se sentou no meio-fio ao lado dela.

— Provavelmente. — Ela deu de ombros, improvisando. — Se ele for um dos amigos de John, não teve uma infância de muitas Luzes.

— Vamos lá. John nunca teve amigos, Rid. Nós dois sabemos disso. Quem é esse cara, sério?

— Bem... — Ridley respirou fundo e olhou para Link. — Ele faz parte de uma banda.

— O quê? — Link enrijeceu. Não havia jeito de Ridley usar a palavra *banda* em uma conversa sem que Link soubesse que ela estava aprontando alguma.

Banda era uma coisa dele, não dela.

Ela basicamente evitava todas as outras músicas desde que ficou com Link. Considerando o tipo de música que as bandas de Link tocavam, era melhor que ela não tivesse nada com que comparar.

Agora tudo desmoronou. *Tudo, até certo ponto.*

— Nem lembro o nome. Ele tem uma banda que vi tocar no Sofrimento. — *Depois que a gente terminou. Depois que eu o larguei. Depois que fui para a farra em metade da Europa. Depois que perdi tudo em uma rodada ruim de Pechinchas de Mentirosos.*

— Continue. — Link pareceu ainda mais desconfiado. Outra banda já era suficientemente irritante. Outra banda de um clube de Conjuradores das Trevas era pior ainda.

O resto da defesa de Ridley saiu em um monólogo longo; e, para sua surpresa, parcialmente verdadeiro.

— Não quis contar porque não queria brigar por isso e porque eu sabia que você o odiaria se eu o associasse ao fim de nosso namoro. — (Mais ou menos verdade). — Mas foi onde nos conhecemos, e a banda dele precisa de um baterista, e eles parecem muito bons. — (Também mais ou menos verdade). — E eu disse a ele que conhecia uma pessoa que seria perfeita, e agora cá estamos. — Ela respirou fundo. — Viu? Tudo bem. Agora vamos procurar um palhaço vomitante.

Ela tentou soar animada, mas as palavras *palhaço vomitante* a fizeram desistir mais uma vez.

— Não posso acreditar. — Link a encarou, e não de um jeito bom. Não de um jeito eu-amo-essa-Sirena. O vestido bandage sequer foi um elemento na conversa, o que provava o quanto se perdera.

Não estou bem, Ridley pensou. *Eu deveria conseguir tirar isso de letra. O que há de errado comigo?*

— Em que parte não consegue acreditar? — Ela tentou se lembrar de que parte era verdadeira, mas tudo tinha se tornado tão distorcido que estava com dificuldades para desenrolar.

— Em nenhuma. Você sabia que eu estava em busca de alguma coisa na cena musical. Depois sentou no carro e no caminho todo não falou nada sobre eu fazer teste para uma banda.

— Não é um teste. A vaga já é sua. — *E esse é todo o problema*, ela pensou. *Ironia é péssimo.*

— Do que é que você está falando?

— Eles precisam de um baterista. Você é baterista. É matemática. Você mais eles é igual a banda. Pronto. Podemos achar o palhaço agora?

— Rid. Pare. Isso é importante para mim. Você não pode decidir meu futuro em meu lugar. Não é assim que vai ser.

— Por que não?

— É o meu sonho. Você precisa ficar fora dele. Eu tenho de conseguir sozinho.

— E vai.

— É? Quantos pirulitos teve de usar para armar isso, Rid? — perguntou ele.

As palavras feriram. Ela desviou o olhar.

— Namoradas normais não fazem essas coisas, Rid.

— Então por que não arruma uma dessas? — *Não se descontrole, Rid. Acalme-se.* — Porque eu só estava tentando ajudar. — *A mim mesma*, acrescentou, por pior que se sentisse com isso.

Ele pareceu incrédulo. Ela continuou:

— Sério, Link. Só estou tentando ser honesta com você. — *Belo toque.*

— Que seja. — Ele desviou o olhar, voltando-o para a Duane Reade coberta de grafite.

— Por que você nunca acredita em mim quando peço desculpas? — Ridley tentou parecer arrependida, mas não conseguia se lembrar de como era essa expressão em particular. Em vez disso, optou por parecer enjoada, porque já tinha recorrido a essa o suficiente para que fosse quase uma segunda natureza.

— Porque você nunca se arrepende — falou Link, como se a ideia tivesse acabado de lhe ocorrer. — Porque você nunca acredita, de fato, que haja o que lamentar ou razão para se desculpar. Tudo é um jogo para você. Nunca vai ser mais real que isso. Não para Ridley Duchannes.

Ridley sabia do que ele estava falando. Mais cedo no verão, quando Link confessou que a amava, ela teve um ataque e o abandonou. Nenhum dos dois tocou no assunto desde então.

Às vezes, era real demais, principalmente para ela.

— Não. Isso não é verdade — falou, se sentindo subitamente meio mal. Link se levantou.

— Preciso dar uma caminhada.

— Não, por favor, não — pediu ela. — Link.

Ele saiu pela rua... para longe de Ridley, do Lata-Velha, da Duane Reade e de toda a conversa.

Rid tinha passado a vida pregando peças em Mortais. Até mesmo os manipulando. Sempre correu tudo bem. Por que estava se sentindo tão mal agora? E quem era Link para fazê-la se sentir péssima por fazer o que sempre fez?

A maioria dos Conjuradores das Trevas não pensava nos Mortais. Eles estavam ali para serem explorados — era para isso que existiam.

Como prática de tiro ao alvo ou aulas de Feitiço.

São apenas, você sabe, Mortais.

Ridley ficou sentada sozinha na calçada sob o círculo de uma triste luz amarela de rua. A noite estava escura, mesmo na cidade, e mais uma vez ela estava sozinha.

Essa é quem eu sou. Uma menina sozinha na calçada. Isso é tudo que sei ser.

Ela sabia que precisava contar a verdade a Link, mas qual verdade? E que importância tinha? No fim das contas, ela continuaria sozinha na calçada.

Talvez seja esse o meu lugar.

Ela estremeceu, se sentindo conspícua, como se o mundo estivesse olhando.

Literalmente olhando.

Levantou o olhar.

Porque tem alguém me observando, Rid pensou. Conseguia sentir o olhar nela. Procurou de um lado a outro da rua. A noite escureceu nas rachaduras e fissuras sob os carros e cântaros, nas entradas e atrás dos arbustos. Havia tantos esconderijos.

Mas enquanto buscava, tudo permaneceu parado.

Talvez eu esteja imaginando coisas.

Não houve passos nem ruídos.

Não tenho uma imaginação tão boa assim.

Ridley ainda estava tentando afastar a ideia quando Link a chamou.

— Rid!

— Vá embora — Ridley respondeu. — Não quero escutar. — Era o que ele esperava ouvir dela, a Sirena sozinha na calçada. Então ela disse exatamente isso.

— Bem, que pena, porque achei um palhaço vomitante para nós.

❈ CAPÍTULO 8 ❈

*Stairway to Heaven**

— Para onde você está me levando?

— Tenha um pouco de fé, Rid — disse Link.

— Certo. — *Até parece.*

Link parou e a colocou frente a frente com ele, pousando as mãos sobre os ombros dela.

— Sabe, estou aqui tentando ajudar. Não estou falando que é um tiro certeiro. Preciso me certificar de que se encaixa. A banda.

Ridley prendeu a respiração.

— É?

— Se é importante para você, eu tento. Digo, sou seu cara. Mas você precisa ser sincera comigo.

— Eu sou. — Ela esticou o braço para tirar o cabelo dos olhos dele.

— Tem certeza de que não tem nada acontecendo?

Ela balançou a cabeça. *Nada que eu possa contar.* Mas ela continuava assustada com a sensação de estar sendo observada. E mais que culpada por precisar mentir para o próprio namorado.

Estava com uma sensação ruim em relação à noite toda.

— Estou bem — disse Ridley, tanto para si mesma quanto para ele.

Link pareceu aliviado e agarrou a mão dela.

— Então vamos.

Ela o seguiu pela rua em frente à Duane Reade — a farmácia real, e não a pessoa inexistente — onde havia um restaurante pequeno, velho e

---

* Escada para o céu.

discreto de um andar. Apesar de a rua em si estar escura, a vitrine estava iluminada por um sinal em neon que piscava e dizia: RESTAURANTE. Não parecia ter mudado muito, ou passado por uma faxina, em meio século.

— Isso quer dizer que é um restaurante? Ou que o nome do lugar é Restaurante? — observou Ridley. — Não entendi.

— O Restaurante da Marilyn. Não consegue ver onde o neon já apagou?

Ela examinou mais de perto, mas mal conseguia distinguir algo na janela. Agora que ele tinha se transformado, o Link parte Incubus conseguia ver e ouvir coisas muito além da capacidade de um Mortal ou mesmo de um Conjurador.

— Enfim, não estou falando isso. Olhe ali. — Link apontou para uma parede do outro lado do restaurante, a que dava para a esquina do cruzamento. Palavras se tornavam formas abstratas pichadas, girando até a seguinte. Uma fileira de monstros. Um mar de rostos. Mãos alinhando o chão como flores.

E uma palavra, arqueada acima de todas.

NECRO

As letras lembravam alguma coisa a Ridley, mas ela não sabia exatamente o quê. O nome parecia familiar, ou talvez a arte.

— É como as pinturas daquele cara. Sabe, nos museus em Paris ou na Espanha.

— Ah, aquele cara. Entendi o que está dizendo. — Mas Link não entendia, considerando que nunca tinha posto os pés em um museu na vida. Nem mesmo na loja de suvenires.

— Dalí — falou, estalando os dedos. — Salvador Dalí, o cara com os relógios caídos, as faces bizarras e os crânios que têm crânios nos olhos. Cabeças monstruosas andando em pernas de galinha e tudo mais.

— Na última vez em que cheguei você prestava tanta atenção quanto eu a museus. — Link sorriu. — Você é muito convencida.

— Está vendo ali? Onde o monstro saindo daquela coisa oval com pernas está comendo aqueles homenzinhos? É disso que estou falando. — Ridley gesticulou para a parede.

— Acho que você não está entendendo. — Link parecia presunçoso.

— É? O que é então, Picasso?

Link esticou o braço para o monstro branco.

— É isso.

Ele tocou a parede atrás do monstro branco, onde outra criatura, uma que parecia um cruzamento entre uma lula e uma girafa — com um nariz vermelho estranhamente redondo — estava expelindo o que parecia um monte de globos oculares da enorme boca.

— Ele está vomitando — disse Rid. — O nariz de palhaço está vomitando.

De repente ela se tocou. Nariz de palhaço. Vomitando. *Palhaço vomitante!*

— Vomitando como Savannah Snow na Noite dos Formandos. — Link pareceu mais alegre do que em qualquer momento desde que deixaram Gatlin. — Ou Emily Asher na formatura. Ou aquele garoto muito bêbado, de Summerville, com intoxicação alimentar no último show do Meatstik. Ou...

— Sim, sim. Eu entendi. — Rid esticou a mão para a boca do palhaço. Sua mão deslizou para dentro, até desaparecer na altura do pulso.

— Maçaneta? — Link pareceu esperançoso.

Em resposta, ela agarrou a manga dele e o puxou, até os dois desaparecerem nos redemoinhos de tinta do mural pichado...

... e reaparecerem do outro lado da porta, no que parecia uma sala de correios de um prédio normal.

Link se curvou, as mãos nos joelhos. Então se levantou, balançando a cabeça como um cachorro que tinha acabado de sair da água.

— Uau. Acho que nunca vou me acostumar com isso.

— Com um Feitiço básico *Occultus Vox*? Ah, por favor, fala sério. Brincadeira de criança ilusionista. Larkin fazia o mesmo com a casinha do clube aos 5 anos. — Ridley não se impressionou muito com a entrada; qualquer um poderia fazer aquilo. Mas, através do vidro de outra entrada, ela viu as escadas ziguezagueando escuridão adentro: apartamentos sobre o Restaurante da Marilyn escondidos da parte externa por um Feitiço. Apagar com ilusionismo todo um prédio era bem legal. Apenas o restaurante no térreo era visível, e Ridley percebeu que havia uma segunda entrada.

— O restaurante é a entrada — falou. — Acho que entramos pela porta dos fundos. Provavelmente estavam tentando nos afastar.

— Por que fariam isso?

Ridley deu de ombros.

— São Conjuradores das Trevas, não a Associação de Pais e Mestres da Stonewall Jackson. Não estão aqui para conhecer os vizinhos.

Ela fitou as caixas de correio, onde uma fileira de nomes aparecia escrita a lápis perto das respectivas caixas metálicas muito Mortais e muito envelhecidas. Ela passou os dedos pela lista.

FLOYD: #2D

Ela tamborilou o dedo sobre o nome.

— Conheci essa menina. Ela é a ilusionista.

— Floyd?

— Acho que sim. — Ridley deu de ombros. Para ser sincera, ela não prestara muita atenção a nada além da própria confusão naquela noite, no Sofrimento. — Ela era boa em Pechinchas de Mentirosos. Mas eu fui melhor.

— Que mais? — Link olhou para ela como se ela estivesse se esquecendo de coisas importantes.

— Ah, certo. Baixista, acho. — Ela tentou se lembrar, depois desistiu.

— Tanto faz. É só uma menina roqueira.

— Gosto de meninas roqueiras. — Link sorriu.

Ridley o ignorou. Apenas apontou para um nome diferente na parede.

— Ela não fez sozinha. Veja.

Lá estava.

NECRO: #2D

— Então são amigos — disse Link.

Ridley assentiu.

— Um fez a marcação, e o outro escondeu a porta. Conheci os dois, mas acho que não troquei uma palavra com eles a noite toda. — *Outro roqueiro perdedor cheio de pose.*

— Necro? Provavelmente um Necromante. — Link pareceu ansioso. Não estava interessado em falar com os mortos mais do que já havia feito nos últimos anos. Ter um melhor amigo indo para o Outro Mundo e voltando fazia isso com um cara.

— Você acha? Como desconfiou?

Link ergueu as mãos em redenção.

Um nome estava raspado. Ridley olhou mais de perto, mas não conseguiu ler.

— Esse devia ser o ex-baterista idiota. O que você vai substituir.

— Eu não...

Cuidado. Recue.

— O que *eles acham* que você vai substituir. Eu sei, eu sei. Não cabe a mim decidir. Você não precisa fazer nada que não queira. Não sou sua chefe. Então vamos simplesmente entrar e esclarecer tudo.

— E esse aqui? — Link se inclinou para ler o nome. — Parece Sam. Sam alguma coisa.

SAMPSON: #2D

Ridley se sentiu muito mal ao ver o nome do estranho das Trevas que a derrotou na última rodada de Pechinchas de Mentirosos. O que jogava em nome da casa.

— Sampson, ele é... algo diferente.

— Trevas? Luz? Incubus?

Se ao menos ela soubesse.

— Apenas diferente. — Seu tom dizia *deixe quieto*, e ele deixou.

Ridley respirou fundo.

Agora ou nunca. Eu nos coloquei nessa confusão. É assim que vou nos tirar.

Então ela fez o oposto de tudo que estava com vontade de fazer. Encontrou o apartamento 2D — subindo um lance de escadas, sem nenhum vestígio de Conjuradores nelas — e tocou a campainha.

A porta se abriu.

Quem abriu foi a menina bonita meio menininho, com o moicano azul.

Ridley reconheceu o cabelo azul curtinho da boate. Não conseguia se lembrar do nome. Era tudo um borrão agora.

— Oi, *Duane*. — Ela arriscou um sorriso. — Toc. Toc. Somos nós. — Ridley tinha dado um passo em direção à porta quando a moicano azul tentou fechar na cara dela. — Não estava nos esperando, estava? Obrigada pelas ótimas indicações. Realmente facilitou as coisas.

Link empurrou a porta, e eles encararam duas meninas muito diferentes. Ridley se lembrava das duas no Sofrimento.

Uma era alta e desengonçada, com jeans detonados, uma camisa rasgada do Pink Floyd, e mais cabelos louros pegajosos do que parecia capaz de controlar. Nesse momento estava transbordando, saindo de dois coques no topo de sua cabeça.

— Oi, Floyd — disse Ridley.

Ao lado dela, a do moicano era baixa e esguia. Onde não havia cabelo azul ou couro preto, havia tantos piercings que ela parecia ter um fetiche por grampeadores.

— Necro. — Ridley fez sinal com a cabeça. E pensou que nunca soube que Necro era uma menina antes, quando se conheceram no Sofrimento.

Nenhuma das duas respondeu.

— Oi, Floyd. — Link apontou para a camisa dela. — Entendi. Irado — Fez uma pequena reverência de adoração. Floyd engoliu um sorriso.

Ele olhou para Necro.

— E aí, Gaga?

Ridley bufou.

— Link. Não seja grosso. Não é Gaga. Não sei nem se isso é Lady.

— Isso? Está falando de mim? — Necro a examinou primeiro, como se estivesse considerando suas opções. — Ai, Barbie. Onde aprendeu seus modos?

— Nas ruas do Brooklyn — rebateu Ridley. — Graças às suas excelentes instruções. — Ela olhou para Link. — Este é meu namorado, Link. — Ela apontou com a cabeça para elas. — Elas são o Devil's Hairspray.

— Hangmen — corrigiu Floyd.

— Como se isso fosse melhor. — Ridley revirou os olhos.

Necro pareceu irritada.

— Sirenas não deveriam manter as garras assassinas escondidas sob exteriores doces e suaves?

Ridley acenou com a mão de unhas que pareciam garras.

Necro sorriu.

— Ah, estou vendo as garras. Só estou com dificuldade de encontrar o exterior doce.

— Morda-me — disse Ridley. — E então veja como meu gosto é doce.

Necro ergueu uma sobrancelha.

— Engraçadinha, vou deixar passar.

Ridley sorriu de volta.

— Engraçadinha, não vou a lugar algum.

Ficaram ali, olho a olho, garra a garra. Necromante e Sirena, em um impasse silencioso.

No fim, a Necromante piscou.

Não piscam sempre?

Necro abriu a porta com um gesto amplo.

— Tudo bem. Lennox nos alertou de que viriam. Podem ficar no QG da Devil's até encontrarem um lugar. — Ridley deu um passo em direção à porta, mas Necro a conteve. — Espero que seu namorado seja melhor na bateria que você nas cartas, Sirena.

Ridley empurrou a outra sem dar risada.

Não havia nada de engraçado em Lennox Gates.

⊰ CAPÍTULO 9 ⊱

*Use Your Illusion**

O apartamento 2D era ainda mais estranho por dentro que por fora. Assim que a porta se fechou atrás de Link e Ridley, ela percebeu que estava a centímetros de água limpa.

— Mas o que...

Sob os pés, via areia dourada.

Ridley levantou os olhos e viu uma praia, e não apenas o tipo deprimente de praia que se vê em um pôster de agência de viagem.

Era real. O sol estava quente. A água, molhada. Ela pôde perceber pela forma como estava entrando entre os dedos dos pés.

— Isso é uma ilusão?

Necro deu de ombros.

— Floyd sentia falta das ondas.

Floyd assentiu.

— Sou uma garota da Califórnia. Totalmente.

Link chutou as ondas com as botas.

— Demais.

Tanto faz.

— Tem como diminuir o barulho da água? Mal consigo me ouvir pensando. — Rid olhou fixamente para Floyd, e, no mesmo instante, uma onda do tamanho do Lata-Velha quebrou sobre a cabeça de Rid. Floyd até fez o cabelo e as roupas dela parecerem, para seu horror, encharcadas.

---

* Use sua ilusão.

— Engraçadinha. — Ela tentou não soar impressionada.

Quando Ridley se virou de costas para a praia, estava seca outra vez — irritada, mas seca.

E, nos outros três lados da praia, o loft estava praticamente vazio. O espaço era construído com tetos altos e brancos, e paredes de gesso — pelo menos onde dava para enxergar atrás de centenas de pôsteres do Pink Floyd e de heavy metal.

Como o quarto de Link em Gatlin, Rid pensou. *Talvez seja um bom sinal.*

— O que é aquilo? — Ela apontou. Em uma extremidade da enorme sala havia uma espécie de palco, com suportes para microfone e amplificadores empilhados em um dos lados, além de caixas de som montadas no teto. Havia ainda uma bateria e três guitarras no palco.

— Sala de ensaio — disse Floyd, batendo no prato da bateria ao passar. Necro foi para perto dela. As novas companheiras de apartamento de Ridley, pelo menos duas delas. Ela suspirou. Por sorte, Sampson, o nascido das Trevas, não estava em lugar algum.

— Incrível! — O rosto de Link se iluminou quando viu o palco, e ele ficou parado olhando, como se já conseguisse se imaginar ali. Ele se aproximou, e uma multidão do tamanho de um estádio apareceu por trás, como se vista da coxia.

Link deu um passo para trás, e a imagem desapareceu.

Para a frente, para trás. Para a frente, para trás.

Multidão, sem multidão. Multidão, sem multidão.

Ele riu.

— Estou adorando isso. — Deu um passo para a frente. Depois, mais um. A multidão começou a gritar até que a cantoria abafou o barulho da água.

— *Devil's H. Devil's H. Devil's H.*

Link sorriu por cima do ombro.

— Tem como fazer gritarem meu nome?

Rid o puxou de volta, e o palco ficou em silêncio.

— Tem como não fazer isso?

— Ah, vamos. Veja isso. — Link gesticulou para os pôsteres nas paredes, fazendo que sim com a cabeça em tom de aprovação. — Metallica. Guns N' Roses. Black Sabbath. Iron Maiden. AC/DC. — Ao olhar para todos eles, cada um tocou um riff de uma de suas músicas mais famosas. Fãs Conjuradores eram demais. — Alguém tem bom gosto. — Link meneou a cabeça.

— Sou eu. — A menina loura sorriu, essencialmente para Link.

— Imaginei que fosse você, Floyd. — Ele sorriu. — Seu nome diz tudo.

Ótimo, Ridley pensou. *Uma versão feminina de Link.*

Floyd levantou as duas mãos.

— Não, não. Não fui batizada por causa da banda. É nome de família. Frances Floyd Terceira.

Link pareceu desapontado.

— Ah, droga. Bem, pior pra você. Mas tudo bem.

Floyd sorriu e apontou para o rosto dele, rindo.

— Estou brincando com você. Pink Floyd é a maior banda de todos os tempos. — Seu braço se transformou em uma guitarra elétrica, e ela tocou algumas notas do *The Wall* com uma das mãos.

— *We don't need no ed-u-ca-tion* — cantou.

Ridley tinha de admitir que Floyd cantava bem, o que a tornava ainda mais irritante. Principalmente quando Link começou a batucar mal com as mãos na mesa de centro. Sua última esperança de que poderiam se dar bem evaporou quando Floyd começou a se concentrar no namorado dela.

— *We don't need no thought control* — respondeu ele. Ela ficou imaginando se ele sabia o quanto cantava mal. Se Floyd também achava, não demonstrou.

Ridley elevou a voz.

— Certo, certo. Vocês são uma banda de dois. Link Floyd. Acho que já estabelecemos isso.

— Link Floyd — repetiu Floyd. — Veja esse nome. Era para ser.

Era para ser?

— É isso. — Link estendeu o punho para Floyd. — Toca aqui.

— Eu disse Link Floyd? — Ridley balançou a cabeça. — Quis dizer *Supertramp.** — E olhou fixamente para a loura que encarava seu namorado.

Sai de perto.

---

* Trocadilho com *tramp*, que significa *vagabunda*, e o nome da banda britânica. (*N. da T.*)

Floyd deu um soquinho no punho de Link e disse:

— Ou *superhot*.

Como?

Ridley franziu o rosto. Não era isso que esperava.

— Eu disse Supertramp? Quis dizer *Vaca*.

Os olhos de Link se desviaram para ela, surpresos. Até Floyd olhou para Rid como se ela fosse uma psicopata.

Rid deu de ombros.

— O que foi? É uma banda. Pesquisem. — E sufocou o impulso de partir a mesa em pedacinhos. Estragaria sua bota.

— Nossa — disseram Link e Floyd ao mesmo tempo. Olharam um para o outro e riram.

Foi a gota d'água.

— Vocês querem um quarto? — Ridley revirou os olhos. — Ou talvez possam apenas mostrar onde fica o meu. Estou exausta.

— Sim. Desculpe. Sampson precisa de um quarto individual, e eu e Floyd dividimos o outro. — Necro olhou para Floyd, como se houvesse alguma história ali e ela estivesse alertando a outra para não contar.

O que não tinha problema, considerando que, se houvesse história, Ridley definitivamente não queria saber.

— Ótimo. Já vi quem manda aqui.

Uma sombra passou pelo rosto de Necro.

— Você conhece alguém nascido das Trevas? São imprevisíveis. Não são exatamente pessoas com as quais é bom dividir o quarto.

— Nascido das Trevas? — Link estava confuso.

— Longa história — concluiu Rid, olhando para Necro e Floyd. — Uma espécie de Conjurador mutante. Nada que eu não dê conta.

— O que vai fazer? Enfeitiçá-lo? — Necro riu. — Adoraria vê-la tentar, Sirena.

Aparentemente, a imunidade concedida por um Nascido das Trevas tinha vantagens além do universo dos jogos clandestinos de cartas. Ridley tinha perdido tudo no Sofrimento, quando Sampson a derrotou apesar de seu Poder de Persuasão. Não estava interessada em enfrentá-lo novamente tão cedo.

Não que eu fosse admitir isso para essas duas vítimas da moda.

— Então meu charme não funciona nele. Isso não quer dizer que Sampson seja invencível. — Ridley ficou irritada. Só queria que o dia acabasse.

Isso e meu próprio quarto.

— Vê-la tentando usar algum Feitiço em Sam? Isso seria como ver uma mosca tentando cumprimentar um elefante. Você mal existe para ele. — Necro ficou feliz em lembrar o que ela já sabia.

— Veremos — disse Rid. — Só me mostre minha cama, Ninfo.

Floyd olhou para Necro, que estava com uma das mãos no quadril.

— Encontre sozinha. Não tem como errar. É o único colchão no chão da cozinha. O sujo.

Então Necro sorriu — seu primeiro sorriso da noite.

— A propósito. Um amigo seu queria que eu te desse um recado.

— Não tenho amigos — disse Ridley.

— Claro que tem. Não sei como ele se chama, mas acho que me deu um recado nojento. Você parece despertar isso nas pessoas. Está na minha cabeça, como um pesadelo. Às vezes, acontece. — Necro passou um braço em torno de Ridley, puxando-a para perto.

— Guarde seus sonhos nojentos para si — sibilou Ridley.

— *Vindicabo* — disse Necro. — Uma palavra. Quatro sílabas. Substantivo. Feitiço de Vingança. — Os piercings labiais bateram nos dentes enquanto ela falava. — Acho que você tem amigos em lugares ruins, Sirena.

Vindicabo.

A palavra pairou no ar entre elas como uma ameaça. Ridley deu um passo para trás, tropeçando na parede, afastando-se de Necro.

— Que espécie de mensagem é essa? *Eu vou vingar* o quê? Do que você está falando? — Ela já tinha visto Feitiços *Vindicabo* o bastante para saber que eram péssimos para todos os envolvidos. Um *Vindicabo* era o equivalente Conjurador de um Tormento: não demonstrava compaixão, não fazia prisioneiros e deixava um rastro de destruição.

Ridley engoliu em seco.

— É tudo o que sei. — Necro deu de ombros. — Recebo essas coisas à noite. Não controlo. E não sou sua secretária.

— Bela tentativa, Maluca. — Ridley revirou os olhos. Seu coração estava acelerado, mas dava para ver Link observando curioso da entrada, e agora não tinha escolha a não ser descartar toda a conversa.

Nada de mais. Que seja.

— Não diga que não avisei. Nós da minha espécie ouvimos essas coisas. Fique atenta. Alguma coisa está vindo atrás de você. Ou alguém. — Os olhos de Necro desviaram para Link.

— De vocês dois.

⊰ CAPÍTULO 10 ⊱

*Dream of Mirrors**

Só podia ser uma piada. Foi o que Ridley pensou. Mas a Ninfo, ou Pesadelo, ou quem quer que fosse, não estava brincando. Segundo a Miss Templo do Piercing, não só a vida de Ridley corria perigo, como seu quarto era a cozinha.

O chão da cozinha.

O segundo era o pior dos problemas, até onde interessava a Ridley. Ela estava acostumada a ameaças de morte, mas dormir num colchão simples sobre um chão sujo de linóleo era novidade. Ridley desconfiou que as novas colegas de apartamento estavam tentando puni-la e, se fosse o caso, eram uma dupla de gênias sádicas. Ela jamais dormira no chão de nada, em lugar algum, em toda sua vida.

Mesmo quando o próprio Abraham Ravenwood a manteve em uma jaula dourada, literalmente, ela tinha um divã como cama.

Só para constar, Ridley não sabia ao certo se já estivera em uma cozinha. Não era totalmente culpa dela. Em Ravenwood, a Cozinha não aceitaria esse tipo de coisa.

Quando Link voltou do Lata-Velha com as três malas, uma caixa grande cinza e sua velha bolsa de lona do time de basquete do Stonewall Jackson, Rid estava deitada no colchão, totalmente vestida.

— Não existe a menor possibilidade de eu dormir nisto — declarou ela.

Link riu.

---

* Sonho de espelhos.

— Um colchão na cozinha. Tem certeza de que não quer dormir no Lata-Velha?

— Que tal um táxi a caminho de um hotel em Manhattan? — Ridley não estava brincando. O aviso de Necro a abalara.

Quem está lançando um Vindicabo *contra mim? Talvez a mesma pessoa que estava me vigiando do lado de fora do apartamento? Se eu não tivesse imaginado aquilo tudo?*

Ridley colocou o braço sobre os olhos, bloqueando todo mundo ao redor, como se pudesse fazer tudo desaparecer.

Será que alguma coisa é verdade ou a Necromante só está brincando comigo?

Link passou o braço em volta dela.

— Vamos. Onde está seu espírito de aventura, docinho?

— Não me chame de docinho. — Ridley o afastou com o ombro. — E para você é fácil falar. Você sequer dorme.

-- Gostaria de conseguir. Este dia foi longo demais. — Link colocou as malas e a caixa que trouxe do carro na frente dela. A cozinha era tão pequena que não tinha muito espaço para nada além do colchão.

Ele suspirou, caindo na espuma, ao lado dela. Em seguida, empurrou a caixa cinza na direção de Rid.

— O que é isso, um presente? — Ridley detestava surpresas. Ela sempre imaginava o pior.

Uma cabeça na caixa. Uma bomba. A mãe de Link, em miniatura.

— Acho que eu deveria ter contado — confessou ele timidamente. — Mas eu não sabia que você vinha, lembra?

Rid alcançou a tampa e a empurrou para o lado devagar, como se estivesse com medo de que, não importando o que estivesse na caixa, fosse mordê-la.

No fim das contas, não errou por muito.

Lucille Ball a encarou, encolhida em um velho tapete de banheiro cor-de-rosa, parecendo ter acabado de acordar de uma soneca felina de 24 horas.

— Está brincando? Você trouxe a gata?

Lucille uivou, igualmente ofendida.

— Tia Mercy disse que ela nunca visitou o norte. Tia Grace falou que Lucille Ball ficaria melhor atravessando a Linha Mason-Dixon no céu.

Então Ethan prometeu pedir, e eu prometi que pensaria no assunto, e, quando dei por mim...

— Seu grande plano era fugir para Nova York para se tornar um astro do rock com a gata da tia-avó de seu melhor amigo como parceira? — Ridley olhou de Lucille Ball para Link.

— Achei que pudesse ser legal, sabe, um rosto familiar.

— O rosto de uma gata?

Lucille Ball uivou novamente. Link tentou fazê-la se calar, mas Lucille o mordeu na mão.

— Morda a ela, não a mim! Não sou eu que odeia você. — Link tentou fechar a tampa novamente, mas Lucille saltou e foi para o colchão.

Ele a segurou, mas ela fugiu de suas mãos, desaparecendo pela rachadura na porta.

— Espero que as janelas estejam fechadas. Caso contrário, terei de contar para as Irmãs que perdi Lucille antes mesmo de ela ter a chance de ver a Estátua da Liberdade.

— Não se preocupe. — suspirou Ridley. — Ninguém tem sorte suficiente para se livrar dessa gata.

— É? — Ele soou esperançoso.

— Acredite em mim, eu tentei. — Rid quis parecer furiosa, mas começou a rir; em seguida, Link gargalhou, e logo os dois estavam rindo tanto que mal conseguiam respirar.

Ridley se jogou novamente no colchão, e Link se abaixou para perto dela. Ficaram deitados ali, olhando para o teto.

— Quer ficar abraçada para se aquecer? Sabe, calor humano? — Link esfregou o braço de Rid.

— Estou com calor. — Ridley afastou o braço dele. Ver Lucille a fez se sentir melhor. Mas a gata tinha desaparecido e, com ela, seu bom humor.

— Queimaduras de Terceiro Grau. Não dá para discutir com isso — falou Link, sorrindo para ela.

— Está tarde. Quero dormir. — Ela escapou do abraço de Link.

— O que foi que Necro disse quando viemos ver o quarto que a irritou tanto? — perguntou ele.

— Nada.

— Pode me contar.

Ah, certo.

Alguns minutos depois, Link desistiu. Ele desapareceu na sala de ensaio, e Ridley ficou olhando para o teto, imaginando se aquele era o verdadeiro castigo por aquela noite no Sofrimento.

Ela ouviu a voz de Link e, em seguida, a risada de uma menina.

Supertramp. De novo.

Momentos depois, o baixo começou a vibrar, seguido pela bateria. Logo a multidão cantava.

Ridley puxou o travesseiro para cima da cabeça.

— *Li-ink Floyd. Li-ink Floyd. Li-ink Floyd.* — Não dava para ignorar. Rid virou de lado.

Será que essa noite tem como melhorar?

Ela não se deu ao trabalho de tirar os sapatos. Queria estar pronta para fugir ao primeiro sinal de confusão (já era difícil bastante correr com salto dez). Além disso, o colchão cheirava a piscina velha. Não era exatamente o tipo de lugar onde alguém quereria se despir.

Ridley caiu num sono inquieto, sozinha num colchão duro, numa cidade cheia de ameaças e mentiras, enquanto seu namorado estava com outra garota.

Apenas o brilho verde fraco em seu Anel de Ligação iluminava o caminho.

— ☙

O vento salgado em seu rosto era agradável, fazia cócegas como beijos.

— A brisa está soprando o sol para longe, Reece. — Quando ela olhou para cima, viu pontos solares e dois pequenos pontos escuros no horizonte. Esfregou os olhos.

Continuavam ali, depois das palmeiras, por toda a areia.

— Veja. O que é aquilo? — Ridley se sentou, ainda chupando os dois cubos de açúcar que tinha roubado da bandeja de chá da vovó. Nos 14 verões que ela, os irmãos e Lena passaram visitando a avó, nunca fora pega.

— Quer dizer "quem"? — perguntou sua irmã mais velha, Reece, enquanto amarrava o biquíni com mais força que o normal. Porque agora podiam ver que os pontos escuros estavam se movendo ou, mais precisamente, andando.

Eram duas pessoas — duas figuras escuras seguindo a costa da Bathsheba Beach.

— Tudo bem. Quem são? — Os olhos de Rid se cerraram. Continuou sugando, mas agora os cubos estavam tão pequenos que mal conseguia sentir o doce.

— Criaturas da Costa perdidas, provavelmente. Por que não pergunta a eles? — Criaturas da Costa era o termo inventado por vovó para todos os curiosos que vagavam de um lado a outro na extensão de areia em frente à casa.

Um dos pontos escuros estava indo diretamente para a baía azul.

— Estamos a leste demais para nadar. Eles vão se afogar com a corrente. Alguém deveria avisar.

— Mortais? — Reece deu de ombros. — Nem olhe pra mim.

Apesar de as populações Mortais e Conjuradores conviverem em paz há séculos, o código básico parecia ser deixar cada um na sua.

Se você se afogasse, se afogava.

Que será, será.

— Tudo bem. — Ridley saltou do antigo assento de vime e foi andando na trilha de areia que se estendia entre canteiros de grama até a Bathsheba Beach.

— Chapéu — gritou Reece da varanda acima, mas Ridley simplesmente a dispensou.

O terraço que envolvia a Abadia Ravenwood, a casa de Barbados da vovó, era talhado de pedra, um contraste gracioso com as acentuadas falésias litorâneas abaixo. A casa guardava a fronteira da ilha — a baía e a Bathsheba Beach — desde os anos de 1600. A Abadia Ravenwood era mais velha até mesmo que a Fazenda Ravenwood; como tantos outros, os ancestrais de Ridley pararam em Barbados a caminho das Carolinas há muito tempo.

Centenas de anos sem nada acontecendo, *Ridley pensou.*

Isso era muito, muito tempo.

A não ser que você adorasse passar horas decorando gráficos de ancestrais familiares, mapas de constelações, diários de ervas e jardins, histórias de Conjuradores. E a história da Abadia, é claro, razão pela qual Ridley conhecia o equivalente a uma enciclopédia de informações sobre a casa de veraneio da vovó. Reece, Ridley e Lena estudaram tudo, exceto os Feitiços em si, que não tinham autorização para ver. Mesmo a pequena Ryan não era poupada de horas na biblioteca da Abadia.

— É como se ela quisesse que a gente aprendesse sobre poder só para garantir que jamais teremos nenhum — reclamou Ridley quando chegaram neste verão.

— Não diga essas coisas. A vovó nos ama. — Reece franziu o rosto, parecendo preocupada.

Mas ela sempre parece preocupada, Ridley pensou.

— Como eu posso saber? Ela nunca é gentil comigo. Às vezes, acho que me odeia. — Soava estranho finalmente dizer essas palavras em voz alta.

— Não odeia — respondeu Reece, envolvendo Ridley em um abraço fraterno. Esses momentos não aconteciam com frequência, e Rid saboreou enquanto pôde. — Acho, às vezes, que vovó tem um pouquinho de medo de você.

— De mim? Por que de mim?

Reece simplesmente colocou a mão na bochecha de Ridley e olhou em seus olhos, como se pudesse enxergar ali respostas para todas as perguntas da irmã.

— Eu gostaria de saber.

Mas vovó sequer estava presente naquele dia. Ela havia ido com mamãe para a extremidade leste das ilhas para olhar algumas cavernas anciãs que ela acreditava terem alguma coisa a ver com o futuro da família.

Por que alguém passaria um dia inteiro olhando uma caverna? Ridley não fazia ideia. Mas, enquanto corria pela trilha, tentou não pensar em nada além do sol, do céu e dos girinos que encontrou no lago perto de seu quarto na noite anterior.

O verão tinha de ser divertido.

Todo o resto poderia ser ignorado agora.

Ela iria salvar as Criaturas da Costa e depois contar para vovó durante o jantar. Para o tio Macon também. Eles a achariam corajosa e generosa. Diriam a Reece e Ryan para serem mais parecidos com ela, e depois dariam a Ridley uma porção extra de sobremesa. Ridley já planejara tudo.

— Ei! Criaturas da Costa! Saiam da água!

Um menino de cabelos claros ficou de pé. Ele saiu da onda cheia de espuma, em direção a ela. Uma menina, parecendo mais nova e com cabelos mais escuros, estava sentada à beira da água, na areia.

— *Do que você me chamou?* — *Os olhos do menino brilharam.*

Ridley fungou.

— *A água é perigosa. Se você se afogar, minha avó vai ter de chamar a polícia. E ela odeia a polícia.*

— *Não vou me afogar.* — *O menino de cabelos claros e olhos escuros sorriu. Ele não podia ser muito mais velho que ela. Era bronzeado e alto, mas não alto demais. Nem velho demais.*

Era só um menino.

— *Você não devia estar aqui. É uma propriedade privada* — *avisou ela.*

— *Ninguém é dono da praia ou do oceano.* — *Ele cruzou os braços.*

— *O que está fazendo aqui?*

— *Estou com minha irmã* — *respondeu ele.* — *Estamos entediados.*

— *Sei como é isso.*

— *Estamos presos aqui enquanto meu avô passa o dia fora.*

Ridley assentiu.

— *A minha também. Quero dizer, minha avó.*

— *Ele está em uma caverna estúpida.*

— *A minha também* — *contou Ridley, com uma sensação estranha no estômago.*

Ela queria correr dali. Queria correr o mais depressa possível, por toda a trilha e pelas escadas, passando pelo corredor até o quarto. Queria se esconder embaixo da cama; só não sabia por quê.

Me beije, *ela pensou.* É isso que quero.

Quero que ele me beije.

Meu primeiro beijo.

E quero que seja aqui, na praia, com esse menino de olhos escuros.

Os olhos dela estavam arregalados. O menino sorriu, os dentes afiados e brancos, enquanto os olhos eram redondos e escuros. Ele inclinou o rosto para perto do dela.

Seu desejo estava prestes a ser concedido.

Então ele sussurrou, tão baixinho que ela quase não conseguiu ouvi-lo com o barulho da brisa do mar.

— *Você quer que eu a beije, não quer?*

— *Não* — *respondeu ela.* Mas era mentira.

— *Sabe por que você quer que eu a beije?* — *perguntou ele.*

Ela não disse nada.

— Porque eu quis que quisesse.

Então ele chegou a cabeça para trás e começou a rir. Ridley começou a chorar.

— Não me confunda mais com um Mortal — avisou ele. — Não sou uma Criatura da Costa, ou o que quer que tenha dito. Sou um dos mais poderosos Conjuradores vivos.

— Você bem que gostaria — respondeu Ridley, subitamente corajosa. — Você é só um menino Conjurador bobo. E minha avó é mil vezes mais poderosa que você.

Ele deu um passo arenoso em direção a ela.

— É? Prove.

A briga era tão empolgante quanto o beijo.

Quanto o beijo poderia ter sido, *ela lembrou a si mesma.*

Ela fechou os olhos.

Me beije.

Quero que me beije.

E, como se ele estivesse escutando, trouxe o rosto para perto do dela, com os olhos arregalados, como se ele próprio não conseguisse acreditar.

Ela sentiu seus poderes relaxando sobre ele, envolvendo-o. Ela nunca os tinha utilizado antes, não assim. Não tão conscientemente em outra pessoa, mas, sobretudo, não em outro Conjurador.

Ela gostou de como se sentiu — forte, independente, invencível.

Ele levou os lábios aos dela... cada vez mais perto.

Agora ele estava com os olhos fechados.

— Isto é para você — sussurrou ela, a voz tão baixa e rouca quanto a dele momentos antes. — Para que você nunca se esqueça. Meu nome é Ridley Duchannes, e ninguém me diz o que fazer. Se eu quiser que você me beije, acredite em mim, você vai querer me beijar.

O menino ficou sem fala.

— É isso que você quer?

Ele assentiu.

— Mais que tudo?

Ele assentiu outra vez.

— Ótimo.

Então ela bateu no rosto dele com toda força, virou e correu de volta pela trilha.

—Ɔ

Ridley se sentou no colchão, com a sensação de que tinha acabado de se lembrar de alguma coisa importante. Só quando ouviu Link tocando *Burger Boy* na sala de ensaio foi que percebeu onde estava — e por quê.

A multidão já havia sumido, e Floyd também. Tudo que Rid conseguia ouvir era Link.

— *Patty, oh, Patty, you're not a real Fatty/and you're only kinda bratty/ my ham-burger Patty.*

Ridley deitou novamente no colchão, olhando para as rachaduras no teto até o set de músicas terminar e o sol estar no alto. Qualquer que fosse o critério, foi uma das noites mais longas de sua vida.

Ela colocaria Link nessa banda Conjuradora e depois o tiraria rapidinho. *Devil's Hangnail. Tanto faz.* Ela não deixaria que ele arruinasse a própria vida por causa dela, nem por causa de ninguém. E ela com certeza não deixaria a vida ser arruinada por uma estúpida dívida de jogo.

Ou pela sensação louca de estar sendo observada. Ou pela ideia ainda mais louca de que estava sendo ameaçada por uma Necromante com um Feitiço *Vindicabo* de um mundo invisível.

Ou, o mais louco de tudo, pela ideia de que uma garota roqueira chamada Floyd poderia roubar seu namorado.

Link Floyd? Nunca vai acontecer.

Porque seu nome era Ridley Duchannes, e ninguém lhe dizia o que fazer.

Ninguém.

⇥ CAPÍTULO 11 ⇤

*Read Between the Lines**

Pela manhã, Ridley deixou o apartamento 2D e desceu, vendo Link sentado sozinho à uma mesa do Restaurante de Marilyn, falando ao telefone. *Interessante.*

Uma xícara fria e intocada de café estava diante dele. Link vestia uma camiseta com o Mario e o Luigi, o que só podia significar uma coisa: estava se sentindo nostálgico e sentimental. Isso normalmente significava problema para Ridley, que nunca admitia sentir uma coisa nem outra.

Ela foi até ele, cautelosa. Estava com a meia-arrastão preferida, a botinha de camurça aberta na frente, o minikilt com fivela e a camiseta preta mais antiga. Roupas confiáveis — contudo, de algum jeito, naquela manhã elas não estavam ajudando.

Ridley não sabia por que estava se sentindo tão fora de controle. Nada ao redor parecia fora do comum. Ventiladores giravam sobre uma longa bancada no centro do cômodo. Um certificado desbotado do Departamento de Saúde de Nova York estava pendurado ao lado de um calendário ultrapassado da Marilyn Monroe, a inspiração para o nome do restaurante. Ela não foi uma Sirena, até onde Ridley sabia, mas deveria ter sido. Erguendo-se atrás da bancada, vitrines empoeiradas de vidro ofereciam rosquinhas grudentas com cobertura manchada por velhos granulados coloridos. Fatias secas de bolo, embrulhadas com plástico, se apoiavam sobre grandes muffins de chocolate, minicaixas de cereal de açúcar ou

---

* Leia nas entre mentiras.

pequenos recipientes cheios de calda doce — em outras palavras, isca de Sirena. Ela podia sentir o cheiro no ar.

Mas Rid era a única Sirena no restaurante, disso tinha certeza. A bancada e os bancos cobertos de vinil estavam cheios de estudantes com piercings nos narizes, artistas tatuados e até mesmo profissionais estressados com paletós e tênis de corrida — a maioria Mortais, ao que parecia. Quando passou por eles, evitaram seu olhar, como se soubessem de alguma coisa que ela não sabia. Como se houvesse alguma coisa nela que eles não quisessem saber.

Ou temessem saber.

Estranho.

Ela sentiu o mesmo frio familiar; o da calçada, o do Feitiço *Vindicabo.* Dos seus sonhos. Tentou se livrar da sensação. Nova York era uma cidade suficientemente complicada — vulnerabilidade era um luxo que não poderia se dar.

Nada que eu não dê conta aqui, certo?

Tentou não considerar a resposta à própria pergunta.

Além disso, havia alguns rostos familiares. Olhando mais de perto, Ridley identificou um Incubus de Sangue cortando carne crua na cozinha, um Conjurador das Trevas inclinado sobre o cardápio de *Especiais dos Namorados de Marilyn* e o que parecia uma velha garçonete Sirena preparando um café no balcão. Uma multidão misturada era algo relativamente raro no mundo dos Conjuradores, e Ridley não sabia como interpretar.

Ela não sabia como interpretar muitas coisas desde que chegara.

— Quem diria? Esse lugar está cheio — falou, sentando à mesa em frente a Link.

Ele continuou falando ao telefone, erguendo uma das mãos.

— Espere. Meu colega de quarto acabou de entrar no refeitório.

Rid ergueu uma sobrancelha.

A mãe de Link.

Ele olhou para ela, suplicante. Ela entendeu o recado.

Não estrague as coisas para mim.

— Preciso ir, ou vou me atrasar para o café da manhã dos Calouros Justos. — Ele meneou a cabeça. — Eu sei. — Meneou de novo. — Claro. — E de novo. — Sim, senhora. — Outra vez. — Sim. Sim. Sim. Passei fio dental também.

Ridley levantou uma caixinha de talheres e a balançou perto do rosto de Link, emitindo um ruído alto. Ele começou a rir, apesar de tudo.

— Ops... a ligação está falhando. Acho que a banda está ensaiando alguma coisa. Ligo semana que vem... não estou ouvindo... — Ele desligou com um suspiro.

Ela sorriu.

— Como vai minha Mamma preferida?

Ele jogou o telefone sobre a mesa.

— Quem se importa, contanto que ela não pegue o carro e vá até a Georgia do nosso Salvador para se certificar de que troquei a cueca?

— Você trocou?

— Por quê? Quer verificar pessoalmente? — Ele sorriu para ela, o sorriso preferido de Rid. O que dizia: *Queimaduras de Terceiro Grau, baby. Você é quente assim.* Depois da noite passada, ela torceu para que ainda significasse isso. Em vez de: *estou me sentindo culpado porque fiquei a fim de uma roqueira.*

Seja como for, ela retribuiu o sorriso, o favorito de Link, o que dizia: *eu sei, gostosão. Eu é que estou segurando o fósforo.*

Venha brincar com fogo.

Meu fogo.

Assim que ela se esticou para pegar a mão dele, Link afastou o café.

Oh-oh.

Ela recolheu a mão. Ele continuou.

— É o seguinte, Rid, você tem razão. Você sempre teve razão. Pensei nisso ontem à noite enquanto trabalhava em uma letra nova na sala de ensaio.

— Foi o que ouvi. Parece que você está se dando bem com as meninas da banda. Pelo menos, com metade delas. — Ridley forçou um sorriso.

— Que seja — disse Link. Não ia morder a isca.

Ridley fez uma anotação mental para mudar a mecha do cabelo de rosa para outra cor. *Qualquer cor, desde que não lembre o Pink Floyd.*

Link balançou a perna debaixo da mesa.

— Por que fiquei tão irritado com você ontem? Vim para Nova York tocar minha música, e você me deu essa chance, aqui e agora.

— Dei? Dei. — Ela tentou não parecer surpresa. *Certo? Deu. Viu? Você não é uma pessoa tão ruim assim.*

— Só fez de seu jeito atrapalhado.

— Atrapalhado? — Ridley tentou não parecer confusa.

Link ignorou.

— O que costumava ser legal. Mas agora precisamos estabelecer algumas regras — falou.

Hum. O-k.

— Você sabe que não me dou bem com regras.

— Eu sei. Por isso vamos abrir o jogo. — Link estava incomumente sério. — É assim que vai ser com a gente. É o único jeito de lidar com isso. Se não conseguirmos fazer do jeito certo, não quero fazer. Não mais.

Não mais? Era bom que fizesse. Como prometi que ele faria.

Em todos os términos deles, Ridley não se lembrava de Link já ter sido tão sensato. Era quase aterrorizante.

Esse não era o jeito como conversavam. Eles jogavam coisas um no outro. Insultos, piadas, às vezes até mesmo controles remotos. Faziam guerra, faziam paz, faziam as pazes e se agarravam. Não faziam coisas como estabelecer regras. Não conversavam sobre sentimentos. Não *abriam o jogo.*

Ridley olhou para baixo, para a redonda mesa vermelha mesclada.

— Você parece tão adulto quando fala assim.

Uma expressão triste passou pelo rosto de Link.

— Então talvez tenhamos de crescer, Rid.

— Mas *regras*?

— Isso. — Link batucou a superfície da mesa. — Em primeiro lugar, sem mágica. Sem coisas de Sirena.

Rid parecia ter levado um tapa.

— Do que você está falando? — Ninguém jamais ousou falar nada assim para ela antes. *Sem coisas de Sirena? Por que ele não disse simplesmente sem coisas de Ridley?*

Era a mesma coisa.

Ridley respirou fundo.

— Espere — disse Link, pegando a mão dela antes que Rid pudesse ter um ataque. — É só que não quero você enfeitiçando ninguém, nem usando seus pirulitos para garantir que todos me amem. Isso não é todo mundo me amando ou amando minha música. É todo mundo amando você.

— Não sei qual a diferença — mentiu Ridley, a voz ainda fria. Era um daqueles problemas ovo ou galinha, árvore caindo na floresta. Escola de Sirena, lição número um: *se uma Sirena enfeitiçar um Mortal para ele atirar em alguém, quem era o verdadeiro atirador?* Só porque Ridley não queria debater o Poder de Persuasão em um café com um Conjurador que usava alargadores de orelha e cavanhaque, não significava que não entendia.

Link ainda não havia acabado.

— Em segundo lugar, chega de mentiras. Apenas diga a verdade. Se quiser que eu encontre uma banda, é só me dizer. Quer vir para Nova York comigo, mesma coisa. Não existe nada que não possa me contar, Rid. Nada.

Ridley ergueu uma sobrancelha.

Ela agia como Sirena há tempo suficiente para saber que aquelas palavras eram a maior ilusão em qualquer relação. Não havia nem o que discutir.

Sempre, sempre havia alguma coisa que não se podia contar ao outro.

Olhe só para Link, que poderia ter guardado três palavrinhas para si e poupado ambos de um término. Ele não tinha aprendido nada?

No que se referia a relações, a verdade nunca era libertadora. A verdade só incendiava as coisas.

Se você achasse o contrário, estava se iludindo, ou era muito burro. Ridley não era uma coisa nem outra, e, por mais que quisesse acreditar nas palavras, ela só pôde fazer que sim com a cabeça, porque sabia que Link acreditava.

Até o gesto de cabeça foi uma mentira.

— Trégua? — Ele estendeu a mão com um sorriso. — Sem coisas de Sirena? Sem mais segredos e mentiras? Só eu e você, e talvez sim ou talvez não Lucille Ball? Tentando vencer na cidade grande, como pessoas normais.

Pessoas normais? Nós? Ele realmente disse isso?

Ela o olhou com um sorriso próprio.

— Certo. Pessoas normais. É o que somos.

O que ele está pensando? Que vou virar patriota e aprender a fazer biscoitos? Que ele vai arrumar um emprego de frentista no posto?
Ele não tem noção.
— Rid? Está sendo sincera comigo? Diga a verdade. — Link não pareceu convencido.
Ela se mexeu no assento de vinil.
— Estou.
Pela milésima vez, Ridley ficou imaginando como os dois tinham ficado juntos. Mas não podia ignorar o que ele estava falando. Link queria algo mais da relação dos dois — e, de algum jeito, *mais* parecida com real e normal.
Como se estivesse procurando uma Lena, e não uma Ridley. Uma pessoa honesta e gentil, não uma enganadora e egoísta. Uma menina que escrevesse poesia nas paredes do quarto. Não uma Sirena sentada sozinha na calçada.
Odeio minha vida, Ridley pensou. *Odeio minha vida. Só queria odiá-lo.*
Tornaria tudo tão mais fácil.
Ridley pegou o cardápio da mesa de repente, desesperada por alguma coisa doce.
— Agora é hora de um doce, meu doce. E não estou falando do Megamonte Cristo da Marilyn.
— Essa é minha garota. — Link sorriu.
Enquanto Ridley pedia, ficou imaginando se Link tinha reparado que ela não lhe apertara a mão.

Pessoas normais? É isso que ele quer que sejamos?
O café da manhã veio e se foi, e Ridley ainda não conseguia esquecer a ideia. Agora tinha voltado para a calçada na frente do restaurante.
Aqui estou novamente.
Link tinha subido para ensaiar, e ela precisava entender algumas coisas sozinha.
Eu devia desistir agora.

Quando Wesley Lincoln era a pessoa dando conselhos amorosos, era ruim. As chances de isso acontecer eram as mesmas de a senhora Lincoln recomendar que Ridley mostrasse um pouco mais de pele. Pelos padrões Sirena, Ridley estava no fundo do poço.

Pessoas normais.

Pessoas normais não são Sirenas.

Pessoas normais não usam magia.

Ela precisava encarar. Seu relacionamento estava condenado.

Ela não sabia que ouvir aquelas palavras saindo da boca de Link iria incomodar como incomodou. Como poderia? Em geral, não saíam muitas palavras inteligentes daquela boca.

Ridley traçou a borda rachada da calçada com o dedo. Isso fez com que se lembrasse do caminho de pedra rachada que levava à porta da sua casa — a mesma que a mãe bateu em sua cara na manhã seguinte a sua Invocação.

Lembrou-se de tropeçar pelos degraus de pedra, batendo na tinta descascada do velho chão de madeira. Ela ainda conseguia sentir a forma como as roupas a comprimiam, úmidas de suor e medo, enquanto ela arfava na varanda.

Precisa partir, Ridley. Não pode voltar aqui. Não mais.

Ela fechou os olhos enquanto se lembrava dos gritos e dos uivos, da forma como sua voz parecia pertencer a outra pessoa. Uma pessoa pequena, frágil e sozinha.

Alguém que ainda necessitava da mãe e da família, independentemente do que houvesse lhes dito a lua.

Você foi Invocada, criança. As Trevas são sua família agora.

Ridley enfiou as brilhantes unhas vermelhas na pele macia da mão. A dor a trouxe de volta.

Acorde. Não é você. Não é agora.

Você não é aquela garota. Não é apenas aquela garota.

Ridley olhou para a rua na sua frente. Já dava para ver uma pilha de multas de trânsito no vidro do Lata-Velha, uma bota metálica em volta do pneu.

Ali não era Gatlin. As coisas eram diferentes ali.

As coisas podiam ser diferentes.

Ridley não podia prometer não usar mágica. Afinal, não fazia milagres. Não dava para simplesmente parar.

O resto poderia, ao menos, tentar.

Por Link.

Era o tipo de coisa que uma Lena faria por um Ethan, e, se uma Lena era o que Link queria, Ridley podia tentar.

Como uma namorada normal tentaria.

Mas havia muito que não sabia, como o que pessoas normais faziam o dia inteiro.

Trabalhar? Parecia a resposta óbvia. Ele esperava que ela arrumasse um emprego? Ganhasse dinheiro Mortal?

Aprender todas as regras? Ficar em fila? Esperar minha vez, como todo mundo, todo dia?

Bancar a boazinha?

O último pensamento era assustador demais para imaginar.

Pelo resto do dia, aquilo foi tudo em que conseguiu pensar.

Mas, quando Ridley caiu no sono, seus pesadelos foram tudo, menos normais. Foram cheios de desastres, de chamas e explosões, com Conjuradores de olhos dourados observando-a das sombras, figuras de horror encapuzadas em escuridão e medo.

Não importa onde olhava havia sangue. Magia e sangue.

Dela e de Link.

Quanto mais se virava, tentando desesperadamente não cair novamente no sono, mais uma vida normal parecia ser o menor dos males.

Finalmente Ridley desistiu, abraçando os joelhos ao sentar no colchão e olhar para a parede rachada. *Talvez seja um sinal.*

No dia seguinte, Ridley Duchannes tinha tomado sua decisão. Já estava pronta para encarar o mundo real. Pelo menos, foi o que pensou.

Estava pronta para tentar.

— Preciso de um emprego — falou Ridley em voz alta, testando as palavras. Poderiam ter soado mais verdadeiras se ela não estivesse deitada na praia quando as proferiu.

Não é minha culpa o fato de o chão da sala ser uma praia, pensou, irritada. *Além do mais, é só uma praia falsa.*

Necro gargalhou e sentou na areia ao lado dela, espirrando café, que por pouco não acertou sua roupa de couro vermelho, brilhante e cheia de zíperes — a que a deixava parecendo uma assassina robô ninja dos anos 1980. Era uma roupa que gritava Levar a Sério, o que, aparentemente, Ridley pretendia fazer. Mesmo que as ondas parecessem ótimas no horizonte à frente.

Necro pousou o copo de papel com café, ainda sorrindo.

— Por que isso é tão engraçado? — Ridley pareceu ofendida e, dessa vez, não precisou fingir. — Mortais têm empregos. Eles trabalham. Acordam pela manhã e entram em seus trenzinhos e vão a lugares com telefones e plantas e...

— Elevadores? — perguntou Necro inocentemente. Pegou uma maçã e abriu seu canivete. Com um gesto rápido, começou a cortá-la, sorrindo para si mesma.

Ridley estava um pouco nervosa. Na véspera tinha encontrado a Necro que parecia uma punk sem teto, a que usava uma jaqueta de retalhos e botas de cano alto e gostava de transmitir ameaças de desconhecidos ou coisas de outro mundo. Não a Necro risonha e sorridente. Ridley ficou instantaneamente desconfiada. Ao menos sabia como se posicionar quando uma menina a ameaçava.

— Elevadores. Claro. Que seja. Por que não faço isso? — Ridley deu de ombros. — Eu poderia totalmente fazer isso.

— Pegar um elevador? — Necro passou o dedo pela argola em seu nariz, tentando não rir. — Você é muito talentosa.

— Isso é um emprego? — Ridley não sabia ao certo. Ela chutou a areia, que espirrou em uma brisa balsâmica e se espalhou pela sala.

— Na verdade, não. Mas, cara... você é uma Sirena. Você não é isso.

— Também não sou um cara. — Ridley franziu o rosto. — Sirenas já trabalharam na vida. Algumas são verdadeiras profissionais.

Necro ergueu uma sobrancelha.

— Não *esse* tipo de profissional.

— Provavelmente tem alguma vaga na boate. Você poderia perguntar a Nox.

— Não — respondeu Ridley rapidamente. — Na boate, não. — Ela não queria ter de lidar com a cara presunçosa de Nox mais que o necessário.

— Ei, um emprego é um emprego. E foi você quem disse que queria um — argumentou Necro. Passou a lâmina até o meio da maçã.

— Não tanto assim. — Ridley balançou a cabeça. — Além disso, não quero um emprego Conjurador. Quero um emprego Mortal.

Com isso, Necro realmente começou a rir, como se Ridley tivesse contado uma piada. Ela tentou pensar no que poderia ter sido, mas não conseguiu chegar a conclusão alguma.

— Mais uma vez, qual é a graça?

Necro tentou parecer séria.

— O que você pode fazer no mundo Mortal? E por que ia querer fazer? Mortais são...

— Eu sei. — Pelo menos nisso, podiam concordar. Rid suspirou. — Nunca se sabe. Pode acabar sendo útil algum dia. Se as coisas se desgastarem por aqui.

— Coisas como dívidas de jogo? — Necro cortou um pedaço da maçã.

Ridley ignorou a implicação.

— Além disso, quero mostrar a Link que consigo me virar sem o Poder de Persuasão. Porque ele é parte Mortal. E porque ele acha que isso é tudo que faço. Sou mais que apenas uma Sirena. Também sou...

Necro se inclinou para a frente. Agora ela estava interessada.

— Sim?

Infelizmente, Ridley não conseguia concluir a frase. Se conseguisse, não teriam essa conversa. Porque ela não era uma pessoa normal. Não era normal em nada. E, além de ser uma Sirena, não sabia exatamente o que era.

Ridley desistiu.

— Chega de interrogatório.

Necro fechou o canivete.

— Foi o que pensei.

Ridley cerrou os punhos. Mostraria a Necro. Venceria no mundo mortal por conta própria. Poderia ser normal. Era capaz de mais do que esses idiotas pensavam.

Mesmo que a idiota fosse ela mesma.

⊰ CAPÍTULO 12 ⊱

*Hell of High Heels**

— Olá, gostosão.

Ridley utilizou o termo livremente e, dessa vez, não estava se referindo a Link, ocupado ensaiando solos imaginários de bateria no apartamento.

Estava falando com o Guerreiro Nerd Nick.

Pelo menos, segundo o crachá.

Ela levara duas horas para encontrar o Mundonerd mais próximo no Brooklyn, que foi onde Necro recomendou que ela fosse para uma busca rápida e gratuita de emprego. Aquele Guerreiro Nerd em particular, que aparentemente era como você chamava os habitantes do Mundonerd, parecia mais Nerd que Guerreiro.

— Está falando comigo? — O Guerreiro Nerd Nick engoliu em seco, apreciando o macacão de couro vermelho de Ridley da cabeça aos pés. Era uma visão e tanto. Rid sorriu, satisfeita. Mais um ponto para assassinas robôs ninja.

Em algum lugar em Gatlin, as damas da FRA estavam se revirando em seus futuros caixões cobertos de flores de plástico.

Ridley apontou para o peito do Guerreiro Nerd Nick com uma longa unha vermelha.

— Preciso que você me mostre como mexer nisto aqui.

— Isso o quê? — Ele engoliu em seco. Então pareceu se lembrar de que estava atrás de uma mesa longa cheia dos últimos melhores apetrechos do Mundonerd. — Está falando de um tablet?

---

* Inferno de salto alto.

Ridley assentiu.

— Isso. Essa coisinha quadrada.

— Para falar a verdade, é mais um retângulo. — Nick empurrou os óculos para os olhos.

— Está brincando? — Ela piscou para ele. — Querido, se eu disser que é um círculo, é um círculo. Entendeu?

— C-como posso ajudar? Sete polegadas? Nove polegadas? Upgrades de memória? Está procurando um...

Ridley suspirou.

— Acho que estou precisando de um trabalho.

— Um trabalho de impressão? — Ele pareceu confuso. — O tablet faz conexões sem fio com quase...

— Nick. — Ridley balançou a cabeça, esticando-se sobre a mesa até estar sentada em cima dela, balançando as pernas. — Estou falando de um emprego.

— Aqui? — O rapaz engoliu em seco de novo.

— Não, não aqui. Bem, talvez. O que vocês fazem aqui?

— Consertamos computadores, tablets, smartphones e...

— E todas as outras coisinhas quadradas?

— Retangulares. — Ela o encarou assim que ele disse a palavra, e ele olhou para baixo, envergonhado. — Isso.

— Não. Esse é um emprego horrível.

— Bem, na verdade...

— Para mim — falou Ridley.

Nick pareceu aliviado.

— Não é para todos.

Ridley pensou sobre isso.

— Preciso de alguma coisa com um pouco de glamour, algum estilo. Algo excepcional. Algo que só eu consiga fazer. Algo que deixasse todo mundo que já me conheceu...

— Orgulhoso?

Ridley olhou para Nick como se ele fosse insano.

— Com ódio. Tendo ataques de raiva invejosa.

Nick a encarou.

— Ainda está falando comigo?

Ela sorriu, puxando de brincadeira os cabelos incrivelmente curtos e desiguais do rapaz. *Ninguém deveria pagar por esse corte de cabelo.* Não tinha muito para puxar. Mesmo assim. Ela já havia trabalhado com menos antes.

— Por que você não liga esse quad... retângulo aí e acha o que estou procurado, Espertinho?

Antes que Ridley precisasse abrir um pirulito, ele já estava pesquisando EMPREGO EXCEPCIONAL GLAMOUR ESTILO NOVA YORK.

Existia persuasão, e existia Persuasão. Às vezes, era até mais satisfatório para Ridley se lembrar de que ela não precisava de mágica para ser poderosa.

Só precisava de couro vermelho.

Era bom voltar ao jogo.

O Guerreiro Nerd Nick foi um soldado fiel até o fim, e agora era hora de Ridley colher as recompensas da valiosa googlelização.

Mesmo sendo uma palavra inventada.

— Você não precisa fazer isso — disse Necro. Ela sequer conseguia se imaginar entrando em um local como aquele diante do qual se encontravam.

— Sim, preciso. — Ridley respirou fundo. — Eu consigo.

Necro foi gentil suficiente para acompanhar Ridley até o trabalho dizendo: "Preciso ver isso com meus próprios olhos". Agora as duas estavam observando a placa sobre a porta. No dia anterior parecia a coisa certa a se fazer. Isso foi há três entrevistas telefônicas, uma noite sem dormir, duas fatias de torta — morango e ruibarbo, e frutas silvestres — e dez trocas de roupa atrás.

Quando chegou o dia, Rid não tinha tanta certeza.

Aparentemente, para conseguir um emprego era preciso ter tido outros trabalhos. Ridley precisou de alguns telefonemas para descobrir como dizer as coisas que a maioria das pessoas queria ouvir, o que normalmente era sua especialidade. Ela não entendia aquilo como mentir, não exatamente. Encarava mais como charada. Você precisava fingir ser o tipo de pessoa que conseguia empregos para conseguir um emprego. Como era aquela pessoa trabalhadora-empregada-que-pega-elevadores?

Ridley aprendeu tudo do jeito difícil. Aprendeu que, quando as pessoas pediam para que você se descrevesse com uma palavra, você não podia dizer *PERFEITA*. Também não podia dizer *GOSTOSA*. Após dois erros, Rid arriscou *PERSUASIVA*. Embora aparentemente ela não tivesse persuadido ninguém, também não resultou em corte.

Lição aprendida.

Ela também aprendeu a buscar empregos que Sirenas pudessem realizar com facilidade, para começar. Chegou perto de conseguir uma posição de *TÉCNICA HABILIDOSA DE COSMÉTICA*, mas descobriu que a função envolvia maquiar corpos em uma funerária decadente do Bronx, e Ridley já havia se aproximado demais do Outro Mundo.

Ela se animou com uma vaga anunciada como *EXPERIÊNCIA EM COMÉRCIO DE ALTA COSTURA* — até descobrir que era *ALTA COSTURA DA GATA DE CONNIE*. Talvez Lucille Ball gostasse, mas Ridley não suportava a ideia de trabalhar com alta moda para gatos. A dona sugeriu que ela desse uma passada para deixar que a Gata Connie "cheirasse, lambesse e amasse até que ela pegasse o jeito da gata". Ridley respondeu que preferiria lamber a gata a fazer qualquer uma das coisas sugeridas acima. A dona lhe disse o que ela poderia fazer com aquela boca cheia de pelos, e a conversa terminou bem abruptamente depois disso.

Quando Rid pegou o jeito, só restava um emprego, e agora ela se encontrava na calçada em frente a ele.

The Brooklyn Blowout

Era um salão de beleza, mas não chamavam assim. Isso deveria ser uma festa ou, como dizia o panfleto, uma "experiência capilar".

Ridley não seria cabeleireira. Seria a Garota do Secador, o que, até onde entendia, era como uma Garota Voadora, mas com cabelos mais secos.

— Entendeu, certo? — Necro olhou através do vidro decorado, onde uma fileira de Garotas do Secador, arrumadas, embonecadas e maquiadas, brandia não apenas secadores e aparelhos para cachos, mas também chapinha e bobs quentes, como se fossem armas. — Quão difícil pode ser?

Ridley preferiria armas de verdade.

Necro tocou o moicano azul, nervosa.

— É melhor eu dar o fora daqui antes que me arrastem para dentro e me deixem parecida com a Taylor Swift. — Ela começou a recuar pela calçada.

— Necro! — chamou-a Ridley, num impulso.

— Oi? — Necro não olhou para trás.

— Pensei que me odiasse. Por que está sendo tão gentil?

Necro se virou.

— Que fique registrado: eu te odeio sim. Se você disser o contrário para alguém, acabo com você. Só estou aqui para escapar da passagem de som, que detesto ainda mais que a você. — Então sorriu a contragosto.

— Certo. — Ridley retribuiu o sorriso. Ela se virou para o vidro da porta da frente.

— Não amoleça para cima de mim, Sirena — falou Necro de uma posição segura no fim da rua.

— Nunca — respondeu Ridley enquanto entrava.

❧

— Está me dizendo que preciso colocar as mãos *nisto*? — Na sala de xampu, Ridley estava diante de uma fileira de seis pias, apontando como se tivesse acabado de ver uma cobra subir e descer pelo ralo. A 3 metros dela, havia uma mulher com cachos oxigenados e raízes pretas deitada com a cabeça para trás, na pia número seis.

— O cabelo dela? — Delia, a gerente do Blowout pareceu entretida. — Vai.

Ridley suspirou. Ser uma pessoa normal não estava começando bem. Ela pegara o metrô Mortal até ali e, durante todo o trajeto, não conseguiu se livrar da sensação de que alguém a estava observando.

De novo.

Talvez os Mortais sejam assim. Talvez fiquem sempre olhando os outros.

Mas Ridley tinha visto um homem parado na plataforma na Broadway Junction, sorrindo para ela através das portas que se fechavam.

Sirenas não se assustavam com facilidade, mas o Transporte Público de Nova York se provou capaz disso.

Rid afastou a lembrança e olhou para a cliente que aguardava.

— Desculpe. Você quis dizer que eu tenho de *tocar*? — Ridley olhou para ela como se fosse passar mal. — Nas partes com pele?

— A cabeça dela? — Delia começou a rir. Mas a risada não a fazia parecer simpática. Ela era completamente tatuada e usava um top curto, então o efeito geral era mais intimidante do que uma gerente precisava ser.

— Apenas com *minhas mãos*? — Ridley deu um passo para trás.

— Você já trabalhou em algum salão antes, Riley? — Agora Delia começou a parecer irritada.

— Ridley — corrigiu.

— Então? — Delia não parecia se importar com qual seria o nome de Ridley.

Mortais não têm bons modos, Ridley pensou. *São todos tão impolidos.*

— Já — mentiu Ridley. — O tempo todo. Só nunca trabalhei com cabeças.

— Sem cabeças?

— Isso. Eu trabalhava com... — Ridley tentou pensar em um local menos cabeludo do corpo Mortal. Cabelo era muito nojento. Ela não sabia por que tinha achado que podia realizar esse trabalho. Seu cabelo se arrumava com um gesto, como sempre fez. Outra vantagem de ser Sirena. — Pés. Eu trabalhava com pés. E joelhos. E cotovelos. Ocasionalmente com batatas da perna, mas só as muito lisas.

— Este é um daqueles programas em que o astro de cinema aparece e anuncia que é tudo brincadeira? — Delia olhou em volta do salão, fatigada.

— Isso acontece? — Ridley se sentiu interessada pela primeira vez naquela tarde.

— Eu é que pergunto — disse Delia.

Ela ficou ali até Ridley caminhar na direção da pia e colocar não uma, mas duas mãos naquele couro cabeludo nojento e cheio de fios de uma completa estranha, e começar a esfregar. Foi terrível, mas pelo menos Delia a deixou sozinha depois daquilo.

Quando a mulher na cadeira inclinou a cabeça para trás, Ridley pôde enxergar até dentro do seu nariz. Ela puxou mais forte o cabelo da mulher. *Vamos acabar com isso de uma vez.*

— Ai! Não tão forte!

— A beleza é difícil — disse Ridley.

— Você é difícil — disse a mulher, sentando.

— Bem, você não é nenhuma beleza.

— Quero falar com a gerente — exigiu a mulher.

— Chorona. — Ridley jogou uma toalha para ela. — Pode se secar.

A vaca estúpida a encarou.

— O quê? — Ridley se irritou. — Precisa de um convite? Está pingando todo o chão.

A mulher balançou a cabeça, murmurando, e começou a secar o cabelo.

— Volte para a cadeira — disse Ridley. Ela tentou se lembrar das frases que deveria dizer enquanto levava a cliente de volta para a cadeira de secar, mas desistiu. — Hora de uma experiência cabeluda, senhorita.

A mulher foi até a cadeira e continuou andando para fora da loja. Foi péssimo, porque Ridley precisou arcar com o prejuízo, que foi de quase 40 dólares. Ela ia perder dinheiro no emprego se não arrumasse alguma solução depressa.

— A beleza é difícil — falou Delia enquanto Ridley limpava seu ponto.

— Estou demitida? — perguntou Ridley, e torceu para que a resposta fosse sim.

— Ainda não decidi. — Agora Delia tinha voltado a parecer divertida. *É difícil acompanhá-la*, Ridley pensou.

— Eu odiava muito aquela mulher. Ela me enche a paciência há anos — disse Delia. — E tem um couro cabeludo nojento. — Começou a rir sozinha. — Experiência cabeluda — repetiu. Agora estava rindo tanto que quase uivava, até cuspindo um pouco pelo canto da boca. Ao menos, Ridley não enxergava dentro de seu nariz.

Mortais são realmente nauseantes.

Ridley não sabia se queria rir ou chorar, mas não tinha importância. Quando chegou em casa pelo trem L, já havia feito as duas coisas.

⇥ CAPÍTULO 13 ⇤

*Bleeding me**

— Nunca achei que você fosse fazer isso, Rid. — Link soou impressionado. Chocado, até. Basicamente. Mas Ridley não tinha certeza se valia a pena.

Porque pessoas normais são um saco.

No café da manhã, seus pés e braços doíam, e duas unhas estavam quebradas. *Não acredito que preciso voltar àquele lugar, como uma pessoa normal. Sou uma funcionária. Eu trabalho. Seis horas por dia.*

Pensar nisso já era exaustivo. Rid teve de dar tudo de si para encontrar energia e acabar de comer um pedaço de uma decepcionante *Torta de Coco dos Sonhos de Marilyn* e outro ainda mais decepcionante de *Maçã de Marilyn*. Ainda assim, eram suficientemente doces para dar conta do recado. Era a versão Sirena de um café matutino.

Rid afastou o prato.

— A única coisa boa de Gat-lixo era a torta.

— Não sei. Frango frito com noz-pecã.

Os olhos de Ridley quase brilharam ao lembrar.

— E o bolo Túnel de fudge de Amma. O que ela só fazia para Ethan. Quente.

— Que tal milho quente e um filme de zumbi no Cineplex de Summerville? — Link sorriu.

— Você quer dizer pegação na última fila — respondeu Ridley, com um sorriso.

———————

* Sangrando.

— Quero dizer pegação perto do lago, com uma cesta de piquenique cheia de biscoitos. — Ele encontrou os olhos dela.

Rid se inclinou na direção de Link.

— Você e seus biscoitos.

Ele se inclinou na direção de Rid.

— Eu ficava esperando do lado de fora da janela de Ethan quando Amma fazia os dela.

Os lábios de Link se aproximaram dos de Ridley, e ele deslizou a mão até sua nuca. Ela o beijou para afastar as lembranças, exatamente como nos velhos tempos e doce como geleia de morango, até sentir uma cotovelada na lateral do corpo.

Rid abriu os olhos enquanto Necro deslizava pelo assento.

— Que fofura. — A Necromante sorriu. — Ou devo dizer que nerdura?

— Chegou na hora certa — respondeu Link, resmungando.

Ridley limpou o batom com um guardanapo de papel. Independentemente da hora, ficou aliviada em ver Necro, mesmo que a moicana parecesse uma bagunça de couro vermelho (jaqueta), vinil preto (botas) e azul (cabelo) naquele dia. Era agradável ver um rosto quase amigável. A duas tinham praticamente se entendido na véspera.

— Torta? — Ridley deslizou o prato para perto de Necro. — Ou não é uma sobremesa aprovada pelos góticos?

Necro abriu o canivete e o deslizou verticalmente pelo pedaço delicado de torta recheada de maçã, como se isso fosse algum tipo de resposta.

— Precisamos ir.

— Muito elegante — disse Rid.

— Entendo isso como um não? — Link passou a mão pelos cabelos espetados, dando um suspiro.

Sampson, o Nascido das Trevas, se sentou ao lado de Ridley. Toda vez que ela o via, ele parecia mais bonito do que se lembrava, do que quando jogaram no Sofrimento. Ele era gato se você gostasse de deuses do rock absurdamente altos, vestidos de couro e com mãos do tamanho de pratos. Link achou Sampson muito cheio de si "e muitas outras coisas" após os primeiros encontros. "Além disso, só tem lugar para um deus do rock neste apartamento". Ridley simplesmente revirou os olhos.

— Estão prontos? — perguntou Sampson. Link não pareceu muito satisfeito em vê-lo, mas, pensando bem, Ridley não conhecia ninguém que ficaria feliz em ver um Nascido das Trevas.

Ela aproveitou a oportunidade para se afastar um pouquinho de Sampson no assento. Seus olhos perturbadoramente cinzentos combinavam com o cinza da camiseta que vestia sobre a calça apertada de couro. Com braços tatuados e uma corrente de bicicleta em volta do pescoço, parecia o tipo de cara com quem você não quer encrenca. Pelo pouco que Ridley tinha aprendido sobre ele durante o fracasso épico chamado jogo no Sofrimento, era verdade.

Ele é imune aos meus poderes, Ridley pensou *A que mais será?*

Durante o verão, Rid tinha pesquisado os arquivos de tio Macon e o *Lunae Libri*, tentando encontrar qualquer coisa que pudesse sobre os Nascidos das Trevas, depois que falhou no Pechinchas de Mentirosos. Mas esses novos Sobrenaturais eram resultado da Nova Ordem, então não havia pergaminhos antigos detalhando sua história.

Tudo que ela aprendera desde o jogo com Sampson foi que uma nova raça Sobrenatural havia evoluído, radical e permanentemente, em consequência de Lena mais ou menos quebrar o universo. Eles nasceram do Fogo das Trevas, do qual toda a mágica era oriunda — completa e totalmente, como se tivessem emergido de casulos criogenicamente desenvolvidos. A mágica os criara, e, no entanto, de alguma forma, eles desafiavam suas leis.

Conjuradores não tinham nenhum efeito em um Nascido das Trevas. Além disso, ninguém sabia muita coisa sobre eles, exceto que, perto deles, os Incubus pareciam filhotinhos de gatos.

Ridley aprendeu isso em primeira mão. Sampson lhe trouxera muitos problemas naquela noite, no Sofrimento. Ele agora sorria para ela, e ela resistia ao impulso de lhe arrancar os olhos pelo método tradicional. *Queria ver se é imune a isso.*

— Passou delineador suficiente, Maybelline? — perguntou Link, olhando para Sampson. — Porque podemos esperar, caso você precise, sabe... — E gesticulou para o próprio rosto. — ... retocar.

Coloque um Incubus e um Nascido das Trevas no mesmo recinto e eles começam a se provocar em menos de cinco minutos. Foi o que todos aprenderam durante a semana.

— Inveja? — Sampson esticou os braços sobre a mesa. — Nem todo mundo dá conta.

— Ou talvez ninguém dê — respondeu Link. — Estou só comentando.

— Eu não diria isso se fosse você. — Necro balançou a cabeça para Link. — Sabe a coisa da superforça dos Incubus? — Ela apontou para Sampson. — Então. Não pode machucá-lo. Ele é imune.

Link engoliu em seco.

— Como é que se pode ser imune à superforça?

Sampson sorriu.

— Sendo mais forte.

Link levantou uma colher.

— Dobre este garfo com o poder da mente.

— É uma colher.

— Pegadinha.

Sampson a pegou, amassando-a com a mão.

Link engoliu em seco.

— Então você pensa com os punhos? Bom saber.

— Vamos sair daqui. Vamos nos atrasar. — Floyd apareceu atrás de Sampson, tensa, batucando na mesa com baquetas que se transformaram em dedos. Parecia uma integrante perdida de uma banda de speed metal. Não dava para saber o que era mais relíquia: a esfarrapada camiseta de banda (essa era do Judas Priest) ou a calça preta surrada. De qualquer forma, Ridley estava começando a achar que Floyd fazia compras em alguma espécie de brechó para roqueiros aposentados.

— Atrasar para quê? O que vão fazer? — Se isso significasse que ela podia evitar o trabalho por mais algumas horas, Rid topava.

— O teste. — Floyd pegou a casca da torta de Rid. — Bem, não é seu. É dele. Você nem precisa ir.

— Espere. Teste? — Link virou para encarar Ridley. — Que história é essa?

— Ninguém me disse que ele precisaria de teste — interrompeu Ridley. — Só para deixar claro. — Ela olhou para eles. — O que vão fazer? Ficar sem baterista? Quero dizer, ele tem de ser melhor que nada, não?

— Ei — disse Link, tentando entender se isso seria uma ofensa ou não.

— Ora. O que achou que fosse acontecer? Que encontraríamos seu namorado e começaríamos a arrasar, como se estivesse tudo certo? Nox não é assim — explicou Necro, balançando a cabeça. — Enfim, não é como um teste de verdade; é só um show na frente do público do cara. Nós ainda nem tocamos no clube, então, de certa forma, ele está testando todo mundo. Eles gostam da gente, ele gosta da gente, então está tudo bem.

— E se ele não gostar? — Link franziu o rosto.

— Digamos que o último cara de quem Lennox Gates não gostou não está mais por aí. — Floyd olhou para Necro.

— Onde ele está? — Link se inclinou para a frente sobre a mesa.

— Alguns dizem que foi um incêndio. Outros dizem que foi um Feitiço *Mortem*. — Necro soou sinistra. — De qualquer forma, ninguém nunca mais o viu.

— Lennox Gates parece um ótimo sujeito. — Link balançou a cabeça. — Esse dia não para de melhorar.

— A Sirena é uma boate legal. Eu já fui. Pelo menos, é melhor que o Sofrimento — disse Floyd.

— Sirena? Esse é o nome? — Ridley pareceu incrédula.

— Por que, você conhece? — Necro deu de ombros. — Acabou de abrir. — Ela puxou uma filipeta do bolso. Inicialmente, pareceu um pedaço de papel em branco.

Lentamente, letras vermelhas brilhantes começaram a aparecer, uma de cada vez, como se emergissem de uma grande profundeza.

SIRENA

Não tinha mais nada — só a palavra.

Mas era estranhamente evocativa, principalmente para uma Sirena.

Será coincidência? Ou Lennox Gates está brincando comigo? Por que ele, do nada, precisaria de minha ajuda em uma boate basicamente batizada em minha homenagem?

De repente, ser uma pessoa normal pareceu o menor de seus problemas. Ridley não ia permitir que Link chegasse perto da boate sem ela. De jeito nenhum. O trabalho teria de esperar.

— Chega de conversa. Vamos. — Sampson se levantou, e todo mundo foi atrás.

Companheiro de banda ou não, não se mexia com um Nascido das Trevas.

—☙

Na calçada, Rid alcançou Link, alguns passos atrás dos outros.

— Eu não sabia que teria um teste.

Link olhou para ela.

— Nada, tudo bem. É um show. — Ele se virou para Floyd. — Ei, Floyd, tem um tempo que eu queria perguntar. O que foi que aconteceu com o último baterista?

— Eu soube que ele era péssimo — falou Ridley cautelosamente.

Os três sobrenaturais pararam onde estavam.

— Espere um pouco. Ele não sabe? — Necro pareceu entretida, ao passo que Floyd pareceu impressionada. Já Sampson só pareceu levemente interessado.

— Sei o quê? — Link olhou para Rid. Ela encarou os outros. Os três estavam presentes na noite em que ela perdeu tudo no Sofrimento. Sabiam da confusão em que estava metida e, pior, como havia se metido nela. Rid só precisava impedir que contassem a Link os detalhes sórdidos até consertar as coisas. E até ela descobrir qual seria o segundo pagamento. Não podia contar isso a Link. Era humilhante demais, ela estava com medo demais, e ele podia ficar irritado demais. Com ela ou com Nox, Rid não sabia, mas não queria descobrir.

Mas quais são as chances de isso acontecer?

Floyd bateu com a mão nas costas de Link.

— Você sabe que é tudo um golpe. Sua Sirena está te dando um golpe, cara.

— O que é que você está dizendo? — Link parecia ainda mais confuso que o habitual.

— Nada. — Ridley se irritou. Ela olhou para os companheiros de banda de Link como se quisesse dizer. *Nem pensem nisso.*

Necro balançou a cabeça.

— Não é nada coisa nenhuma. Você precisa contar a ele...

Floyd interrompeu.

— Sua namorada derrubou nosso baterista e irritou um cara barra pesada num grande jogo de cartas e...

— Ganhei. Ganhei dele. — Ridley olhou para Link. — Acredite em mim, gostosão. Fiquei tão surpresa quanto você.

— Pois sim — disse Floyd. — E depois unicórnios saíram da sua bunda. — Ela girou dois dedos formando um chifre de unicórnio e o levou até a testa.

— Como você sabe? É minha especialidade. — Ridley encarou Floyd, desejando desesperadamente que ela se calasse. Então voltou-se novamente para Link. *Acredite em mim*, ela pensou. *Você tem de acreditar.*

— Vamos, Ridley. Não foi isso que aconteceu — começou Necro.

Link começou a se inquietar.

— O que aconteceu naquela noite? Na verdade, você nunca me contou nada. Uma hora foi para a Europa e, depois, aparece naquela boate em Nova York. De repente, volta a Gatlin, toda cheia de pedidos de desculpas, e simplesmente sabe de uma banda que precisa de um baterista? Desde quando você conhece bandas?

Ridley começou a entrar em pânico. *Pense rápido.*

— Que diferença faz? Eu saí. Conheci a banda. O baterista era péssimo e saiu. Precisavam de um novo. Fizemos um acordo na boate. Fim de papo. É isso.

— Por que não me contou, então? Está escondendo alguma coisa? Você estava com alguém? É isso? — Link parecia a ponto de perder o controle bem ali, no meio da rua.

— A gente tinha terminado! — Ela recuou quando viu a dor nos olhos dele. — Por que você pensaria uma coisa dessas? — Ridley desistiu de tentar explicar. Não queria Enfeitiçar Link, mas até onde via, não tinha escolha. Infelizmente para ele, Rid tinha um pirulito. Seus dedos começaram a procurá-lo no bolso.

Sem mágica. Você prometeu. Sem coisas de Sirena.

Ela hesitou, mas só por um segundo.

A quem estou querendo enganar.

Ridley sorriu para Link.

— Claro que não. Sei que você acredita em mim. Isso é tudo que importa. — Enquanto falava, ela sentiu o papel da bala sair em seus dedos. *Você sabe que tenho razão, Shrinky Dink.*

— Claro que acredito em você. É só que...

— Você está preocupado porque gosta de mim e quer que eu seja feliz. — Os dedos se enrolaram em volta do pirulito. *Você quer que eu seja feliz, gostosão.*

— Isso é tudo que eu quero, querida.

— Mas sei que, no fundo, você confia em mim. — *Você absoluta e verdadeiramente acredita em mim, Wesley Lincoln.*

Ela prendeu a respiração. Não tentava nada disso em Link há muito, muito tempo. Ele não gostava, e ela não o culpava por isso. Sinceramente, ela também não gostava.

Link sorriu para ela.

— Você sabe que sim, amor.

Ela retribuiu o sorriso.

— Eu sei. — *Vamos para o show, Link.*

Ele pegou a mão dela.

— Agora vamos arrumar nosso show, Docinho.

Enquanto caminhavam, Ridley tentou não pensar no que tinha acabado de fazer.

Funcionou, não funcionou?

Mas, se foi para o bem, por que estou me sentindo tão mal?

Ela desviou a cabeça e tentou não ver os rostos onde quer que olhasse. Se ela se permitisse lembrar, cairiam do céu como folhas de outono. Centenas. Milhares. Os rostos das pessoas que havia Enfeitiçado. Os homens que havia destruído. Os meninos que a idolatraram. As mulheres que a detestaram.

Eu realmente quero acrescentar Wesley Lincoln a essa pilha de folhas em chamas?

Será que ultrapassei algum limite?

Ridley desejou que Lena estivesse ali. Ela saberia — e diria a Ridley. Lena era o barômetro de Ridley; sempre foi.

O que Lena diria agora?

Ridley deixou a mão deslizar do aperto de Link. Ele e Sampson começaram a conversar sobre o setlist e foram andando na frente. Rid ficou para trás, tentando não pensar no assunto. Tinha problemas mais sérios com os quais se preocupar do que Enfeitiçar mais um Incubus híbrido.

— Oi, Sirena.

Necro pegou Ridley pelo braço. Ela esperou até que os meninos estivessem fora do alcance.

— Quando isso acabar — falou ela —, vamos ter uma conversa de meninas. De coração para Coração das Trevas. — Toda a boa vontade entre as duas já desaparecera havia muito tempo.

Floyd lançou um olhar desagradável a Ridley.

— Para isso ela precisaria ter coração.

— Por que eu quereria um desses? — Ridley não sorriu.

Floyd se inclinou para a frente.

— Acho que alguém desesperada o suficiente para Enfeitiçar o próprio namorado não entenderia, não é mesmo?

— Você sabe. Linky Encantado. — Necro deu de ombros. — Soube que ele é magicamente delicioso. Sem noção, mas delicioso.

Ridley não conseguia acreditar que tinha achado que essa babaca detectora de mortos moicana fosse sua amiga.

Sou uma Sirena. O que elas querem? Ninguém se coloca entre uma Sirena e seu marinheiro. Já deveriam saber disso.

Talvez fosse hora de Ridley relembrar.

— Patty — disse Ridley, pegando Floyd pelo braço com as próprias unhas vermelhas longas. — E Duane — emendou, agarrando Necro com a mesma ferocidade. — Vamos esclarecer uma coisinha. Se tentarem colocar meu namorado contra mim mais uma vez, teremos muito mais que uma conversa entre meninas. Vai ser uma briga de gatas. — Ridley se inclinou. — Com garras à mostra.

— Miau — respondeu Necro, com o olhar firme. Floyd não abriu a boca. — Ninguém mexe com nossos companheiros de banda, Rid. Você não entende porque não é da banda. É o limite que não se ultrapassa.

Sozinha. Na calçada. Ela entendia.

Só que, nesse momento em particular, Ridley Duchannes não se importava com o que mais ninguém tinha a dizer.

Mas ela não perdeu tempo.

— Admito que não consigo controlar Sampson — falou. — Mas posso fazer vocês duas se apaixonarem por todos os pitbulls vira-latas daqui até Nova Jersey, e não pensem que não farei. É uma coisa de Sirena.

— E não fique surpresa quando cada um deles, de repente, tiver a cara do seu namoradinho lindo. — Floyd afastou o braço. — Coisa de Ilusionista. — Ela sorriu e foi atrás de Sampson.

Namoradinho lindo?

Vou acabar com você.

Necro balançou a cabeça.

— Agora você conseguiu. Nunca mexa com um Ilusionista. Dizem que você não vai saber o que a atingiu. Literalmente.

— Não me enche — sussurrou Ridley. — Não tenho medo de você.

— Acredite em mim — murmurou Necro em resposta —, você não entende. — A Necromante foi mais para perto até estar quase respirando na orelha de Ridley. — Se meus sonhos significam alguma coisa, não é de mim que você precisa ter medo.

A última palavra pairou no ar entre elas.

— *Vindicabo.*

⊰ CAPÍTULO 14 ⊱

*Appetite for Destruction**

Lennox Gates deu ataques e gritou. Uma enxurrada de coisas ininteligíveis saiu de sua boca, mas foi alto e urgente.

Tão alto que ele acordou.

Sentou no sofá, grogue, e, em seguida, se jogou para trás outra vez.

Naquela manhã, Lennox ainda vestia as roupas de quando saiu da boate. Tinha voltado a ter pesadelos, cortesia de seu amigo do outro lado, sem dúvida.

Tormentos.

Manifestações vingadoras do Outro Mundo — pedaços negros de sombras frias em todo lugar. Engolindo seus amigos, sua família. Transformando tudo em neblina, medo e dúvida.

Dominaram sua boate, seu apartamento, até a casa na ilha. Ele não conseguia escapar, e não conseguia se esconder. Ele jamais se livraria delas, não até que o arrastassem de volta ao mundo do qual veio.

Lennox Gates entendeu o recado. Não eram necessárias palavras para articular a ameaça do tempo que passava.

Ele olhou para o relógio, praguejando baixinho. Estava atrasado, e não só para os primeiros compromissos do dia, mas para as outras coisas que tinham lhe pedido para fazer. O tipo de coisa que não podia exatamente marcar no calendário.

Coisas das Trevas. Minha especialidade. Como foi que isso aconteceu?

---

* Apetite para destruição.

Ele tinha pouco tempo, e seus associados eram impacientes. Ao menos, fora apenas um pesadelo.

Por enquanto.

Então Lennox sentiu os pelos dos braços se eriçarem. Seu quarto ficou frio, tão frio que ele conseguia sentir o ar áspero na garganta cada vez que inspirava.

— O que você quer? — Sua voz ecoou pelo quarto vazio.

Silêncio. Ele continuou:

— Sei que você está aí. Pode sair agora.

As sombras do quarto pareceram se agitar, como se as próprias paredes estivessem tentando respirar.

O ar tremeu ao seu redor.

Agora. Está vindo.

Lentamente, uma figura negra emergiu do chão, se materializando sobre o tapete como se estivesse sendo puxada para o mundo Mortal contra a vontade. Na verdade, Lennox sabia que era o inverso. O espírito estava tentando penetrar naquele mundo a força — um feito difícil, quase hercúleo.

Tormentos — de verdade. No meu apartamento, pela primeira vez.

Então Lennox teve outro pensamento, mais frio que o ar ao redor.

Ele está se aproximando.

O apartamento era o local mais Enfeitiçado que Lennox conhecia, exceto por sua boate. A segurança no prédio competia com a do prédio da ONU no centro. Vira-latas Sobrenaturais não eram bem-vindos aqui, nem visitantes do Outro Mundo. Lennox acreditava que seria impossível se não estivesse lidando com o maluco morto mais furioso dos últimos quinhentos anos.

Ele consegue me alcançar aonde quer que eu vá.

Jamais ficarei livre dele.

Lennox elevou a voz.

— O que é exatamente seu objetivo, hein? Eu entendo, velho. As coisas serão do seu jeito ou eu me junto a você aí embaixo! — Ele se levantou, indo de um lado para o outro do quarto. — Seu amigo Híbrido vai aparecer na boate hoje, e sua Sirena vai junto. Já tomei medidas para incentivar os dois. Tenha um pouco de fé.

Ele sabia que estava pedindo o impossível e imaginou que seu associado estivesse rindo do outro lado. Rindo e arrumando espaço para Lennox Gates no Outro Mundo, bem ao seu lado.

— Não sou burro nem suicida. Esta exibição não é necessária — falou.

Mas é bem seu estilo, ele acrescentou silenciosamente. *Ou seu nome não seria Abraham Ravenwood. E eu não estaria nesse aperto.*

⇥ CAPÍTULO 15 ⇤

*Rock of Ages**

Enquanto Link caminhava pela Brooklyn Street com Sampson, não conseguia se lembrar do que o incomodara. Alguma coisa o deixara irritado, mas escapou. Ridley tinha esse efeito nele. Algumas palavras da garota e ele quase sempre começava a se sentir melhor. Ele quase pensaria que ela o tinha Enfeitiçado, exceto pelo fato de que Rid prometeu que não o faria.

Que tipo de magia era essa?

Link desistiu.

Para ser sincero, não prestou muita atenção a nada do que ninguém disse depois da palavra *teste*. Foi como ouvir um monte de galinhas cacarejando após servirem um saco de alimento. *Galinhas ou líderes de torcida. A Associação de Pais e Mestres da Jackson High brigando sobre qual livro banir. Minha mãe voltando do ensaio do coral, cheia de fofocas novas.* Link não tinha muito a dizer. Ao menos, não para as galinhas. Estava com a mente no teste.

Era uma palavra incrível, como *prorrogação* ou *primeira fila* ou *finais estaduais*. *Queijo na borda* ou *recheio duplo* ou *supersize*. De todos esses termos, *teste* era como um avô. Pelo menos, Link tinha quase certeza de que era.

Ele nunca havia feito um.

Link não fazia testes para bandas. Sempre se certificou de a banda fosse sua, então tinham de aceitá-lo. Era o segredo de seu sucesso. Mas agora isso não estava ajudando. E ele estava apavorado. Testes eram tão bons que eram ruins, tão importantes que eram paralisantes. A adrenalina de Link

---

* Rock das eras.

estava tão alta que ele ficou enjoado, da mesma maneira como quando tentou comer o molho de tomate feito por sua mãe durante a transição de humano para Incubus.

Como se pudesse vomitar horrores.

Espero que eu não vomite no palco. Marilyn Manson vomitou no palco. Espere. É legal, certo? Se Marilyn Manson fez?!

Link ficou perdido em pensamentos até ele e Sampson encontrarem as meninas do lado de fora de uma escada que conduzia a uma estação de metrô.

Não pense no teste. Droga, pensou nele, seu burro.

— Planeta Terra para Link. — Floyd encarou Link. — Está passando mal?

Link não disse nada. *Não na frente dela. Não na frente de uma menina.* Tentou se concentrar na fita amarela de polícia que selava a entrada para as escadas.

— Se vai vomitar, melhor que seja agora — disse Floyd. — É tudo que digo. Lembre-se de Marilyn Manson. — Ela sorriu. — Aquele foi um lançamento e tanto.

Link riu, apesar da bile na garganta. Não havia muitas garotas como Floyd. Até Ridley conseguia ver isso, razão provável pela qual andava tão inquieta desde que chegaram ali. Ele tinha de admitir que estava gostando da atenção.

A vida é assim no galinheiro, pensou. *Principalmente quando o galo é bom como o cara aqui.*

Floyd olhou para os dois lados e desviou para a escadaria. Assim que ultrapassou a fita amarela, desapareceu. Deixou em seu rastro uma ondulação no ar.

Não é algo que se veja em nenhum galinheiro.

— Ela está Viajando? Porque não ouvi nada. — Link olhou para Necro.

Necro balançou a cabeça.

— Não. É uma entrada. Você precisa procurar as estações de metrô quebradas. Não são quebradas de fato. São nossas.

— O bom e velho metrô de Nova York? Também é um metrô Conjurador?

— As estações são. Ligamos os nossos pelo sistema Mortal, então é um ponto diferente cada vez, por todos os cinco bairros. Sistema completo. Alguém teve a ideia quando vimos todos os bloqueios de Nova York durante a última grande tempestade. Contanto que a gente fique nas estações quebradas, ninguém nos vê circulando. E ninguém nos incomoda.

Link olhou para ela.

— Ninguém nunca se pergunta por que há tantas estações quebradas?

Necro sorriu.

— Quem? Sempre tem alguma coisa quebrada. Isso é Nova York. Agora vamos. — Ela desapareceu enquanto falava, como se tivesse explicado alguma coisa.

Link coçou a cabeça. Era difícil para ele imaginar, considerando que cada vez que um poste queimava em Gatlin, isso era praticamente noticiado. Ao menos era divulgado pelo sistema difusor de sua mãe.

— Tente acompanhar. — Sampson olhou para Ridley e Link como se fossem dois alunos do jardim de infância, em seguida desapareceu atrás de Necro.

— Esse cara é divertido — disse Link.

— Ou não — ponderou Ridley.

Link deu de ombros.

— Acho que os Nascidos das Trevas são tensos.

— Você acha? — Ela soou preocupada.

— Você sabe o que dizem. Grande poder traz um grande nada mais. — Ele riu, mas Rid não se deixou levar. Não hoje.

Ela está mais quente que Myrtle Beach em julho, mas tão intratável quanto, Link pensou.

— Vamos. Você quer... — Link gesticulou para a fita amarela. — Ou devo ir?

— Eles já foram. Poderíamos fugir — falou Ridley. Ela parecia mais inquieta do que deveria, considerando que essa coisa toda do Devil's Hangmen tinha sido ideia sua.

— Até parece! — Link riu, mas ela não. *Rid não está brincando. Então isso é estranho.* — Do que está falando? Não chegamos até aqui para nos escondermos como gatinhos assustados agora.

Rid suspirou.

113

— Não estou dizendo que estou preocupada. Só estou falando. Poderíamos, você sabe. Ir embora.

— Você já disse isso. — *Então está preocupada*, Link pensou. — Por quê, Rid? Pensei que você tinha dito que o que aconteceu no Sofrimento não tinha sido nada demais.

Ridley deu de ombros.

— Este teste. Lennox Gates. Sirena. Não sei. Estou com uma sensação ruim em relação a tudo isso. Talvez eu esteja enganada. Talvez eu jamais devesse ter nos colocado nessa...

— Ei. Espere aí. Sou eu. — Link pegou as baquetas do bolso de trás, onde gostava de guardá-las. — Estas são minhas. Pode deixar. Sou bom, e, se eu não for, bem, é por minha conta. Você não pode ficar puxando minha corrente, Rid. Primeiro me empurra para fazer essa coisa de banda Conjuradora, e, agora que eu topei, você quer sair? De jeito nenhum.

Ela não pareceu convencida, mas, pelo menos, não se retirou. Link sabia que não deveria forçar além disso.

Ele a pegou pela mão e a puxou através da fita amarela antes que ela pudesse dizer mais alguma coisa.

— Jerônimo, Docinho.

A Entrada para o metrô devia ter algum encanto Ilusionista poderoso, pois uma vez que Ridley e Link passaram pela fita amarela, não estavam mais no mesmo lugar. Estavam em algo que parecia um túnel. Em seguida, Link sentiu — a energia e a eletricidade, o poder correndo pelas veias e para o mundo sob o mundo ao redor.

Ele não parecia indisposto agora. Não estavam em um túnel qualquer. Mas nos Túneis Conjuradores, o Subterrâneo que corria como um labirinto invisível pelo mundo, logo abaixo do Reino Mortal. Mesmo esperando, ainda era uma surpresa. Nada mais era assim.

Nunca foi, nem quando eu era completamente Mortal.

Link respirou fundo e arregalou os olhos. Apertou a mão de Rid mais uma vez.

— Tudo bem, amor?

Ela assentiu.

— Estou bem. Quero dizer, melhor.

Claro que ela estava melhor. Estavam de volta ao Subterrâneo. Era difícil imaginar que houve um tempo em que os Túneis o amedrontaram terrivelmente, apesar de isso ser verdade. A ele e a Ethan. Por um tempo até Liv sentia-se assim quando ia ali. Nos tempos em que John Breed era apenas um motoqueiro *bad boy* — e Tormentos e Espectros circulavam pelos túneis como ratos e cobras.

Mas, naquele momento, os Túneis Conjuradores eram o mais próximo de casa que Link e Rid tinham. Os Túneis se tornaram o único lugar onde ficavam livres dos olhos e opiniões dos Mortais do Condado de Gatlin — que não eram poucos. O Subterrâneo também era praticamente o habitat em tempo integral de Macon, considerando que a cidade inteira o considerava morto. Isso só demonstra que é possível se acostumar a tudo.

— Depressa, cara. — Floyd estava impaciente. Esperava com Necro e Sampson à frente, e, enquanto Link e Rid os seguiram pela caverna mal iluminada, pareceu como nos velhos tempos. Tochas bruxuleantes iluminavam o caminho com uma luz desigual, e Link conseguia enxergar até onde o túnel se estendia diante deles, até a escuridão desconhecida.

Até algo pequeno se dirigir a eles nas sombras e miar.

Link fitou o escuro.

— Lucille, que diabo você está fazendo aqui? Pensei que fosse sair para ver a Estátua da Liberdade. Talvez um musical da Broadway? Tarde demais para *Cats*. — Ele sorriu e se virou, dando uma piscadela para Ridley.

Ela rosnou.

— Enfim. Nenhum ponto turístico Mortal aqui embaixo, Lucille. Só algumas pedras velhas e Conjuradores.

Mas Lucille não se importou. Ela se sentou em um círculo de luz, lambendo delicadamente a pata. Quando Link tentou pegá-la, ela sibilou para ele.

— Tudo bem. Como quiser. Se for assaltada, não serei eu quem dará explicações às Irmãs. Você vai ter de se virar sozinha.

— Ele está conversando com aquele gato? — Necro ergueu uma sobrancelha.

115

— Eu sei. — Ridley suspirou. — Lucille Ball. Ela é meio que a prima do melhor amigo dele. — Link as ignorou, afagando Lucille. Foi o mais amigável que Link viu Ridley ser com alguém da banda, e ele não quis interromper o momento.

— Está brincando. — Necro olhou de Link para Ridley. — Ela está brincando, certo?

Link continuou andando, com Lucille seguindo a dez passos de distância. Ele sabia que não deveria mexer com a gata das Irmãs, mesmo estando no norte. Ele deveria saber que a gata conseguiria se virar onde quer que estivesse.

Ela era mais forte do que qualquer um deles.

Agora Link conseguia ver a luz à frente deles nos Túneis, onde a passagem se ampliava em um cruzamento. As palavras METRÔ CONJURADOR se encontravam dispostas no mosaico de azulejos onde os caminhos se encontravam. Na parede abaixo do mosaico via-se o que parecia um mapa feito à mão, sustentado por uma moldura elaborada.

— Siren Hill. — Floyd apontou para um ponto no mapa. — É para lá que vamos. — Em seguida apontou para um túnel mais distante. — Aquele.

Link olhou sobre o ombro dela.

— É assim que se chega lá? Não do mundo Mortal?

Floyd deu de ombros.

— Existem portas dos fundos, portas laterais, escotilhas. Mas sim, mais ou menos. A entrada principal é por aqui.

— Apenas tente acompanhar — pediu Necro, dirigindo-se ao túnel mais distante. Eles a seguiram enquanto ela se movia pela escuridão até chegar a uma escadaria de pedra que levava a uma enferrujada porta metálica. Quando os outros se juntaram a ela, Necro já estava abrindo a Entrada... e a imobilidade ecoante do Subterrâneo deu lugar a algo que só poderia ser descrito como puro caos.

Mardi Gras, Link pensou. *Beale Street em uma noite quente.* Desde que ele foi àquela loja assustadora com Ethan, usou o Subterrâneo para refazer os passos até a Cidade Esquecida em mais de uma ocasião. *E o cheiro aqui não é muito melhor.*

Assim que entraram na caverna mal iluminada, o barulho os oprimiu. Do lado de fora da Entrada, a multidão se avolumava de tal modo que era impossível enxergar além dos primeiros 3 metros de pessoas, mesmo para alguém parte Incubus e enorme, cuja cabeça ficava acima da de todo mundo.

— Consegue ver a porta? — Floyd gritou para ele. Ela era uns bons 60 centímetros mais alta que Necro, mas nem ela conseguia enxergar.

— Acho que é por aqui. Espere. — Ele desviou pela multidão, com os outros seguindo de perto. — Ali! — Link acenou com a cabeça e agarrou o braço de Floyd com uma das mãos, guiando Rid com a outra. Necro se segurou em Floyd, enquanto Sampson fechava a fila.

Ridley encarou Link até ele soltar o braço de Floyd.

— Vejam. — Floyd apontou. — Sirenas.

Ridley desdenhou.

— Sirenas? Isso não é real.

— Agora é. Nox as utiliza para atrair pessoas para a boate.

Não eram Sirenas de verdade, mas não precisavam ser. Eram mulheres tão gatas que poderiam estar nas capas das revistas automobilísticas de Link. Vagavam pela estação, vendendo tubos de um líquido vermelho para algumas pessoas e espuma borbulhante para outras. Floyd tinha razão — se você observasse o suficiente dava para vê-las puxando as pessoas na direção da boate.

Link ficou impressionado.

— Olhos para frente, soldado — disse Ridley. Tudo que ele pôde fazer foi um gesto afirmativo com a cabeça. As Sirenas não vestiam muita coisa; estavam enroladas em uma espécie de tecido louco que acendia, como lampiões chineses, ou talvez bastões brilhantes humanos.

Como sempre, em se tratando de boates Conjuradores, Link não entendeu. Dessa vez, não se importou. Mas continuou não entendendo. *Se minha mãe pudesse me ver agora. Teria um ataque.* Balançou a cabeça.

— Não acabamos de sair do café da manhã? — falou em voz alta. — Como pode ter tanta vida noturna com tão pouca noite? — Era a coisa mais estranha que já vira na vida. E, considerando os últimos anos, isso queria dizer muito.

— Porque — gritou Floyd de volta — provavelmente isso ainda é a noite passada.

— Ou talvez a próxima noite. O Subterrâneo nunca dorme por aqui. Principalmente quando Lennox Gates inaugurou uma boate na cidade.

— Grande multidão para uma boate nova — disse Ridley.

— Quando você é quente, você pega fogo — gritou Necro.

— Como você sabe? — gritou Ridley de volta. Necro fez uma careta e desapareceu pela multidão, com Floyd logo atrás.

— Vamos, Rid. Temos de acompanhar! — Agora que estavam de fato na boate, Link voltou a ficar nervoso.

— Acho que foram por ali. — Rid apontou com a cabeça. — Lá.

Sobre a multidão, a palavra SIRENA estava grafitada nas paredes decadentes dos Túneis.

A multidão se dividiu, e tudo que Link pôde ver foi o cordão de veludo enquanto Lucille o ultrapassava.

Até onde Link podia perceber, Sirena não era um lugar para Mortais. Claro, sempre havia alguns perdidos que acabavam indo parar em boates Conjuradoras das Trevas nos Túneis — Link e Ethan fizeram isso há não tanto tempo. Mas como regra geral, Conjuradores e Íncubus preferiam os seus. Trevas com Trevas, Luz com Luz. Principalmente quando estavam relaxando, bebendo sangue e exercitando seus poderes.

Não, Conjuradores não queriam Mortais aqui, e Mortais não durariam muito. O Subterrâneo pertencia aos Conjuradores, e, ali embaixo, as regras eram muito diferentes. Moderação era algo que só aos Mortais importava, assim como o respeito pela vida Mortal. Rid costumava dizer a Link que ninguém queria ser uma mosca na parede de nenhuma boate Subterrânea quando algum Sobrenatural resolvesse sacar o mata-moscas.

Não que muitos Mortais já tivessem chegado a ponto de correr o risco.

A ideia de um lugar sem julgamentos Mortais, além de ser um lugar onde as Trevas se faziam presentes tanto ou mais que a Luz, era assustadora para a maioria dos Mortais. Antes de Link ser mordido, sua ideia de bem e mal — ou, como dizia a senhora Lincoln, mal e pior — se baseava em fugir do catecismo (mal) e entrar no vestiário feminino (pior). Agora se baseava em se relacionar com Conjuradores das Trevas (mal), beber sangue humano (pior) ou, digamos, apunhalar o tio-bisavô de seu amigo no peito com tesouras de jardim (pior ainda).

Naquela noite, Link duvidava que a Sirena fosse uma exceção.

— Oi. — Ridley acenou com a cabeça para o segurança atrás da corda preta de veludo na entrada da boate. Ele tinha mais ou menos o tamanho de três jogadores de futebol americano de Summerville, do tipo que nunca estavam em boa forma suficiente para praticar qualquer outro esporte. — Você tem de nos deixar entrar. Estamos com a banda, eles acabaram de entrar por aqui e...

Antes que ela pudesse concluir, o segurança resmungou e ergueu a mão. Ele se levantou, puxando a corda de veludo, e um grupo de Incubus instantaneamente Viajou para dentro, se materializando do ar quase exatamente onde eles estavam. Ele os cumprimentou com um gesto de cabeça, respeitosamente.

— A mesa de sempre está esperando por vocês, cavalheiros.

Link engoliu em seco, automaticamente recuando para as sombras.

Incubus de sangue. Ali. Um monte deles. Com cheiro de que acabaram de comer. Este lugar é tão ruim quanto aquela outra boate Conjuradora, Exílio. Talvez pior.

Agora o segurança olhou para Ridley.

— Como eu disse, estamos com a banda — disse Ridley.

— E aquela gata — emendou Link.

— Estão nos esperando. — Ridley mostrou a filipeta com a palavra *Sirena*.

— E o que eles estão esperando, Loirinha? — O segurança a encarou. — Posso esperar alguma coisa também? — A cabeça careca e suada era tão tatuada que quase não se viam seus olhos dourados de cobra. Quando sorriu, ele deixou a língua aforquilhada deslizar para dentro e para fora da boca. As duas pontas tinham piercings.

Quanta classe, Link pensou.

As forquilhas se enrolaram e desenrolaram quase até a bochecha de Ridley, se aproximando até Link perceber que não eram línguas, mas uma espécie de cobras estranhas que viviam na boca daquele sujeito.

Link as segurou e puxou com toda força possível.

— Sim. Eles estão esperando que você mostre um pouco de respeito pela dama. Agora saia da frente, olhos de cobra.

Noventa centímetros de cobras caíram de seu habitat caloroso para o chão na frente do segurança. Um metro e oitenta de Link se juntou a elas, segundos depois, derrubado no chão. *Incubus híbrido. Certo. Superforça. Deveria ter percebido isso. Considerando que ele é o segurança e tudo mais.*

— Então, valentão. — O segurança se inclinou sobre Link. — Acha que vai ser seu grande furo? Seu e de seu gato? Pense melhor.

Link sentiu as bochechas esquentando, e tinha quase certeza de que havia quebrado uma baqueta embaixo de si.

— Isso não foi legal, Taco de Sinuca.

O careca ficou ainda mais vermelho sob as tatuagens.

— Não? Que tal isso? Eis seu grande furo. Mas é só para sua cabeça. Sei disso porque eu farei o furo.

— Está falando de meu melão, Rapunzel? É isso? — Link se sentou, e o sujeito o empurrou novamente para trás. — Está com ciúme?

Se conseguir me levantar, dou conta dele.

O segurança flexionou os músculos semelhantes aos de um cavalo. *Talvez.*

— Meninos. — Rid balançou o cabelo com a mecha rosa. — Isso está ficando chato.

Link atacou o segurança, e os dois caíram voando para a multidão, espancando um ao outro.

Ridley revirou os olhos. Um segundo depois, o pirulito de cereja bateu na língua dela, e a corda de veludo bateu no chão. Ela era boa assim. Como sempre.

Enquanto limpava o sangue do canto ferido da boca, Link ficou imaginando se Rid já fizera o mesmo com ele desde que começaram a namorar — e, se tinha feito, como ele saberia?

— Sua mesa está esperando — falou o segurança, ajudando Link a se levantar. Então ofereceu o braço a Ridley, como se tivesse se esquecido sobre a surra. Ela permitiu que ele a guiasse pelos degraus até a entrada.

— Com certeza. — Isso foi tudo que Rid disse ao segurança. — Amanhã quero que nos coloque para dentro direto.

— Pode deixar — emendou o segurança. — O senhor Gates falou que vamos vê-la muito por aqui a partir de agora.

— Falou? — Ridley hesitou. — Claro que falou.

Link não pareceu ouvi-lo. Em vez disso, puxou os cabelos para cima, como de hábito, e foi até o segurança.

— Ei, Encrenqueiro Careca. Na próxima vez, vou acabar com você. Eu e a gata. O que tem a dizer em relação a isso?

O segurança o ignorou. Link suspirou.

Era humilhante ter sua namorada interferindo por você, mas, enquanto se levantava do chão sujo, ele não sabia como dizer isso a ela. Essa história de banda podia ter sido ideia dela, mas o teste ainda era dele. Link jamais saberia transitar pelo mundo Conjurador como Ridley fazia, mas isso não significava que ele fosse patético, e não significava que não conseguisse cuidar de si mesmo.

Não conseguia?

Ele pertencia a uma boate Incubus mais que qualquer um deles. Ele venceu Abraham Ravenwood com uma tesoura de jardinagem. Não fazia sentido se conter agora.

Era hora de Wesley Lincoln ser homem.

Aquela noite seria o começo de tudo. Sua carreira sobrenatural no rock estava começando, e já era hora.

Preciso de meus próprios pirulitos de cereja.

Link seguiu Ridley e o segurança pelas escadas.

Lucille os esperava no topo, como se eles fossem um par de idiotas.

Link deu um muxoxo.

— Não me olhe assim. Não vi você ajudar.

Lucille seguiu caminho em silêncio.

— Mulheres. — Link balançou a cabeça para Rid.

— Não. — Ela pegou a mão dele enquanto as enormes portas se abriam e eles entravam na boate.

Ou, pelo menos, entraram em uma espécie de corredor longo e escuro que levava à boate. A multidão os empurrou como um rio. Link se segurou em Ridley com uma das mãos e apalpou as baquetas quebradas com a outra.

A única luz vinha do contorno de um bar espelhado que se estendia pela lateral da câmara. Apesar de estar escuro demais para enxergarem aonde estavam indo, Link poderia jurar que vislumbrou alguma coisa nas sombras. Tinha a sensação de estar sendo observado, mas não viu ninguém.

Estranho, ele pensou. *Mas não mais estranho que todo o restante aqui.*

Só quando o corredor se abriu em um salão único — de mais ou menos três ou quatro andares de altura — foi que luzes brilhantes o atingiram nos olhos e ele voltou a enxergar.

Pouco.

Foi o que ele viu que o derrubou.

Mais que isso... quem viu.

⊰ CAPÍTULO 16 ⊱

For Those About to Rock*

O *que ela está fazendo aqui?* Ridley pensou. Pelo menos, foi a primeira coisa que pensou. A segunda foi *vou acabar com ela.* A terceira foi *minha mãe vai acabar comigo.*

— Link! Ridley!

Link pareceu quase tão chocado quanto Ridley.

— Santo Zeus...

Ryan Duchannes estava na Sirena.

Ridley congelou. Era um instinto animal — lutar, fugir ou congelar. Sua irmãzinha estava ali, na boate. Ryan tinha 13 anos, e a expectativa era que se tornasse tão Luz quanto o próprio sol. Uma boate Subterrânea de Conjuradores das Trevas era o último lugar em que se imaginaria encontrá-la.

É verdade que ela estava maquiada e com um modelito tão bagunçado que Ridley mal conseguia entender — short xadrez, colete de losangos, bota até o joelho e um boné. A tentativa de Ryan de ter um estilo particular.

Ela estava ali na multidão, segurando a gata, espremida entre Conjuradores das Trevas e parecendo tão deslocada no armazém industrial quanto uma escoteira Mortal estaria. A irmã de Ridley nunca teria encontrado aquele lugar sozinha. Alguém estava por trás disso.

Alguém poderoso.

Alguém que quer que eu saiba exatamente o quão poderoso ele é.

Fugir não era opção. Ela não poderia deixar Ryan sozinha ali.

---

* Para quem está pronto para agitar.

Lutar também estava fora de cogitação. Ridley não sabia exatamente contra o que estava lutando, mas tinha uma boa noção.

Essa jogada revelou mais que a maioria. Ela conseguia farejar um predador a mais de um quilômetro de distância, e, acima de tudo, sabia quando tinha sido superada.

Xeque-mate, Lennox Gates.

Ela estava em Nova York, no território dele. Tinha arrastado o namorado até ali e colocado o futuro dos dois em risco. E agora estava diante da irmãzinha.

Era a primeira vez que Ridley entendia que sair dessa confusão seria mais difícil do que imaginava. Tinha subestimado seu oponente. Depois de Sarafine e Abraham, ela achou que tinha aprendido a lição.

A mão de Ridley estava em volta do pulso de Ryan antes que a menina pudesse dizer mais alguma coisa.

— Saia daqui.

— Por quê? — Ryan pareceu chocada. — Pensei que tivesse me convidado, não é? Para o show de Link?

— Nós não convidamos. — Ridley já estava puxando Ryan para a porta, o que não foi fácil, considerando que quase derrubou um Incubus carregando uma jarra de algo que ela duvidava ser refrigerante de cereja. Ele a encarou quando ela passou.

— Como você chegou aqui, Ryan? — O interrogatório da irmã mais velha estava aberto.

— Túneis.

— E mamãe acha o quê?

— Mamãe acha que estou dormindo na casa de Jackie Eaton. — Ryan olhou além de Ridley. — Oi, Link.

— Oi para você também, Ryan. Está estilosa. — Link se inclinou para dar o abraço desajeitado que geralmente dava na irmã de Rid, o tipo que evita qualquer toque desnecessário.

— Por que está aqui, Ryan?

— O bilhete que você mandou.

— Não mandei bilhete algum.

— Claro que mandou. Está na minha bolsa. — Ryan tirou a mochila de camurça das costas e abriu o zíper. Ela entregou a Ridley um envelope preto selado com cera vermelha.

A cera era estampada com a letra S, só que o S era uma serpente.

— Ridley Duchannes e Wesley Lincoln solicitam o prazer de sua companhia em um show privado em benefício da Fundação Sirensong. Venha celebrar conosco na boate Sirena. R.S.V.P & S.V.V. — Ridley levantou o olhar.

— Que diabo é isso? É algum tipo de piada?

— S.V.V? — Link pareceu confuso.

— Segure para Viagem Virtual. É uma carta de Viagem. Bastava Ryan ir a qualquer lugar nos Túneis com isto na mão e iria Viajar para cá.

Os olhos de Ryan ainda estavam brilhando.

— Foi como andar de Ferrari.

Ridley balançou a cabeça.

— Não é um Feitiço fácil, é mais uma questão de status. Você sabe, festa grande, transporte incluído. Veja só. — Ridley estendeu a carta para Link.

Ele levantou as mãos.

— De jeito nenhum. Não vou encostar nisso. Já tive problemas suficientes com Viagens. — Link pareceu tão preocupado quanto ela.

Ela sabia que eles não deveriam ter ido para lá. *Mas, se não tivéssemos vindo, quem estaria tomando conta de Ryan agora?*

O rosto de Ryan ficou confuso.

— Se você não me convidou, Rid, então quem foi?

— Eu convidei. — As palavras soaram como se tivessem vindo do céu, tanto de cima quanto de trás dela. Mas Ridley sabia.

Não vinha do céu ... vinha da sacada. Ridley reconheceu a voz imediatamente, apesar de fazer semanas que não a escutava. Ela ainda a fazia estremecer.

Aquele que parecia tão quente quanto era frio.

Aquele que podia lhe fazer não uma, mas duas cobranças.

Aquele que podia arruinar seu relacionamento e sua vida.

Ele era a razão pela qual todos estavam ali naquela noite e a razão pela qual ela viera para Nova York.

Ridley finalmente encontrou um rival, e o nome dele era Lennox Gates. Ryan foi jogada dele. Era um desafio, frente a frente. Sirena versus qualquer que fosse o tipo de Conjurador das Trevas que ele era.

Esqueça Pechinchas de Mentirosos. O verdadeiro jogo estava apenas começando.

Esse podia ser o teste de Link, mas era o jogo de Rid.

Seu punho cerrou à luz súbita do Anel de Ligação.

Começou.

Assim que ela se virou para olhar para ele, a boate se aquietou.

Não se aquietou — ficou total e completamente silenciosa, porque não sobrou mais ninguém ali dentro. Todas as pessoas tinham desaparecido, e agora eram só os dois. Ridley podia ouvir o próprio coração batendo.

Lennox Gates estava ali, na grade de uma plataforma industrial elevada. Os olhos eram tão intensos — e manchados de ouro — quanto ela se lembrava. Alguma coisa neles lembrava o Fogo das Trevas.

Puro poder.

Ridley não conseguia enxergar o que ele vestia sob a jaqueta de couro, mas estava claro que o que quer que estivesse escondendo incluía uma forma compacta e atlética. O cabelo dourado caía no rosto, quase encaracolando em alguns pontos, principalmente perto do pescoço. *Ele tem cara de ambição,* Ridley pensou.

Tem cara de perigo.

Ridley não desviou o olhar do rosto dele. Não lhe daria a satisfação de pensar que a tinha impressionado com seu pequeno show de mágica.

Qualquer um poderia... o quê? Evaporar um salão cheio de Sobrenaturais poderosamente protegidos e muito Enfeitiçados? Provocar uma Distorção Temporal assim? Na verdade, não.

Ninguém poderia, exceto, talvez, Lena. E mesmo assim não seria fácil.

Ridley tinha de admitir isso. Seu coração estava acelerado, e ela ficou imaginando se ele conseguia escutar, o que só fez com que as batidas acelerassem mais ainda.

Controle-se, Rid.

Ela falou primeiro. *Não cedeu primeiro,* pensou. *Continue jogando o jogo longo. Foque em como vai destruir essa pessoa.*

— Você deve estar muito orgulhoso por isso.

Os olhos dele não desgrudaram do rosto da Sirena.

— Quase nunca me orgulho. Dizem que o orgulho precede a queda, e eu não planejo cair.

— Isso é engraçado, considerando que não planejo me importar. Agora, o que fez com as boas pessoas da boate, Sr. Gates?

Ele acenou com ares de desdém.

— Elas continuam aqui. Tendo a noite de suas vidas. Ou assim acreditam.

Babaca condescendente.

— Você está falando de minha irmã e de meu namorado — declarou Ridley. — Traga-os de volta ou vai desejar jamais ter me conhecido.

— Como sabe que já não desejo? — Agora ele estava sorrindo.

— O que tenho com isso, seja como for? — Ridley sorriu de volta. — Seja qual for seu problema comigo, garanto que está prestes a se tornar mil vezes pior. Pergunte por aí. Sou meio famosa por isso.

— Não vejo a hora. — Ele estalou os dedos, e o barulho, o caos e a adrenalina selvagem da boate voltaram instantaneamente. Ele elevou a voz acima do barulho. — Quem disse que eu tenho problemas com você? Senti sua falta desde nosso encontro no Sofrimento.

Ele estalou os dedos novamente, e as pessoas desapareceram pela segunda vez.

— Viu? Estão todos muito felizes. — Gesticulou em direção a ela. — Mas este é o meu momento. Seu e meu. O que é isso em sua mão?

Ridley olhou para o envelope preto que Ryan lhe dera. Levou apenas um instante para que a sala ao redor se tornasse ainda mais negra.

⊰ CAPÍTULO 17 ⊱

Runnin' with the Devil*

A cabeça de Ridley estava girando. Então a escuridão deu lugar à luz. Mas não melhorou em nada, porque as luzes eram claras demais para que conseguisse enxergar. Lentamente, enquanto a sala começava a se solidificar ao seu redor, ela percebeu que estava olhando para uma vela.

— Alguma coisa doce? Você parece um pouco tonta. — A voz de Lennox cortou a luz.

Ridley levantou o olhar. Estava sentada em frente a Lennox Gates, ao que parecia uma mesa particular para dois. *Transporte Incluído*. Ela se esquecera de que estava segurando a porcaria do convite.

Estremeceu. Ele a superara duas vezes. Era mais que vergonhoso. Era enervante.

— Como você conseguiu usar uma carta de Viagem dentro da boate se um bando de Incubus de Sangue teve de chegar do lado de fora e entrar pela porta como todo mundo?

— Eu mesmo Enfeiticei a boate. Posso ir e vir como bem quiser. — Ele pareceu satisfeito consigo mesmo, o que só deixou Rid ainda mais irritada.

— Só você?

— Só eu e qualquer pessoa a quem eu entregue esse convite. — Lennox sorriu. — Néctar dos Deuses? — Ele levantou o decantador: uma garrafa ornamental tão alta e fina que parecia o pescoço de um pobre ganso morto. Bolhas douradas elevaram-se à superfície de um drinque espesso

---

* Correndo com o diabo.

e com aspecto de xarope. Ridley respirou fundo e sentiu cheiro de cana, a essência do doce em sua forma mais pura.

Catnip de Sirena. Ele é bom.

— Vá para o Inferno, Lennox Gates. — Foi tudo que ela conseguiu dizer.

Ele assentiu agradavelmente.

— Por favor. Me chame de Nox. E tenho certeza de que irei. Pode-se dizer que é uma tradição familiar. Mas, até lá, talvez devêssemos fazer um brinde a nossa parceria?

Ridley derrubou o envelope como se fosse brasa.

— Não. E chega de truques baratos. Por favor.

Ela estava começando a assimilar o ambiente. A sala não era nada parecida com o resto da boate. Uma escuridão quieta se refletia em todos os cantos — nas cortinas de veludo de aparência vintage, nos sofás de couro preto que se curvavam como conchas contra as baixas paredes arqueadas, e a enorme lareira de pedra que dominava a extremidade do recinto.

— Então, está com fome? Até uma Sirena precisa comer. — Uma série de triângulos pretos de couro cobria o disco polido de metal da mesa. Um cálice de prata encontrava-se sobre um prato de cristal à frente de Ridley. Quando ela olhou para o cálice, estava vazio.

— Talvez alguma coisa do Grand Bazaar? Você gosta de Istambul?

Ridley olhou novamente, e o cálice estava cheio de doce favo de mel, com uma calda dourada que cheirava a madressilva selvagem. Uma abelha gorda zumbia preguiçosamente sobre o topo. Triângulos do que parecia baklava de pistache fresca e manjar turco se amontoavam contra o cálice, no prato de cristal.

Então ele também consegue Manifestar. Ótimo. Tem alguma espécie de sangue Mutador.

Mutação. Distorção Temporal. Viajar. Seus poderes pareciam cruzar todas as distinções convencionais Sobrenaturais. Sua dívida com Lennox Gates só se tornava mais preocupante.

Ela tentou não entrar em pânico. Se concentrou no coração para que ele batesse mais devagar.

Não há o que temer.

Ele é só mais um fanfarrão.

Você já viu coisas piores. Já até derrotou coisas piores.

Ridley se corrigiu e olhou para Lennox Gates, balançando a cabeça.

— Não, obrigada. Não estou com fome. Vou passar.

Isso. Você. Tudo.

— É mais parisiense? Algum *je ne sais quoi* de La Maison Angelina? Para a *petite Sirène?*

Agora o prato estava coberto de trufas de chocolate e uma delicada xícara de chá cheia de rico chocolate quente, soltando fumaça.

Exibido.

Ridley se levantou.

— Você já passou o recado. Pegou minha irmã, me forçou a entregar meu namorado. Já está bem claro que está determinado a destruir meu futuro.

— E? — Nox pareceu interessado, como se estivesse, de fato, se divertindo. O que só fez com que ela o odiasse ainda mais.

— E, para completar, eu certamente não vou *flertar* com você.

— Flertar comigo? É disso que você acha que se trata?

Pela primeira vez, Lennox começou a rir. O gesto quase o fez parecer uma pessoa real, o que Ridley achou mais perturbador do que era capaz de explicar.

— Não se iluda, Sireninha. — E serviu um líquido borbulhante no próprio copo. — Sente-se.

Rid sentou, contra o próprio juízo — e o que a irritou ainda mais foi o fato de que honestamente não sabia se ele a estava convencendo ou não. *Não pode estar*, disse a si mesma; ela não tinha visto uma única Sirena, e saberia se houvesse alguma na boate.

Não saberia?

Ninguém nunca virou o jogo dessa forma com ela. Rid não fazia ideia de como seria sentir-se compelida, mas, quanto mais pensava, mais imaginava que deveria ser muito parecido com aquilo.

— À Sirensong. — Ele ergueu o copo. — Que tenham longa vida no rock.

Ela não ergueu o dela.

— Siren o quê? Não quer dizer Devil's Hangmen?

— Mudei o nome da banda em homenagem à boate. É um bom nome, não?

— Na verdade, não.

Nox tocou o copo no dela, que permanecia intocado, e bebeu assim mesmo.

— Tudo bem. Deixe-me ser perfeitamente claro. Isso é negócio. Você venceu meu baterista naquele jogo de cartas e o deixou completamente sem poder. Eu não tinha como saber que o baterista que ofereceu em troca era seu namorado. Admito, é desagradável para você.

— Por que tenho a sensação de que você possuía todas as condições de saber que meu namorado era baterista? — Ela olhou em volta. — E nós dois sabemos que eu lhe devo mais que isso. — Finalmente, ela o olhou nos olhos.

— Ah, sim. Você me deve duas apostas, não é mesmo? Conforme você sabe, seu namorado baterista só quita a primeira. Mas não se preocupe. Aviso quando precisar recolher a segunda. — Lennox tirou o cabelo dourado dos olhos. — Dívida da casa, minha escolha.

Ridley estremeceu. Ela não precisava do lembrete. Pensava nisso toda noite antes de dormir. *Em como perdi muito mais que um jogo.*

— Não estou com pressa. Você saberá o que quero quando eu quiser. E garanto que vou. — Ele a encarou. — Querer, digo.

Ela não respondeu.

— Tenho uma memória excepcional. — Ele sorriu. — Principalmente quando se trata de devedores.

Ridley hesitou. Pela primeira vez, não tinha nada no próprio arsenal. Nenhuma resposta inteligente, nenhum insulto sagaz — nada mudaria o fato de que tinha perdido a única coisa que estimava acima de tudo.

Poder.

Poder era sua liberdade.

Minha e de Link.

Lennox ergueu uma sobrancelha, bebericando novamente da taça.

— Por falar nisso, o que é que seu namorado híbrido pensa sobre você trocar o futuro dele pelo seu?

— Não é assim. — Ridley estremeceu.

— Então como é, *Docinho?*

O som do apelido carinhoso pelo qual Link a chamava foi demais.

— Deixe Link fora disso.

— Wesley Lincoln? O pior aluno da falsa turma da Georgia do Salvador? Você sabe que não posso fazer isso. — Lennox suspirou. — Mas devo dizer que gostei de conhecê-lo.

— Não. — Ela sentiu um frio se espalhando pela barriga. — Não o conhece, quero dizer. — *Nem a mim, por sinal. Do contrário, não ousaria.*

— Fico de olho em todos os meus investimentos. Seu erro quase Mortal vai tocar em minha banda, trabalhar para minha boate e fazer tudo que eu quiser que ele faça, quando eu quiser. Como todos os meus empregados.

— Só por cima de meu cadáver.

— Cuidado. Você não imagina quantas pessoas fariam fila por uma oportunidade de ajudá-la com isso. — Ele levantou a taça. — Eu, por outro lado, sei. E parabéns. Realmente não entendo como você conseguiu deixar tanta gente tão enfurecida em tão pouco tempo. Tão enfurecidas e tão impacientes. — Ele balançou a cabeça. — Você é uma menina talentosa.

Ridley não hesitou mais. Pegou a bebida e a jogou na cara de Lennox.

— Mas o que... — Ele estava confuso agora.

— Vá se danar, Lennox Gates. Você e seu enorme ego Conjurador, e sua boate Sirena pretensiosa, e a porcaria de sua banda. Não sei o que está acontecendo aqui, mas sei que nada disso tem a ver com aquele jogo de cartas.

— Você não sabe do que está falando, Sireninha.

— Estou falando de seu jogo armado e suas apostas estranhas. Estou falando de você espionar minha família e meu namorado.

— Espionar? — Os olhos brilharam enquanto ele pousava o copo. — Sabe o que vejo quando olho para você, Sireninha? Chamas. Fumaça e fogo. Em todo o seu futuro. Não sei o que isso significa, mas posso traduzir algumas partes para você.

— Fique à vontade. — *Ótimo. Ele é Vidente também?*

— Que tal seu futuro vai virar fumaça? — Ele não estava sorrindo.

— Brinque comigo e vai se queimar. — Os olhos de Ridley eram mortais.

— Sabe, há tantas respostas que quero dar para isso. — Nox deu uma piscadela.

— Eis uma: se mexer com meus amigos, vou atrás de você. — Ela se levantou. — E, se voltar a falar com minha irmã, qualquer uma de minhas irmãs, é bom arrumar um baita segurança. Fume isso, *Lennox*.

Lennox ergueu as duas mãos, inclusive o envelope preto — um sinal de redenção.

— Acho que ficarei feliz em estar fora de seu futuro.

— Acredite em mim. Você nunca fez parte dele.

— Entendido. Tome, devolva isto para sua irmã. Ela chegará em casa assim que tocar o convite.

Ridley pegou o papel da mão dele. Afastou-se, praguejando, sem olhar para trás sequer uma vez, apesar de não fazer ideia de onde estavam ou para onde estava indo.

— Escada à esquerda. Não tem como não ver. — Ela ouviu uma risada atrás dela. Ele realmente parecia estar gostando disso, o que só a deixou mais furiosa.

Rid já quase chegara à porta quando ouviu o inconfundível som de música da boate abaixo. O baixo vibrando. A guitarra gritando. A bateria. Meu Deus, a bateria.

Ela conhecia a melodia. Ouvira Link ensaiando na noite anterior quando achava que Rid estava dormindo.

"Almôndegas Doces". É "Almôndegas Doces".

Link está tocando com a banda.

Como Lennox Gates os chamou? Sirensong?

De repente, ela sentiu. Lennox estava logo atrás dela. A voz dele soou baixa e — se ela tivesse de escolher uma palavra para descrever — perigosa.

— Seu namorado tem problemas maiores do que eu, Sireninha. Mas aposto que você sabe disso, considerando que nós dois somos Conjuradores das Trevas.

Ridley não respondeu por um bom tempo. Quando o fez, não olhou para Lennox.

— Sei o quê?

Lennox pegou uma caixa de fósforos do bolso, acariciando-a ociosamente.

— Que virão atrás dele. Que ele é um morto ambulante. Que não tem final feliz, não quando você é a idiota que derrotou Abraham Ravenwood. — Ele deu um passo mais para perto dela. — Como eu disse, Conjuradores têm boa memória. Incubus mais ainda. Mas não preciso dizer isso a você, preciso?

Ridley podia sentir a respiração dele em seu pescoço.

Ele continuou.

— Olhe em volta. Metade deles está aqui. É uma boate das Trevas. Sou um cara das Trevas. Quem você acha que são meus clientes?

— Cale a boca. — Ela não conseguia olhar para ele. — Você não sabe do que está falando.

— Não? Por que você acha que nós queríamos que ele tocasse bateria aqui? Bem aqui? — Nox deu de ombros. — E por que não? Estou no ramo de dar às pessoas o que elas querem. É o que faço. Se alguém quer que eu entregue um Incubus híbrido, por que eu deveria perguntar o motivo? — O coração de Ridley estava acelerado, mas Nox não parou. — E se quiserem os amigos dele? E aí?

E aí?

Ridley não queria pensar nisso. Era uma conversa arriscada, para ela e para Link. Arriscada e potencialmente mortal. Lennox Gates podia lhe tirar os poderes ou poderia explorá-los. Poderia tornar a vida dela um inferno, ou encerrá-la.

Mas não podia — não podia — mexer com seu Shrinky Dink.

Chega.

Ridley se virou lentamente, e, ao fazê-lo, seus olhos estavam em chamas.

— Duas apostas. Isso é entre mim e você. Deixe Link fora disso.

— Que honroso de sua parte.

— Eu pago minhas dívidas, e você mantém a boca fechada.

Nox deu de ombros.

— Conte a ele ou não. Virão de qualquer jeito. — Ele jogou para ela a caixa de fósforos. — Sempre vêm.

⇥ CAPÍTULO 18 ⇤

*Metal gods**

"Tão suculenta, ninguém aguenta.
Era tão macia! Como minha Fender eu a curtia.
E, quando era boa, eu sabia que era minha patroa.
Quando no pão torrado, era sinal de que ia me divertir,
com minha almôndega do lado".

*A*lmôndegas Doces era a obra-prima de Link como compositor — uma balada trágica sobre um sanduíche de almôndega que ele não poderia mais comer. O que não era muito diferente de ele cantando sobre um coração partido, Ridley supós. Ou um hambúrguer.

Amor era amor.

Mas não era tudo. A noite estava arruinada para Ridley, e, enquanto ela voltava para o andar principal da boate, teve a sensação de que tudo que via eram Incubus indo de encontro a ela e Conjuradores das Trevas a encarando com olhos dourados.

Ridley e Link — e Ryan, meu Deus, Ryan — precisavam sair de lá.

Mas a Sirensong ainda estava tocando e a multidão ainda estava ouvindo. As músicas iam bem — melhor do que deveriam, na opinião de Rid. O que só fez com que demorasse mesmo. Quando o refrão chegou (*"me coloque em pedaços de pão, sei que me quer na sua mão"*), o público até cantou junto.

---

* Deuses do metal.

Isso é inédito.

Assim que Ridley viu Ryan na multidão — pulando na frente do palco, gritando *"Coloque! Pedaços de pão!"* —, foi na direção dela.

Mas, ao chegar lá, Ryan estava seguindo Link com os olhos como se jamais o tivesse visto antes. Como se ele fosse capa de revista adolescente, e não apenas mais um menino que se recusava a jogar fora suas velhas revistas automobilísticas.

Até você... não.

Era quase difícil assistir.

Link estava no meio do palco, curvado sobre o microfone, manuseando-o como se estivesse dançando uma música lenta. Era o teste dele. Estavam deixando que fizesse qualquer coisa. Estava claro pela forma como todos o olhavam.

Link vocalista? Estavam armando para ele fracassar?

De qualquer forma, não pareceu importar muito para ele. Link parecia ter a melhor noite de sua vida.

— *Você sabe que eu a amo, minha patroa cheia de molho* — entoou para sua almôndega imaginária. O microfone estalou entusiasmadamente, e a multidão vibrou.

Aquele microfone provavelmente seria uma namorada melhor que eu, Ridley pensou, sentindo-se culpada.

Ela suspirou.

Na frente do palco, o moicano azul de Necro voava em todas as direções sobre o enorme teclado, como se tivesse vontade própria. Sampson estava perto de Link, cantando em um microfone — os braços tatuados e a presença hipnótica de que ela se lembrava da noite em que o conheceu no Sofrimento. Suas mãos passavam pelas cordas de uma guitarra supermoderna. O corpo curvado em forma de U, como uma harpa. Atrás de Sampson, Floyd tocava um baixo do tamanho dela. Ridley não conseguia identificar se o instrumento era parte do corpo da garota ou não.

Uma bateria xadrez vermelha hipster esperava por Link no centro do palco. Enquanto a multidão gritava, Link jogou o microfone e pegou as baquetas, indo para trás do instrumento. Era sempre seguro confiar uma bateria a ele. Na melhor das hipóteses, eram batidas altas. Na pior, também eram batidas altas. Havia algo de reconfortante nisso.

A multidão gritou mais alto.

Coloque! Pedaços de pão!

A Sirensong estava embalando a plateia.

Para ela já bastava.

— Ryan...

Os olhos de sua irmãzinha se iluminaram assim que ela viu Ridley.

— Aí está você, patroa cheia de molho.

— Nunca diga isso. — *Nada de Sirensong. Nem Meatstik. Nada de letras.*

— Você perdeu quase todas as músicas. Link foi tão...

— Aham. Dê oi para mamãe por mim. Te amo. — Ridley colocou o envelope na mão de Ryan, e ela desapareceu. Com a música, nem deu para ouvir a Viagem.

Ridley suspirou aliviada. Sua irmã estava segura. Por enquanto.

Sua vez, Gates.

Ela fechou os olhos e ficou ali, no meio da multidão, ouvindo o som. Alguma coisa não estava certa. Ela podia sentir o cheiro, quase o gosto.

Apareça. Mostre-se.

Estou sentindo. Sei o que está fazendo.

Ela abriu os olhos. Não sabia que tipo de resposta estava esperando, mas não veio nada.

Não pôde deixar de verificar dentro da bolsa, onde seu último pirulito de cereja permanecia embrulhado.

No entanto, de algum jeito, o Poder de Persuasão estava pesado no ar ao seu redor. Ridley tinha certeza disso, mesmo que ela não fosse a responsável.

O que só levantava uma questão...

Quem o era?

Atrás do palco, sob a selva de armações de andaimes, apoios de luz, amplificadores extras e cabos de extensão, a Sirensong celebrava. Garrafas se abriam, e chafarizes de champanhe — não, pelo cheiro eram latas de refrigerante barato sacudidas — voavam em todas as direções.

Nossa. É de se imaginar que a Sirensong jamais tenha tocado um sucesso, um hit em uma boate lotada de fãs gritando.

Talvez porque nunca tenham tocado.

— Cara. Arrasamos! — Floyd deu um soquinho no punho de Link. — Como Roger Waters.

— Como bacon. — Link retribuiu o cumprimento.

— Como um charuto — disse Necro. Uma sombra lhe passou pelo rosto, mas Floyd esguichou refrigerante nos dois enquanto Sampson se desviava do caminho, e logo Necro estava rindo tanto quanto todo mundo. Quando o punho de Floyd de fato começou a soltar fumaça, Ridley balançou a cabeça e puxou Link de lá.

Ilusionistas.

Link colocou o braço no ombro de Rid.

— Você me descolou o maior show de minha vida, meu amor. — Ele a beijou estalado na boca, sem parar de sorrir. — Viu a multidão enlouquecendo com nossas músicas? Eles nos amaram.

— Sim. Amaram. E agora precisamos sair daqui.

Link apontou para Rid.

— Coloque! Pedaços de pão!

— Já entendi — disse Rid. — A receita toda. Eu estava lá. Vamos.

Link deu uma olhada no rosto dela e desistiu. Ficou claro que não haveria muita comemoração naquela noite.

— Ah, vamos. Nossa. O que foi agora? Por que está me olhando assim?

— Link. Vamos. — Agora ela estava frustrada. Ele simplesmente não entendia. — Você não ficou imaginando por que todo mundo cantava aquele refrão?

Ele deu de ombros.

— Porque almôndegas são o máximo. Assim como a Sirensong. E eu. — Ele não conseguia parar de sorrir.

— Ou? — Ridley olhou para ele. Ela podia sentir a ansiedade apertando seu peito.

— Ou o quê? O que está dizendo? Eles nos amaram porque fomos incríveis. Por causa de Floyd arrasando, Necro abalando e Sammy Boy detonando. Deixamos a Meatstik no chinelo. — Link estava começando a parecer ofendido.

Cuidado, Ridley disse a si mesma. Mas Ridley nunca deu ouvidos a ninguém — nem a si mesma. E tinha passado tempo demais com Lennox Gates aquela noite para saber como as apostas estavam altas.

Não havia tempo para ter cuidado.

— Sério, Link? — Ridley cruzou os braços. — Você realmente quer fazer isso agora?

— Sim, quero — respondeu ele. Ele também cruzou os braços.

— Porque detesto ter de contar isso, mas todo mundo que estava assistindo estava doidão. — Pronto. Ela disse.

— O quê?

— Sirensong. Suco de alegria. O Poder de Persuasão. Como quiser chamar. Estavam Enfeitiçados. Este lugar todo está. Não é você, são eles. — Ela jogou o cabelo desafiadoramente, só para enfatizar.

— Não é isso que você está dizendo. — Link enrijeceu. — Você está dizendo que não sou eu, é você. — Link estava mais furioso do que ela se lembrava de já tê-lo visto. Ridley detestava ter de continuar, mas não tinha escolha.

Ela balançou a cabeça.

— Apenas ouça. Eu não Enfeiticei ninguém além do segurança hoje. Eu disse a você que não faria e não o fiz. Mas se outra pessoa está fazendo isso com você, precisamos sair daqui.

Link a fitou, incrédulo.

— Você consegue ouvir o quanto parece louca? Está tendo um ataque porque uma vez na vida me dei bem?

Ridley lhe agarrou a manga suada.

— Ninguém vai te fazer nenhum favor na Sirene. Não podemos confiar em Lennox Gates. Isso tudo é uma armação. Por que não consegue enfiar isso na cabeça?

— Não sei, Rid. Talvez por causa do vazio onde deveria estar meu cérebro?

— Link...

— Bem, não se preocupe. Vou dar mais um vazio para você e vou me certificar de que seja um maior ainda. O vazio entre nós dois. — Link se retirou antes que ela pudesse dizer alguma coisa.

Ridley ficou atônita.

Ela fechou os olhos e estendeu a mão, utilizando seus poderes para ver como a boate realmente estava sob as vibrações pulsantes do baixo; além da camada espessa de conversação e copos tilintando; através das luzes zumbindo e do rugido do sistema de som.

O que está acontecendo aqui?

Ela sentiu o denso cheiro do elixir de açúcar no ar, o aroma cúprico de sangue. Um incêndio. Uma cozinha. Coisas cozinhando, como em qualquer restaurante. Fumaça de um charuto ou dois.

Seu próprio poder doce.

Basicamente, era o cheiro do Sofrimento, ou do Exílio, ou de qualquer boate Conjuradora Subterrânea, contanto que ela estivesse presente.

Ridley sentiu o poder, mas parecia tão diferente do dela. Espalhava-se pelo ar espessamente, como o Poder de Persuasão. Mas ela não sabia quem estava por trás dele. Ela era a única Sirena na boate, até onde sabia. E não estava usando seu poder em ninguém.

Será que perdi a cabeça? Ou só o jeito?

Mas seu namorado estava desaparecendo pela multidão na frente dela, e ela não tinha tempo de esperar pela resposta.

⊰ CAPÍTULO 19 ⊱

*Something to Believe In**

— L ink! — Ridley atravessou a multidão atrás dele, tentando alcançá-lo. Ela o seguiu pelas escadas, pelo corredor e pelas portas que diziam BROOKLYN. Instantes depois, ela se encontrou em uma rua vazia, na noite miserável e chuvosa, mas era tarde demais.

Ele já havia ido, e ela não era parte Incubus. Não conseguia acompanhar. Mal conseguia andar com aqueles sapatos. E estava sem casaco.

Até a gata Lucille Ball parecia sentir pena dela, seca como estava embaixo do toldo de uma loja de bebidas alcoólicas ao lado, batendo o rabo em uma tampa de lixeira.

Lucille soltou um miado solidário.

Que confusão.

Aquele não fora o caminho pelo qual entraram, e Ridley tinha certeza de que não era o caminho pelo qual deveriam ter saído. As portas que se abriram para a rua lembravam as portas de uma lavanderia chinesa. Cartazes em mandarim nas vitrines anunciavam, provavelmente, sabão grátis a cada lavagem. Um letreiro neon em Kanji parecia ser a única indicação da boate.

Ridley estava um pouco enferrujada em Kanji, mas conhecia aquele símbolo. Era familiar a Sirenas de todo o mundo, e uma tatuagem popular — exceto pela variação mais mágica de Conjuradores das Trevas. Além disso, tinha os mesmos caracteres em chinês, em japonês Kanji ou antigo coreano Hanja. Em sua forma rudimentar, as pinceladas formavam um corpo quadrado com um rabo.

---

* Algo no qual acreditar.

Um pássaro.

Às vezes, o caractere era ligeiramente diferente. Às vezes, era uma pessoa com asas; às vezes, um pássaro subindo das cinzas, como uma fênix; e, ainda outras vezes, era o pássaro de longa vida e espírito, a garça.

Mas era sempre o pássaro.

Essa era a marca da Sirena, mesmo para uma boate sofisticada e ousada como a Sirene. No fim das contas, era isso que as Sirenas eram — belos pássaros cantantes com pesadelos como ninho. Criaturas aladas que, mesmo assim, não conseguiam voar livres. Com frequência, elas se sabotavam. Garras em lugar de unhas — tão afiadas que podiam tirar sangue tão depressa que a vítima sequer saberia que estava sangrando.

Mesmo quando, em metade das vezes, o sangue fosse delas mesmas.

Sirenas eram criações das Trevas muito perturbadoras, não havia como negar.

Rid se afastou da porta da boate, assimilando a rua. Estava no Brooklyn. Disso ela sabia.

O verdadeiro Brooklyn. O Brooklyn Mortal.

Casa de uma boate Sirena.

Era isso. Não restavam dúvidas. A placa, o nome, as Sirenas — ele não estava tentando esconder. Era sua piadinha privada.

Lennox Gates tem alguém Enfeitiçando a boate. Tem alguma Sirena trabalhando para ele. Ridley estremeceu. Ela já ouvira falar em algo assim. Uma vez Abraham Ravenwood a manteve trancada em uma jaula até ela concordar em fazer o que ele queria. Não era comum, e não era algo em que quisesse pensar. *Drenando os poderes de alguma pobre Sirena. Obrigando alguém a fazer o trabalho sujo por ele.*

Ela estremeceu.

Mas tinha a mão de uma Sirena nisso tudo — na Sirene e na Sirensong. Ridley tinha certeza disso.

Por quê?

O que isso tem a ver comigo?

O que Lennox Gates realmente quer de mim? De nós?

E onde está meu namorado?

Ridley precisava encontrá-lo.

Dez quarteirões depois, quando estava chovendo dez vezes mais, Ridley encontrou Link.

Para ser justa, foi Lucille que o encontrou. Rid só viu a gata, parada na rua, reclamando. Claro, Lucille tinha conseguido permanecer completamente seca. Aquela gata tinha novecentas vidas; e vivia melhor que uma Sirena em todas elas.

Melhor que um parte Mortal também. Principalmente aquele.

Link estava sentado em um sofá abandonado, metade na calçada, metade na rua. As almofadas verdes estavam mais ensopadas que esponjas em um aquário, como Link normalmente diria, mas ele não parecia se importar com o fato de que sentar ali só o estava deixando mais molhado. Não agora.

Ela conhecia o humor. Ele não estava se importando com nada.

Estava mais que furioso.

Rid tinha ido longe demais, mas, em sua cabeça, tinha ido longe demais há tanto tempo que não conseguia se lembrar nem de quando, nem do porquê, nem de como aconteceu.

Era difícil acompanhar os limites; foram tantos.

Ela se sentou ao lado de Link.

Ele não olhou para ela. A chuva atingia seu rosto enquanto ele fitava o parque deprimente com o solo rachado bem na interseção deles.

— Você não acredita que nada de bom possa acontecer comigo. Nunca.

— Isso não é verdade.

— Você me acha burro. — Ele soou derrotado.

— Não seja... — *Burro*. Ela conseguiu se segurar bem a tempo. — Não acho. E não me importo com o que pensem sobre você.

Ele balançou a cabeça.

— Viu? Lá vai você de novo. Por que presume que qualquer coisa que pensem a meu respeito vai ser ruim?

— Porque você age feito um completo idiota boa parte do tempo. — *Pronto*. Ela disse. Não conseguia evitar.

— Obrigado. Não se contenha agora. — Link se virou para ela. — Responda uma coisa, Rid. Você usou mágica lá, em algum momento, enquanto estávamos na Sirene?

— Não. Já disse isso. Não fui eu. Mas tenho uma ideia...

Ele a interrompeu. Não estava a fim de escutar.

— Você, mesmo que por um segundo, colocou um daqueles seus malditos pirulitos na boca e fez o que faz?

— Não. Não depois que entramos. — *Até cheguei para ter certeza*, pensou desconfortavelmente. *Mas acho que alguém fez.*

Link pareceu aliviado.

— Então por que está me deixando paranoico com o melhor show da minha vida? Talvez a melhor noite da minha vida? Por que não pode me deixar ter isso? Por que não posso curtir por um segundo antes de você chegar e tirar tudo de mim?

Ridley não sabia.

Não sabia por que quebrava tudo com que brincava. Por que machucava a todos que amava. Perdia tudo que achava. Afastava tudo que queria.

— Não quero que nada aconteça a você. Mais nada — falou cuidadosamente. — E, se não fosse eu ajudando hoje à noite...

Link levantou a mão.

— Confesse, Rid. Você está com inveja.

— Inveja? O que você tem que pudesse me causar inveja? Exceto, talvez, eu. — Ela se recusou a citar Floyd, a roqueirete, porque no fundo sabia que nada disso tinha a ver com ela. Era algo muito maior.

— Tem inveja do meu sonho — retrucou Link.

— Isso é ridículo. — Ridley desdenhou. — Estou cuidando de você.

— Não, não está. Está com inveja porque não tem um sonho próprio. — Link se preparou, com medo da confissão. Como se estivesse pronto para se esquivar de qualquer coisa que ela jogasse nele.

O que ela realmente queria jogar era o sofá. Mas não o fez. Em vez disso, trabalhou com palavras, e nem foram palavras sobrenaturais. *Lena se orgulharia.*

— Isso é muita maldade.

— Mas é verdade. — Ele balançou a cabeça tristemente. — Só estou falando o que vejo, Rid.

— Link. — Ela respirou fundo.

— Quando alguma coisa boa acontece comigo, você age como se fosse um acidente, mágica ou alguma espécie de piada. Como se não conseguisse acreditar em meu merecimento.

— Link. — Ela tentou novamente.

Ele levantou a mão.

— Quero ser alguém, fazer alguma coisa com minha vida. Você tem medo de me deixar conseguir, e eu não sei por quê. — Ele ficou olhando para a frente enquanto falava, para a rua fria e molhada. *Olhando para tudo, menos para mim*, Ridley pensou. Era assim que ela sabia que ele estava falando sério.

Ela ficou chocada.

— O que está dizendo?

— Estou dizendo para arrumar seu próprio sonho.

As palavras soaram como chuva para ela. Cinzentas, molhadas e deprimentes.

— Eu tenho sonhos. Você vai ver. E aí vai se sentir como o grande idiota que é. — Ridley se levantou. — Eu senti. Na boate. Alguém estava usando o Poder de Persuasão. E alguém também estava nos observando.

— Sim. Chama-se plateia.

Rid se arrepiou.

— O que você acha que foi aquela jogada com Ryan?

Ele deu de ombros.

— Pirralhos sempre fogem para ver shows.

Ela tentou se controlar. Tentou ficar calma. Tinha de fazê-lo entender, independentemente da vontade de jogar nele todos os Feitiços e pragas do universo Conjurador.

E foi o que fez.

— Link. Não estamos seguros aqui. Não estou sendo invejosa nem louca. Não estou querendo ser o centro das atenções. Sei como é o Poder de Persuasão, porque eu também o tenho — falou e olhou para ele, desafiando-o a sequer tentar interrompê-la.

Ele não fez isso.

— Existem coisas que conheço melhor que um Incubus híbrido novo. Essa é uma delas, quer você queira acreditar, quer não. E sinto muito que isso signifique que a banda seja péssima. Sinto muito se você nunca vai ser o Sting. Sinto muito se, na verdade, ninguém o queria como baterista. Mas não sinto muito por estar falando a verdade.

Pronto.

Precisava ser dito, e agora ela o fez. Só queria que isso não a fizesse parecer tão malvada. A forma como as palavras soaram saindo de sua boca foi quase tão ruim quanto o olhar no rosto de Link.

— Por que eu deveria acreditar em você? — perguntou ele.

Ela quis agredi-lo.

— Por que você deveria acreditar em mim um dia? — Ela limpou a chuva do rosto com a mão. — Veja. Esta sou eu fazendo o melhor que posso. Não sou perfeita, mas estou tentando ajudar.

— Que ajuda. — Ele continuava sem acreditar. Ela não sabia o que mais poderia dizer.

— Estão armando e vão acabar com você. Talvez com nós dois. É assim que funciona. Pode acreditar. Eu inventei esse jogo.

Conte a ele. Conte a ele o que Lennox Gates disse. Diga que Abraham Ravenwood virá atrás dele. Que ele nunca vai estar seguro.

Que foi você quem o colocou nessa confusão para começo de conversa.

Mas não conseguia. Não queria que ele vivesse naquele mundo. Não era lugar para pessoas normais. Ela precisava cuidar disso.

Tinha de cuidar disso pelos dois.

Link não disse uma palavra.

Ridley se sentiu implodindo. Sentiu pedacinhos de si quebrando, estilhaçando na rua como aquele velho sofá em que Link estava sentado.

— Não acredito em mais uma palavra que você diga, e a verdade é essa — declarou Link. — Essa é toda a verdade que vou ter de você, não é, Rid?

Ela sabia que ia explodir em lágrimas e não podia permitir que isso acontecesse. Ela era Ridley Duchannes. Ninguém a fazia se sentir assim. Ninguém além de um burro um quarto Incubus que veio do meio do nada.

Mas, no fundo, ela sabia de mais coisas.

Ele tem razão.

Ela respirou fundo.

— Não fui completamente honesta com você. Aconteceram algumas coisas naquela noite no Sofrimento. Não venci um Conjurador das Trevas em um jogo de Pechinchas de Mentirosos. Perdi para Sampson. Porque não sabia que ele era Nascido das Trevas, e eu não podia... — Rid deu de ombros.

— Roubar?

— Basicamente.

— Então perdeu até a camisa para o Sammy Boy, hum? — Link sorriu, apesar da raiva. — Pelo visto ele tem uma ótima expressão de blefe.

— Não perdi a camisa para *ele*. Não exatamente. Ele estava jogando pela casa.

— Que casa? — perguntou Link lentamente.

— A boate. Sofrimento.

— Está falando de Lennox Gates? — E não olhou para ela.

Ridley assentiu.

— O que você perdeu, Rid? — O tom de Link estava mais sombrio agora.

Ela engoliu em seco.

— Duas apostas. — Não queria contar o resto, mas sabia que precisava. Tinha se tornado grande demais para uma pessoa só. — Uma foi um baterista. Porque o baterista da Devil's Hangmen perdeu o talento no jogo. Quando o roubei para ganhar dele.

— Um baterista?

Rid assentiu. Sentiu os olhos começarem a lacrimejar.

— Então teve de me entregar em troca? Você me perdeu em um jogo de cartas? Algum jogo sombrio e doentio de Conjuradores das Trevas?

— Não foi assim.

— Como foi, Rid? Você me vendeu e mentiu para mim desde então?

— Estou me sentindo péssima, Shrinky Dink. Você precisa acreditar em mim. E achei que fosse ser bom para você. Achei que você fosse ter a chance de participar de uma banda de verdade, mesmo que fosse uma banda Conjuradora.

— O que mais, Ridley?

Rid não disse nada.

— A outra aposta. Você disse que eram duas. O que mais deve a ele?

Link sequer disse o nome do sujeito. Rid tinha a sensação de que ele estava com tanto medo da resposta quando ela da pergunta.

— Foi uma aposta da casa — falou ela.

— O que isso sequer significa?

— Quando você joga por TFPs, significa que a casa escolhe. — Ela deu de ombros. — Podem me pedir qualquer coisa, e eu teria de fazer. — Ela respirou fundo. — Quero dizer, terei de fazer.

— Qualquer coisa. — Não foi uma pergunta, e ela não respondeu. Ele olhou para a chuva na rua. — Por quanto tempo?

— Um ano.

— E se não fizer?

— Não tenho escolha. Estou Enfeitiçada. Eram os termos do jogo. Não posso desfazer. Acredite, se eu pudesse, já teria feito.

— E se eu não quiser ser o baterista dele? — Link perguntou. *Dele. De Nox.* O nome não pronunciado pairava sobre toda a conversa. — E se eu disser não?

— Não sei o que aconteceria comigo. Acho que eu descobriria. De um jeito ou de outro. — Ridley estremeceu.

Ficaram em silêncio enquanto a chuva caía.

— Essa é a verdade, Link. Toda. Sem mais mentiras. Não entre a gente.

Ela esticou a mão para tocar o braço dele. Link a afastou com um gesto de ombro.

A chuva continuou caindo.

Então é essa a sensação? De contar uma verdade? Uma vez? Mesmo que para uma pessoa?

Viu o que acontece? Viu o que isso causa?

Quando Link finalmente olhou para ela, Rid sabia o que ele ia dizer antes que o fizesse.

— Não posso, Rid. Não posso mais.

Não era uma briga. Era algo diferente.

Algo pior.

— Eu sei. — Ela olhou para o céu chuvoso. — Não o culpo.

Enquanto saía andando pela rua do Brooklyn, percebeu que não tinha ideia do que iria fazer ou aonde estava indo.

Apenas que tinha de ir.

Por que falar a verdade? Não leva a nada. A verdade era cara demais. Não valia a pena.

Porque, naquele momento, parecia tão triste e tão pesada quanto uma mentira. Ridley ficou imaginando se pessoas normais sabiam disso.

⊰ CAPÍTULO 20 ⊱

*The Divine Wings of Tragedy**

Mesmo através do vidro duplo, dos tijolos pintados de preto e das vigas de aço expostas na suíte de Nox, ele ainda conseguia escutar as batidas e chiados da música da Sirene.

O DJ estava com tudo, misturando músicas icônicas Mortais e Conjuradoras; ouvindo os remixes dele, daria para pensar que Madonna era uma Sirena.

Não é, mas poderia ter sido.

Nox ficou olhando pelas janelas de parede inteira de seu escritório particular para o palco vazio. Era sua sala de guerra, sua central de comando. Ele se sentia mais confortável ali do que em qualquer lugar do mundo. A pista principal da boate ameaçava muitos encontros potencialmente perigosas.

Ravenwoods demais com os quais tomar cuidado. Incubus demais em um lugar só. Sem contar os Nascidos das Trevas.

Ele mal ousava pisar em seu apartamento agora, não desde que os Tormentos começaram a aparecer.

Nox soltou a gravatinha retrô do pescoço.

Enquanto ele assistia, os roadies tiravam a bateria do palco. Estava feito. Uma roda endentada ligada à outra, como se ele fosse um engenheiro, e não um empresário. Nox deveria ter considerado a noite uma vitória, o que era um raro prazer. Algo que não sentia desde o jogo fatídico no Sofrimento. Quando a primeira roda começou a girar...

Nunca aprendem. Não aposte contra a casa.

---

* Asas Divinas da Tragédia.

Sua mente foi para a imagem de certa loura, com certa mecha rosa e um faro para encrenca.

Ela era mais do que ele imaginara. Ficou pensando se ela se lembrava dele. Não sabia se queria que lembrasse ou não. Tinha sido há muito, muito tempo.

Não se apegue. Está quase lá. Pode finalmente se livrar de Abraham Lincoln se entregar o híbrido e a Sirena.

A ideia o deixou enjoado, então pensou em outra coisa.

Qualquer coisa.

Na boate. Na multidão. Na banda.

Tantos problemas poderosos.

Uma Necromante perturbada. Uma ilusionista com um segredo. Um Incubus marcado para morrer. Um Nascido das Trevas se escondendo. Uma Sirena com um passado.

Ele apostaria na Sirena.

Ela havia levado todo mundo — ainda que apenas na atitude — e faria outra vez. Ninguém conseguia domá-la. A não ser a irmã. A irmã parecia uma exceção à regra.

Assim como a de Nox foi para ele.

Era interessante, na verdade. Família, como conceito. Quando dava certo — o que não acontecia com frequência no mundo Conjurador —, o laço era diferente de todos os Laços no mundo.

E essas duas têm a ligação, ele pensou. A Sirena e a Taumaturga, caso ele tivesse lido corretamente o poder da mais nova. Era quase triste assistir. Nox sabia muito bem o que algum de seus associados faria com esse tipo de informação. E com o poder de negociação que lhes traria.

Principalmente os Ravenwood.

Entre seus associados e clientes, os Ravenwood eram os piores. Algumas famílias eram assim. Você não passava quatrocentos anos como uma das famílias mais poderosas do universo sobrenatural sem desenvolver certa frieza, uma indiferença ao sofrimento. Tanto Mortal quanto Conjurador.

A coisa toda era uma pena, na verdade. Estava começando a gostar da Sireninha. Seria um desperdício e tanto deixar que algo lhe acontecesse.

Que escolha eu tenho?

O Incubus era outra história. Nox desgostava de qualquer coisa remotamente Mortal, e este era muito. Não era culpa dele; foi a criação que recebeu.

Ainda assim, isso não o impediu de contemplar como as coisas se desenvolveriam. Ele estava preso, apenas mais um peão de Abraham Ravenwood.

Nox deixou que seus olhos desviassem para a caixa de charutos sobre a mesa.

Não. Preciso ficar longe disso.

Não havia razão para embarcar em uma batalha que não era dele.

Nox se afastou da janela e foi sentar à mesa. Inclinou-se para trás na cadeira, desviando os olhos da lareira que iluminava a parte central de seu escritório subterrâneo.

As cadeiras estofadas diante da lareira estavam vazias, como sempre. Nox nunca se sentava perto do fogo. Não gostava de fogo. Não gostava das coisas que via quando olhava para o fogo: coisas terríveis, coisas impressionantes, imagens que o atormentavam enquanto dormia.

Era seu dom, sua maldição, como diziam os velhos livros de história. Ele conseguia enxergar o mundo, tudo — e todos — ao seu redor. Como as coisas acabavam, quando e por quê. Como eles acabavam, quando e por quê.

A não ser que o envolvesse.

Lennox Gates era abençoado com a Visão e amaldiçoado com a Cegueira — ou vice-versa, dependendo de como se encarasse.

A Cegueira poderia ser uma bênção. Sua Visão sempre pareceu mais como a maldição.

Mas quando é que o poder não é dor? Sua mãe costumava lhe perguntar quando era um menino. Ele sempre achou que era verdade.

Ela ainda não tinha errado.

O fogo o chamou.

Nox tentou se afastar, mas era tarde demais. As chamas o dominaram. Seus olhos viajaram para a raiz azul da chama. O azul se dividia em fios de luz que se moviam juntos e separados, sem parar, até resultarem em formas em vez de linhas, e imagens em vez de luz.

Nox quase foi dominado pelo cheiro de carne queimando.

Por isso e pelos gritos. Uma menina.

A menina. A Sirena.

Os gritos foram demais para Nox. Era o tipo de choro incessante — uma expressão pura de morte.

Aquilo lhe deu arrepios.

Nox podia ouvi-la, mas não conseguia vê-la.

Ele empurrou, e as ondas de fumaça se dividiram, como se ele tivesse atravessado.

De certa forma, ele tinha feito isso.

Lá estava ela, cercada por fogo e presa por uma viga de madeira incendiada. Provavelmente o suporte quebrado de um teto então caído.

Agora os gritos se tornaram palavras claras, familiares.

Palavras antigas.

Pela vontade dos Deuses
Pela vontade dos Deuses
Vejo tudo que acontece
Na Terra conhecida.
Sei que está vendo isso, Nox.
Sei que está me vendo agora.
Você me disse que conseguia,
Lembra?
Não fique aí parado.
Faça alguma coisa.
Me ajude.
Me salve!

A fumaça o atingiu nos olhos, e ele tentou continuar olhando para ela, mas sabia que não ia durar. O recinto estava ruindo ao redor da menina.

Logo ela...

Logo os gritos cessariam.

E a visão também.

Os mortos não deixavam histórias para contar.

Pelo menos não da forma como Nox os via.

Fogo, ele pensou.

Ela morre pelo fogo.

Ele viu uma rápida sucessão de imagens, uma após a outra. Uma escadaria de madeira. Chamas alcançando os céus. O céu.

Então a madeira começou a ruir em volta, e o choro foi abafado. Com um choque súbito, Nox percebeu que ele sabia exatamente onde ela estava.

———⟋ᴔ

Nox se viu ao lado da lareira, com a mão sobre a cornija. *Estranho.* Ele normalmente não se movia durante uma visão. Sempre sentiu pavor ao colocar Necro nesse estado. Não conseguia imaginar como seria perder controle do próprio corpo com regularidade.

Abandonar a própria pele e praticamente implorar para que alguém desse uma volta com ela.

Nox não gostou, nem por um segundo.

Ele desviou o olhar da lareira, onde a cornija esculpida se elevava a um brasão cerimonial no centro da pedra.

Traçou o emblema de sua casa com os dedos. Um pássaro e uma cobra, voando diretamente um para o outro. O mesmo emblema que enxergou no último momento da visão, talhado na madeira queimada.

A mesma madeira que agora tocava. Era um padrão que se repetia, esculpido ao menos uma vez em cada sala, pelas paredes revestidas da Sirene.

É possível que a Sirena vá morrer nesta boate, pensou com uma pontada.

Pontada de quê? Culpa? Remorso? Curiosidade?

Ela vai morrer. Por causa do fogo.

Seu último pensamento o assustou: *por minha causa.*

Era o cenário mais provável.

Nox não podia ter certeza; nunca conseguia enxergar o próprio futuro. Mas, se ela fosse morrer naquela sala, provavelmente seria pelas mãos dele.

Era como a Roda do Destino estava girando. Não havia nada que pudesse fazer para impedir..

Pela primeira vez na vida, Lennox Gates se pegou imaginando se poderia estar errado.

Ou se apenas gostaria de estar.

⊰ CAPÍTULO 21 ⊱

*Expendable Youth**

No dia seguinte, Lennox encarou Necro através dos trilhos do metrô. Precisava dela mais uma vez. Era frio e úmido nesses túneis, no entanto ela estava com uma camiseta branca esfarrapada e jeans rasgados. Uma tatuagem espiral de arame farpado subia e descia por seus braços. Os coturnos de corrente lembravam sua Necromante interna.

Ótimo. Quero que ela seja durona.

Nox não fazia pouco caso de ameaças do Outro Mundo, e era exatamente com isso que ele estava lidando agora. Mesmo Incubus mortos costumavam ter amigos em lugares ruins. Ultimamente vinha tomando ainda mais precauções. Certificou-se de que Necro não tivesse sido seguida. Bloqueou a estação de metrô, mesmo para Conjuradores. Arrastou um banco quebrado para ela sentar.

Então convenceu a Necromante a sair da cama aquecida e a guiou até ali.

Não se sentia nem um pouco melhor em relação a isso, mas não tinha escolha. Quem era ele para mexer com coisas como vingança ou destino?

Destino. Existe uma Ordem das Coisas, mesmo agora.

Quando os mortos chamavam, você precisava ouvir. O que frequentemente começava com uma mensagem do outro lado, rapidamente se tornava uma premonição e, em seguida, uma alucinação. Quando os pesadelos começavam, nada de bom se seguia. Depois de sua última noite, ele sabia que era hora de conversar com Abraham. O Outro Mundo tinha milhares de conexões poderosas com este. Não era como se Nox pudesse

---

* Juventude dispensável.

ignorar o chamado, não mais do que era sua culpa Necro precisar passar por isso. Não tinha outra Necromante em seu quadro de funcionários. E ela havia exibido um talento enorme para canalizar os Ravenwood especificamente. Sem contar a disposição para fazê-lo, desde que não tivesse de carregar os Ravenwood por aí em sua mente consciente.

Nox não sabia por quê, mas dependia dela.

As velas estavam soltando fumaça. Semiderretidas, reduzidas a cotocos de cera branca. A cabeça de Necro se inclinou para trás, expondo seu pescoço pálido.

Necromantes eram mais valiosos quando ficavam mais vulneráveis. O sono deixava a conexão mais clara.

Ele estava ficando sem tempo. Só poderia ter mais algumas dessas conversas até que Necro começasse a se lembrar. Além disso, a caixa de charutos Royal Barbados em sua mesa na Sirene estava quase vazia.

Sua mãe sempre manteve a caixa cheia, para as ocasiões em que Abraham os visitava, provável razão pela qual os charutos eram condutores tão poderosos agora. Nox ainda se lembrava de Ravenwood sentado na varanda da casa da família na ilha — pairando como uma ameaça sobre seus pais, como a nuvem negra que foi por todo o tempo em que Nox o conheceu.

Ele era o amigo da família que mais aparecia para ser tudo, menos amigável. O que era compreensível, considerando que Abraham Ravenwood vivia ocupado sendo tantas outras coisas.

Digamos, por exemplo, um chantagista. Ou um ladrão. Ou um guarda de presídio. Às vezes, até um executor.

E sempre saboreando esses charutos horríveis.

Nox fitou o papel dourado do charuto e tocou a pequena coroa estampada do lado de dentro. Perdido em outro tempo.

Se ao menos minha mãe tivesse escutado. Se ao menos meu pai tivesse acreditado em mim. Se ao menos todo o mundo Conjurador não estivesse preso em fios controlados por Abraham.

Mesmo no Outro Mundo.

Com sorte, esse assunto se encerraria em breve, de um jeito ou de outro. Nox precisava seguir em frente. Havia um limite para o quanto uma pessoa poderia viver no passado sem enlouquecer.

Principalmente quando o passado era tão tóxico.

Não havia mais como adiar. Nox acendeu o charuto e desviou o olhar. *Melhor começar o encontro de uma vez.*

Quase instantaneamente, os olhos de Necro se abriram.

— Menino. — A voz saiu gritada da boca flácida da garota.

— Estou aqui. — Nox acenou com a cabeça para o outro lado do trilho. — Como eu disse que estaria quando você enviou aquele pelotão de Tormentos para minha casa ontem à noite. Mensagem recebida, velho.

— Você enche a boca, mas continua sendo uma decepção. — Os olhos dourados de Necro se reviravam enquanto ela falava, deixando à mostra o branco brilhante que sempre fazia Nox pensar no interior de uma ostra.

— Você continua entoando a mesma canção, Sr. Ravenwood. — Nox bateu as cinzas do charuto. A fumaça queimou em suas narinas. — A canção de um homem morto.

— Já cansei de cantar. Assim como já cansei de esperar que você lute minhas batalhas.

— Ótimo. Eu já estava ficando cansado de lutar. Ao contrário de alguns, tenho uma vida para viver.

— Eu disse que já estava cansado de esperar. Não falei que estava cansado de você.

— Pensei...

— Você não pensa em nada além de si mesmo e de suas boates estúpidas. Você é uma vergonha para a raça dos Conjuradores, Lennox Gates. Pensando bem, sempre foi, desde menino. — Necro deu um sorriso raivoso.

Nox se irritou.

— Se esse é o caso, então por que é comigo que está falando? Onde estão seus amados netos agora? Porque eu adoraria deixar seus assuntos sujos para eles.

Necro balançou a cabeça, sacudindo o moicano azul.

— Não é de sua conta. Não mais. Agora que já deixou de ser útil.

Nox evitou os olhos dele e soprou a cinza do charuto, segurando-o longe do rosto.

— Diga uma pessoa que ainda visita seu túmulo. Uma única, Abraham. — Nox esperou e sorriu. — Foi o que pensei.

Então veio a palavra, súbita e improvável, voando para ele de repente. Um tijolo por uma janela que não esperava.

— Silas.

Necro sorriu ao falar, cheia de dentes.

O frio invadiu Nox ao ouvir o nome. Ele começou a dizer alguma coisa — provavelmente algo tão amargo quanto ele se sentia —, mas se controlou.

Cuidado. Silas Ravenwood não é assunto com o qual brincar. Cuidado.

Nox limpou a garganta e começou outra vez.

— Silas Ravenwood é um homem ocupado. E, pelo que sei, muito mais Sombrio que o filho, Macon. Mais parecido com o avô, você não acha? — Seu coração acelerou. Precisava sair dessa conversa depressa.

— Silas sempre me orgulhou.

— Aquele criminoso? Soube que está ocupado demais construindo o maior sindicato de Incubus de Sangue do Subterrâneo para visitar o túmulo de alguém. Se ele tem tempo para você, então por que não está cuidando de seus assuntos em meu lugar?

A resposta foi lenta e arrastada.

— Nem todo mundo tem uma Necromante no quadro de funcionários, menino. De minha posição, isso o torna mais acessível que a maioria. Você sempre ficou perto demais deste lado do véu, como se já soubesse que era um homem morto. — A risada do velho ecoou pelo túnel. — Não se preocupe com Silas. Ele tem um papel nisso tudo. Ao contrário de você, ele estará pronto para entrar em ação quando chegar a hora. Aliás, ele vai passar na Sirene para lhe transmitir meus cumprimentos.

Essa ideia fez o estômago de Nox se contorcer em um nó. Ele tentou soar como ele mesmo, mas, de repente, se viu com dificuldades de lembrar como deveria soar.

— Aguardo ansiosamente.

— Caso não tenha ficado claro, menino, isto foi uma ameaça.

— Deu para entender.

— Você sabe o que precisa fazer. Certifique-se de que aconteça, ou Silas o fará.

— Outra ameaça? — perguntou Nox.

— Sua escolha. Seu caixão.

— Vou acreditar em sua palavra, morto. Considerando que eu mesmo não possuo um caixão.

Necro rosnou.

— Terá, a não ser que me entregue as pessoas que me puseram aqui, menino. Principalmente, a Sirena e o Incubus híbrido.

— Foi o que me disse. — Nox tinha de continuar enrolando. Ele já havia sobrevivido todo esse tempo. Só precisava de mais algum para descobrir o que fazer no fim. Uma coisa era fingir fazer negócios com Abraham Ravenwood. Outra era derramar sangue em seu nome.

Necro resmungou.

— Não é um pedido.

Nox respirou fundo.

— Não seja tão dramático. Quando foi que não fiz o que você me pediu? — Era verdade, por mais que Nox detestasse admitir. Não tinha sido fácil, mas ele dera algumas sugestões aqui e ali. Havia conseguido tanto a Sirena quanto o Incubus; pelo menos os levara até a boate. Sua forma de Persuasão não era tão óbvia quanto um pirulito, mas era infinitamente mais poderosa. Nem mesmo a Natural mais poderosa do milênio notou sua chegada.

— Se você tivesse feito tudo que eu pedi, estaria cavando covas agora. — Necro-Abraham não pareceu impressionado.

— Estou fazendo. Os planos estão em prática. Posso lhe entregar os dois se você me der tempo suficiente. — Simplesmente porque Nox não tinha decidido o que fazer, não significava que não pudesse. Era filho de sua mãe. Acreditava em opções.

— Então por que eles continuam vivos?

Era uma pergunta legítima. Nox vinha imaginando como responder. Enrolar só lhe conquistaria um pouco mais de tempo. Eventualmente, se esgotaria para todo mundo, e cabeças rolariam.

A dele e a deles.

Ele olhou através dos trilhos.

— Você é um velho ganancioso, senhor Ravenwood. Ganancioso e impaciente.

— Sou um homem morto, Lennox. Sabe qual é o problema com os mortos? Não temos nada a perder.

— Às vezes — disse Nox —, os vivos também não.

Necro pegou o canivete do bolso, levando-o até o pescoço, guiada por Abraham Ravenwood, o monstro dentro dela.

Ela pressionou a lâmina com força contra a pele, e Nox teve certeza de que se cortaria.

— É mesmo, Lennox? — A voz de Abraham soou rouca através dos lábios dela.

Nox congelou.

A ponta pressionou mais forte.

— Já fiz contato com Silas. Existem outros Necromantes. Não preciso mais desta. Mas você parece gostar dela.

Não reaja. Não deixe que ele o veja hesitar.

A pele estava começando a abrir sob a ponta da faca. Um fio fino de sangue corria pela pele pálida do pescoço.

Se ele achar que você se importa, ela vai morrer. Não pode fazer isso com ela.

Nox suspirou.

— Se isso significar menos tempo falando com você, eu mesmo corto a garganta dela. Óbvio.

— Óbvio. — Necro afastou a faca do pescoço e a estendeu a Nox com um sorriso sinistro. — Fique à vontade — rosnou.

Nox ficou ali parado por um longo instante. Então jogou o charuto nos trilhos.

Quanto mais tempo ficasse, maior o perigo para sua Necromante. Ele estava impotente. Tudo que podia fazer era se retirar.

Não era uma sensação que agradava Nox Gates.

Enquanto ele se afastava, tudo que conseguiu ouvir foi o som de uma risada amarga ecoando pelo túnel atrás de si.

⊰ CAPÍTULO 22 ⊱

*Damaged Soul**

— Como vai, prima? — A voz de Lena estalou pelo viva-voz do novo celular de Ridley. Nick, o Guerreiro Nerd, era um bom amigo, e Rid tinha o sinal do celular como prova.

Fora isso, não havia muitas razões pelas quais se sentir bem. Tinha sido um longo dia de trabalho para Ridley, que, apesar de não estar mais próxima do que antes de encontrar seu sonho, ao menos tinha determinado que ele não envolvia cabelos Mortais.

Ridley suspirou.

— Ótimo. Perfeito. Como um sonho realizado, priminha.

Segunda, terça, quarta, quinta e sexta. Tantos dias para não fazer nada além de trabalhar. Por que precisavam ser tantos e seguidos?

Seus pés doíam. As mãos tinham uma espécie de alergia que coçava, provavelmente em virtude de fungos capilares. O salto de uma de suas botas pretas Louboutin quebrou no metrô. Falar com a prima só piorava as coisas.

— Nova York é incrível? — perguntou Lena.

— Muito. — Ridley tentou não permitir que Lena a ouvisse fungar. Ela segurou o telefone longe do rosto e depois o trouxe de volta ao ouvido.

Ela viu Lucille Ball sentada na entrada da cozinha, julgando-a. Ridley fez uma careta para a gata, mas Lucille sequer se mexeu.

— Já viu todos os pontos turísticos? — Lena pareceu animada. O que só fez com que Ridley se sentisse mais culpada, como se já devesse ter respondido a um dos 50 recados da prima antes.

Alma quebrada.

— Sim. Por isso se chamam pontos, L. Você bate ponto neles. — Ela não elaborou sobre que pontos glamorosos tinha conseguido visitar. *Como os túneis sujos do metrô, o velho restaurante, couros cabeludos de velhas, latas de lixo fedidas nas ruas.*

— E a vida noturna? Já abriu caminhos Enfeitiçados para restaurantes incríveis e lojas fantásticas?

— Você me conhece. Praticamente esgotei meus pirulitos.

— Que inveja. Eu só faço estudar, estudar, estudar — reclamou Lena. — Mas me inscrevi em uma aula de escrita. É um seminário de poesia, na verdade, e o professor é muito bom. Não pensei que...

Blá-blá-blá.

A conversa caminhou para uma estranha colagem de imagens. Ridley não conseguiu — e, para ser justa, não quis — processar.

Xícaras vermelhas, moletons de universidades, pizza tarde da noite e banheiros estudantis. Jogos de futebol. Refeitório. *A Criação de Adão, Guernica, Aves noturnas,* de Hopper, e a vida de Buda.

Ela realmente falou em banheiros públicos? Com aqueles chuveiros nos quais a pessoa entra calçada?

A conversa acabou quando Lena teve de ir para algo chamado grupo de estudo para conversar sobre coisas chamadas apostilas — ou algo do gênero.

O que Ridley podia dizer?

Não havia como explicar a confusão em que havia se metido nem seu humor atual.

Como uma pessoa tão Luz quanto Lena poderia entender roubar em um jogo de cartas e perder uma aposta, ou melhor, duas? Como Lena poderia acreditar que alguém estava controlando Link e sua banda idiota, e utilizando-os para algum objetivo oculto? Pior de tudo, como sua prima poderia ouvir, resolver ou sequer entender o problema que se colocava acima de todos os outros?

Ele e aquela boate estúpida. Suas ameaças e mentiras.

A própria Ridley mal conseguia suportar pensar em seu nome.

O telefone chiou.

— Está ouvindo, Rid?

— Sim, claro. Estou aqui. Só estou cansada

— Estou preocupada com você. Toda vez que penso em você ultimamente, meu anel fica vermelho-sangue. Como fogo. Às vezes, até queima meu dedo.

Vermelho? O anel de Ridley sempre ficava verde.

— Tenho certeza de que não é nada. — Ridley olhou para baixo. Agora Lucille Ball estava sentada aos seus pés, olhando para ela com enormes olhos de gato, como se dissesse *Vermelho? Sério?*

Lucille Ball não ficou satisfeita.

— Perguntei a Ethan, e ele disse que Link nunca tem tempo para conversar — disse Lena.

— Bem, você sabe. Astros do rock.

Lucille bateu o rabo. *Conte a ela.*

— Você me contaria se algo estivesse errado, não contaria?

Lucille bateu o rabo mais uma vez *Conte para sua prima.*

Ridley ignorou a gata.

— Claro.

— Qualquer coisa minimamente fora do normal? — perguntou Lena.

— Estou bem. Está tudo bem. Sinceramente, nunca fui mais feliz. Nem mais normal.

Lucille uivou e se retirou do recinto.

Quando Ridley desligou o telefone, tinha contado tantas mentiras que mal conseguia se lembrar do próprio nome. Sabia que sua vida em Nova York não era nada próxima de normal e, sobretudo, nada próxima de um sucesso. Mentiu ao telefone para a prima, e vinha mentindo para si mesma. Não era feita para isso. Ela não era assim.

Link tinha razão. O lugar dela não era ali. Talvez a relação dos dois realmente tivesse acabado.

Talvez o término daquela semana tenha sido definitivo.

Mas ela não podia perguntar a ele, porque a estava evitando, passando todo o tempo com Floyd na sala de ensaio.

Quando foi para a cama, Rid estava com vontade de chorar. Quando dormiu, estava chorando. Mesmo nos sonhos.

— Já disse para você não usar essa coisa velha. Parece uma bola de pelos que algum gato vomitou.

Ridley puxou a manga da prima, torcendo o casaco de tricô. Ela sabia que estava sendo malvada. Até se sentiu malvada, mas não se importou.

Sua prima poderia estar andando com um alvo gigante na testa.

— Cala a boca, Rid. — Lena parecia querer se encolher dentro do armário.

— Esse casaco diz "Me Chute". — Ridley beliscou com mais força.

Lena estava perto dos armários, porque Lena estava sempre perto dos armários. Era o mais longe que ia no mar aberto do ensino fundamental.

Ridley não tinha problema em se aventurar em lugar algum, por outro lado. O problema era a encrenca que a acompanhava aonde quer que fosse.

— Você sequer fez o dever de geografia? — perguntou Lena, com um suspiro.

— Por que isso interessa? — Ridley suspirou de volta, com uma mão no quadril. Ela estava com sua roupa favorita: um kilt que encurtou com a tesoura da vovó, uma camiseta com a gola rasgada e um par de botas pretas velhas que encontrou no armário de alguém duas escolas atrás.

Seus primeiros saltos altos. Faziam com que se sentisse bem. Alta, como se pudesse olhar de cima para todo mundo, do jeito que gostava.

Lena entregou a ela um pedaço de papel coberto de rabiscos a lápis.

— Aqui.

— Awwnn, está fazendo meu dever de casa agora, por via das dúvidas?

— Alguém precisa fazer.

Ridley levantou as mãos, se recusando a pegar o papel.

— Já ocorreu a você, L, que o que acontece nessa escola Mortal miserável não importa?

— Pare! — Lena estava constrangida.

— Nenhum desses idiotinhas... — Ridley elevou a voz ainda mais.

— Não são idiotas. Não todos. — Lena olhou em volta, pouco à vontade.

— Ou seus professores idiotas.

— Eu gosto de meus professores.

— Ou a história estúpida. As leis estúpidas. As ciências estúpidas.

— Rid.

— *Não importa. Não para nós, Conjuradoras. Não aonde vamos. Não com o tipo de vida que teremos.*

— *Pra mim, importa.*

Ridley bateu a porta do armário da prima. Lena conseguia irritá-la às vezes. Ela era um saco de pancadas para os Mortais. Implorou para frequentar uma escola Mortal — se esforçava muito para agradá-los o tempo todo. E era péssima nisso.

Era melhor não tentar.

Melhor não esperar convites para as festas de aniversário e passeios ao shopping.

Melhor saber que os professores não iam chamá-la.

Melhor não se importar.

Mas, assim que Ridley bateu a porta, se arrependeu — não só pelo olhar no rosto da prima, mas pela atenção que atraiu.

Tinha se esquecido da primeira regra a se seguir em uma escola Mortal: ser discreta.

Até mesmo para uma garota que odiava regras, essa era a que Ridley tinha mais dificuldades de entender. Quem queria ser discreta quando podia chegar ao céu?

Só Lena.

Que agora estava sendo cercada por uma multidão de meninas de pernas tão magras, cabelos tão lisos e índoles tão ruins que fazia com que suas mães parecessem amigáveis.

— *Belo casaco, Lena. Onde comprou?* — *A menina mais próxima dela, Caitlyn Wheatley, ronronou. E puxou a manga cinza esverdeada. Lena ficou parada e deixou que a outra fizesse isso. Ela sempre deixava, razão pela qual faziam essas coisas.*

— *Não sei* — *resmungou Lena.*

— *Talvez sua mamãe tenha costurado para você na cadeia?* — *Não foi Caitlyn. Foi Sandra Marsh, que não resistia a uma boa surra, desde que não fosse ela apanhando.*

Lena não disse nada.

Ridley suspirou.

— *Talvez sua velha avó tenha costurado no asilo? É lá que você vive com ela?* — *Caitlyn se aproximou. O resto do corredor começou a olhar com interesse. Era uma cena familiar. Sabiam que a parte boa ainda estava começando.*

Lena tentou se afastar. O pequeno pelotão de meninas foi atrás.

Caitlyn elevou a voz.

— *Você parece vômito de gato, sabe disso? Como uma bola de pelos que meu gato acabou de vomitar no tapete.*

Pronto.

Ridley bateu a porta do próprio armário, e Caitlyn parou onde estava.

— *Só eu posso dizer o que parece vômito de gato aqui, e eu digo que é sua cara.*

Todos no corredor começaram a rir.

— *Não* — *falou Lena, olhando para a prima.*

Ridley deu de ombros enquanto pegava um chiclete na bolsa e desembrulhava.

— *E quer saber por que digo isso?* — *Ridley continuou.* — *Porque eu estava lá, Caitlyn, quando seu gato vomitou, e eu estava lá quando você comeu.*

Mais risadas.

Ridley colocou o pedaço rosa e quadrado de chiclete na boca.

— *Cale a boca* — *disse Caitlyn.* — *Mentirosa.*

— *É* — *disse Sandra.* — *Está inventando isso, e é nojento.*

— *Estou?* — *perguntou Ridley. Ela olhou de Caitlyn para Sandra.* — *Caitlyn, diga a verdade a Sandra.* — *Ridley começou a mastigar.*

— *Do que está falando, sua louca?* — *Caitlyn olhou fixamente para Rid.*

— *Conte a Sandra o que fez na sua casa ontem. Bem na minha frente.* — *Rid a olhou encorajadoramente. Mastigou com mais força.*

— *Rid* — *implorou Lena. Era o mesmo alerta que sempre dava, e o mesmo que a prima sempre ignorava.*

— *Conte a todos.* — *Ridley sorriu, soprando uma bola redonda e rosa.*

Agora Caitlyn estava com um olhar estranho no rosto. Olhou para Sandra como se ela própria estivesse prestes a vomitar. Então olhou para o mar de faces no corredor da Albert Einstein Middle School.

— *Eu comi vômito de gato.* — *As palavras saíram sufocadas da garganta de Caitlyn. Sandra olhou para ela, enojada.*

— *Ela só está brincando* — *falou Lena. Ninguém ouviu.*

— E — *falou Ridley, encorajadoramente.*

— Comi vômito de gato e gostei — *resmungou Caitlyn, parecendo atônita.*

— E? — *perguntou Ridley.*

— E vou comer amanhã de novo. — *Lágrimas correram pelo rosto de Caitlyn.*

As risadas foram tão altas que foi difícil ouvi-la.

Lena correu pela porta do prédio administrativo, pelos portões da escola. Rid só a alcançou três quarteirões depois.

Quando pegou o braço de Lena e a fez parar, ela não estava mais chorando. Seu rosto estava vermelho, e os olhos brilhavam.

— Por que você fez isso?

— Porque — *mentiu Ridley* — eu posso. — *Não foi o único motivo. Era apenas o único que Lena esperava que ela dissesse.*

Agora segurava a prima pelos dois braços.

— Eu posso, e eles não podem. Sempre será assim. Você nunca será uma deles. Nem eu. Nunca serão bons ou ruins o suficiente para nenhuma de nós.

— Por que sempre tem de ser assim? — *Lena pareceu tão atormentada quanto Caitlyn Wheatley, à sua maneira.*

— Faz alguma diferença? Não pode mudar o jeito como as coisas são. Fique longe dos Mortais. Eles afloram um lado muito ruim em nós.

Pelo menos, Ridley pensou, em mim.

Ruim demais.

Ruim demais e ainda nem fui Invocada.

Elas nunca mais voltaram àquela escola, mas Ridley não se importou. Já tinha aprendido tudo que precisava saber.

Ridley acordou pensando em Caitlyn Wheatley pela primeira vez em anos. Ficou imaginando o que teria acontecido com ela. Talvez pedisse a Nick, o Guerreiro Nerd, para descobrir. Hoje em dia Mortais muito mais irritantes despertavam seu lado ruim.

Mesmo que o que estava em seus pensamentos não fosse completamente Mortal, e mesmo que tenha havido um tempo, não tão longínquo, em que ele teria ficado feliz em dizer que tinha comido vômito de gato por ela.

Exatamente como Ridley fez Caitlyn Wheatley dizer por Lena. E muitos outros depois de Caitlyn Wheatley.

Ridley deitou novamente na cama.

Ela que tinha feito. Sempre foi ela.

Tinha de ser.

Fui Trevas para que Lena pudesse ser Luz.

A questão era quem elas eram, porém mais que isso. Era o que o mundo esperava que fossem. Após um tempo, era o que elas mesmas esperavam ser.

Sempre foi assim? Tem de ser?

Rid afastou a pergunta da mente. Não tinha importância. Ela não podia mudar a maneira como essas coisas funcionavam. Devia ter se lembrado da regra básica de viver entre Mortais: *seja discreta ou fique longe.*

Caso contrário, eles sempre a queimam.

⚔ CAPÍTULO 23 ⚔

*Comfortably Numb**

A Sirensong estava indo arrasar mais uma vez.

Ridley não queria voltar à Sirene. Link agora a evitava como se ela fosse pior que Emily Asher, mas Rid se recusava a mandá-lo para a boate de Lennox Gates sozinho e desprotegido.

Então ela foi a primeira groupie da Sirensong.

A primeira e a mais odiada.

Não foi assim que imaginei minha vida "normal", Ridley pensou.

— Não estou me sentindo tão bem — disse Necro. Ela inclinou a cabeça para trás contra a pedra áspera do Subterrâneo. Seu rosto estava pálido, e, ao fechar os olhos, pareceu mais fraca do que Ridley se lembrava.

Floyd olhou de esguelha para Necro.

— Estamos atrasadas. Quer voltar?

— Posso levá-la — falou Rid rapidamente, inquietando-se em seu vestido prateado anos 1960. Ela e Necro não estavam exatamente se falando nos últimos dias, e isso incomodava Ridley mais que ela gostaria de admitir. Além disso, Sampson e Link já estavam na Sirene. Floyd ainda poderia chegar a tempo.

Necro balançou a cabeça.

— Não há o que me faça não ir a meu próprio show.

— O que é isso? — Ridley alcançou o colarinho da jaqueta de couro de Necro. Ela afastou a mão de Rid antes que pudesse tocá-la.

— Respeito ao espaço pessoal, Sirena. — Necro a encarou.

---

* Confortavelmente entorpecido.

— Espere, você está sangrando. — Rid puxou o cabelo da outra para trás. Sangue estava manchando a camiseta branca embaixo da jaqueta de couro de Necro, e Ridley ficou imaginando por que não tinham percebido antes.

A Necromante tocou o próprio pescoço, e seus dedos voltaram profundamente vermelho-escuros. Ao menos foi o que Ridley achou que fosse, apesar de estar mais profundo e escuro que vermelho.

— Não é nada de mais.

— Claro que é! Você está ferida. O que aconteceu? — Floyd pareceu preocupada.

— Não aconteceu nada! — Necro olhou para a frente, como se desejasse que as amigas desaparecessem.

Mas elas não iam fazer isso, principalmente Floyd.

— Nec.

— Não sei, tudo bem? Fui dormir. Acordei. Meu pescoço estava sangrando. — Necro tirou do bolso um cachecol sujo, preto e coberto por caveiras brancas. Enrolou-o no pescoço.

— Onde? — Floyd soou sombria.

— No pescoço, inteligência. — Necro estava tão rabugenta quanto estava mal.

— Vamos, Nec. Onde foi que você acordou. — Floyd soou ansiosa.

Rid interrompeu.

— Hum, imagino que tenha acordado na própria cama? Que diabo de pergunta é essa?

Floyd ergueu uma sobrancelha.

— Necro é sonâmbula.

— O quê?

Necro deu de ombros.

— Acordo em lugares estranhos, às vezes. Acho que tem a ver com ser uma... você sabe. Com ser eu.

Nenhum Necromante queria dizer a palavra, como se a morte estivesse perto. Nem Necro dizia a palavra completa, normalmente.

Ela prosseguiu.

— Tenho pesadelos terríveis, acordo, me sinto um lixo completo e volto para casa. Às vezes, estou fedendo a fumaça. Mas nunca me machuquei antes.

Ridley balançou a cabeça.

— Isso não é bom.

— Não brinca — disse Floyd. Não estava mais de brincadeira.

— Não é nada de mais — disse Necro, tropeçando pelo túnel. — Sério, pessoal.

Era mentira. Ridley já contara muitas para saber reconhecer quando ouvia uma. Ficou imaginando o que teria acontecido. Se Necro fosse como ela, jamais revelaria.

Estendeu o braço para ajudar a outra a andar, mas Necro não aceitou.

Eram mais parecidas do que Ridley imaginara.

Não eram nem quatro horas. Ainda faltava muito para o show começar, mas Link e Sampson já estavam brincando no palco. A partir do momento em que Ridley atravessou a porta — o segurança não ofereceu resistência dessa vez —, a música foi em direção a ela. A música e, com ela, o significado.

A pessoa com quem teria de lidar — ou o que teria de dizer. Que sentia muito. Que estava preocupada. Que se importava com ele. Com eles.

Não que fosse falar isso.

Não que alguém fosse ouvir.

Ela ficou ali observando, do fundo da sala principal, que ficaria trancada e sem acesso ao público pelas próximas três horas, como acontecia toda tarde. O palco se erguia na extremidade oposta do espaço cavernoso, luzes acesas e sistema de som ligado, como se o show estivesse para começar — coisa que não estava. Ainda tinham tempo para se aquecer.

Não que precisassem. As coisas andaram muito aquecidas na última semana. Pelo menos, era o que parecia para todo mundo que não fosse uma Sirena. As filas eram longas, e as multidões, agitadas, e Ridley ainda não fazia ideia de por que ou como.

Até tinha uma ideia, mas sem fatos que a corroborassem.

Não era por causa da música. O gosto musical de Link tido ido de ruim a péssimo, como se a banda inteira agora estivesse contagiada. Link estava arriscando novas letras enquanto Ridley estava ali, e, quando ela identificava as palavras, eram tão ruins que desejava não ter ouvido.

Minha asa de frango / por você, meu estômago estava cantando
Você faz tudo / tudo dançar.
Mergulhada até a casca / meu coração se lasca
Faz seu tango / minha asa de frango

Ele continuou tocando, cantando *repolho / que alegra meu olho*, e *picles frito / por você eu grito*. Logo não haveria mais grupos de alimentos sobre os quais escrever, e ele teria de encontrar uma nova musa inspiradora. Mas, do jeito que as coisas iam, Ridley tinha quase certeza de que não seria ela.

Suspirou, apoiando-se na entrada enquanto assistia ao não-exatamente-seu-namorado tocando no palco. Em poucos minutos, Necro e Floyd se juntaram a ele, e logo a banda toda estava cantando sobre qualquer que fosse a loucura alimentícia escolhida por Link.

E, uma hora depois, por razões invisíveis e desconhecidas, a multidão começou a morder a isca. Wesley Lincoln, ex-integrante da Meatstik, dos Holy Rollers e da Quem Atirou em Lincoln, estava vencendo com a Sirensong. A melhor nova banda independente da cena Conjuradora Subterrânea.

Wesley Lincoln, parte Incubus e pior baterista de Nova York, acima ou abaixo do térreo. *Ele, seu repolho, seu frango frito e suas almôndegas doces.*

Ridley balançou a cabeça. Deveria mandar uma foto para Ethan e Lena. Eles nunca acreditariam. Lena já havia achado que Ridley estava brincando quando ela contou sobre isso por telefone. Isso sim é estar atenta para algo fora do comum. O sucesso da Sirensong deveria ter sido a primeira pista.

— Você se importa se eu fizer uma pergunta? — Uma voz a surpreendeu, mas ela a reconheceu antes mesmo de se virar.

— Isso o impediria de perguntar? — Ridley olhou para Nox.

Ele deu de ombros. *Na verdade, não.*

— Por que está com ele? Por que perder tempo? — Nox estava ao lado dela agora, vendo a banda.

— Do que você está falando? — Ridley se aproximou do palco, fazendo o possível para ignorar o outro. O que ela fazia ou deixava de fazer não era de conta dele.

— Não é sobre almôndegas — provocou Nox. — Isso eu garanto.

Link estava dançando pelo palco, tocando uma guitarra imaginária. Ao menos Ridley teve a impressão de que fosse uma guitarra imaginária. Também poderia ser um acordeão imaginário ou até uma espécie de aspirador imaginário.

Ridley tentou não parecer declaradamente irritada, mas Nox apenas riu.

— Olhe para ele. Essa montanha de idiotas, músculos de Incubus e limitações mentais Mortais.

Ela o encarou.

— Desculpe, está falando de meu namorado? — *Meu quase ex-namorado. Mas Lennox Gates não precisava saber disso.*

— Estou? Não tenho certeza, para falar a verdade. — Nox a olhou sobre o copo, entretido. — É isso que ele é? De verdade?

— Você fala minha língua?

Ele riu.

— Falo a língua, não falo idiotês. — E gesticulou para o palco. — Por falar nisso, não entendo muito bem algumas letras dele.

Ela ergueu uma sobrancelha.

— Engraçado, porque toda vez que você abre a boca eu só ouço idiotês.

— Você e ele? Isso não é relacionamento. Se você acha que é, Sireninha, está pior do que eu pensava. Ou devo chamá-la de Asinha de Frango?

— Pode. Mas aí eu faço isso. — Ridley deu-lhe um tapa com toda a força.

Nox franziu o rosto, esfregando a mandíbula.

— Tudo bem. Certo. Trégua.

Ela o ignorou.

— Você sabe por que a irrito tanto? Por que consigo atingi-la? Somos iguais, eu e você. — Ele abaixou a mão. Ela pôde sentir os olhos dele chamando. Desviou o olhar.

— Não se iluda.

— Dois do mesmo. Almas gêmeas. Conjuradores do mesmo livro das Trevas. — Nox deu uma piscadela. Ridley queria atingi-lo ainda mais violentamente que antes.

— Você está tão, tão errado.

— Estou? E eu aqui achando que estávamos tão bem.

Os nervos de Ridley afloraram.

— Bem? Como? Não há nada de bom em você, e quase nada de bom em mim. Aliás, somos duas das piores pessoas que conheço! — Era como vinha se sentindo ultimamente, e ela ficou um pouco melhor ao dizer isso em voz alta.

Porque é verdade, ela pensou. *E sempre será. Independentemente de quantos empregos eu arrume, ou do quanto me esforce. Independentemente do quanto eu queira mudar.*

De quão normal queira ser.

Nox assentiu, concordando.

— As piores. Exatamente. Talvez tenhamos começado com o pé esquerdo e, na verdade, deveríamos ser amigos, do nosso próprio jeito distorcido. Tipo, sei lá, *Link Floyd*?

Ela preparou o braço para bater novamente nele, mas, dessa vez, ele a segurou.

Nox deu de ombros.

— Somos o que somos. Sou um Rolls Royce, e ele é... como ele chama? Um Lata-Velha.

— Talvez — falou Ridley enquanto afastava a mão. — Mas, se eu quisesse um Rolls Royce, Sr. Gates, não acha que eu Enfeitiçaria um chofer? — Ela examinou as unhas prateadas.

Ele a ignorou.

— Sou dono da boate, o que quer dizer que também sou dono de seu namoradinho.

Ridley girou a mecha rosa no cabelo habilidosamente.

— E, se eu quisesse uma boate, Sr. Gates, não acha que eu Enfeitiçaria o dono?

— Quem disse que não Enfeitiçou? — Ele sorriu. — E agora que tocou no assunto, quem disse que ele não a Enfeitiçou?

Ela revirou os olhos.

— Vai sonhando. — Agora a mão de Ridley estava na presilha prateada, mexendo casualmente no cacho, passando os dedos por ele.

— Gostaria de ser? — A voz dele baixou, sombria e rouca.

Ela riu. Havia alguma nova abordagem nesse jogo, e isso não passou despercebido. Ridley era especialista em explorar abordagens.

— Por que está se esforçando tanto, Sr. Gates? Estou lisonjeada, mas nós dois sabemos que a questão não sou eu.

— Você é uma Sirena. Pensei que em todos os assuntos você fosse a questão.

— Não, sério. O que mudou desde nossa última conversa? Por que não me diz o que quer de mim? — Ridley se inclinou para a frente. — Não aguenta a pressão? Seus capangas estão vindo atrás de você? Deixe-me adivinhar: não sou a única pessoa que deve alguma coisa a alguém?

Ela se inclinou mais para perto:

— Talvez você também tenha dívidas por aí?

— Você não faz ideia do que está dizendo. — Nox estava irritado. — Então, experimente calar a boca.

Acertei em cheio, ela pensou.

Ridley esticou o braço para afagar o casaco dele com um sorrisinho vitorioso.

— Com prazer, Sr. Gates. E aqui vai uma despedida para você: seja o que for, não vou ajudá-lo a fazer, encontrar ou conseguir. Se tiver alguma coisa a ver com aquela *montanha de limitações mentais Mortais* naquele palco, você pode esquecer.

Um instante de raiva iluminou a face dele.

— Para uma Sirena, você não é muito cativante.

— E você não é a doce almôndega de ninguém — falou ela, afagando-o na bochecha. — Pobrezinho.

Ele segurou as mãos dela, inclinando-se para a frente para tocar-lhe os lábios. Ela perdeu o fôlego, e ele se aproveitou, mordendo o lábio inferior. Uma onda de pura energia os atingiu. Ridley recuou, engasgando.

Em seguida, ela o beijou de volta, pressionando o corpo contra o dele como se estivesse caindo. Não pôde evitar. O beijo dele era como um Feitiço, e ela era a única pessoa Enfeitiçada por ele. Seus lábios estavam ardendo.

Quero estapeá-lo, mas quero beijá-lo. E quero que ele me beije.

Assim que ela pensou isso, Nox se afastou, examinando o olhar de Ridley.

— Hummm — falou. — Exatamente como eu pensei Você é doce o bastante para nós dois. — Então ele entrou na multidão e se foi.

Não.

Ridley recuou, sem fala, e correu para a frente do palco, com a mão pressionada contra os lábios, como se quisesse poder apagar o beijo.

Que pena que não podia.

Que pena que se descontrolou e retribuiu.

Que pena que foi naquele exato momento que o Linkubus da Sirensong levantou os olhos da bateria e olhou para a frente.

Ver sua namorada — mesmo que tivessem terminado — beijando outro cara sempre provocava alguma reação na cabeça de um homem. Fosse ele Mortal ou Incubus.

Ridley quase pôde ouvir o estalo da reação e, pelo olhar de Link, percebeu que não havia mais dúvida. Não para ele.

Link estava fora.

Os olhos de Ridley desfocaram enquanto lutava contra as lágrimas. Dava para ver no rosto de Link, mesmo que ele não olhasse para ela.

Mesmo que não tivessem dito uma palavra um para o outro.

Não precisavam dizer nada.

A mão de Link estava brilhando, vermelha como sangue. O anel. Exatamente como Lena avisou. Ridley jamais o tinha visto ficar daquela cor antes.

Ele não estava cantando, mas agredindo a bateria como se quisesse quebrá-la.

E então ele o fez.

— Mas que... — Floyd recuou quando peles, metais e pratos saíram voando.

Sampson derrubou o microfone.

Link pegou o bumbo e o jogou para fora do palco. A música parou. Ele chutou o teclado, derrubando-o no chão. Foi como ver o Hulk acelerado.

Para ele foi o fim.

O palco havia se tornado um lugar ruim.

Mas foi Necro quem pareceu sentir mais. Quando o baixo atingiu o chão, ela caiu junto, desmoronando em uma pilha de braços, pernas e couro preto.

Link olhou para a companheira de banda de cabelos azuis, arfando, com a voz rouca:

— Você está bem?

Quando Ridley subiu no palco, Necro estava apagada. Rid se inclinou e viu o pescoço da menina. O corte estava supurado, líquido negro vazando do machucado.

Sangue negro.

☙ CAPÍTULO 24 ❧

*Wish You Were Here**

Link levou apenas alguns segundos para tirar a camiseta ensopada de suor e enrolá-la no pescoço de Necro. Floyd ficou pressionando, mas o sangue não parava de correr.

— Isso não é um corte normal — disse Ridley, inquieta. — Não estaria sangrando tanto.

— Acha que não sei disso? — Link se irritou.

— Alguém — chamou Floyd, com o rosto pálido —, alguém nos ajude.

— Link... — Ridley começou.

Ele olhou para ela, as mãos manchadas de sangue negro.

— Não. Agora não.

— O que posso fazer? — perguntou ela.

Floyd se levantou.

— Pode ir embora.

— Quero ajudar. — Ridley estava tremendo.

Floyd parecia querer estapeá-la.

— Ninguém se importa com o que você quer.

— Não tive a intenção...

A voz de Floyd se elevou.

— Será que uma vez na vida você pode se calar? A questão agora não é você.

— Vá — disse Link novamente. — Por favor, Rid.

Em seguida, ele pegou Necro, com o mesmo cuidado que pegaria um dos filhotes de esquilos das Irmãs, e a levou embora.

---

* Queria que você estivesse aqui.

Realmente sou a pior pessoa do mundo. Pior até mesmo que um Mortal. Pior que o próprio Lennox Gates.

Nem precisou de todo o trajeto de táxi para Ridley chegar a essa conclusão.

Link disse a ela para ir, então ela foi, com nada além da roupa do corpo e um bolso cheio de pirulitos. Enfeitiçou o primeiro táxi que viu e pediu para que o motorista a levasse para o melhor hotel de Nova York.

Pela primeira vez na vida Ridley quis ajudar. E não quis abandonar todos os habitantes do apartamento 2D, o que era algo novo para ela. E o fato de que algo estava errado com Necro lhe corroía por dentro; mesmo quando nunca havia visto algo como aquilo antes.

E Necro era a única pessoa que, de fato, foi legal com ela desde a chegada a Nova York.

Ridley se sentiu péssima. Se sentiu responsável. Se sentiu preocupada. Se sentiu ansiosa.

Esses sentimentos lhe eram todos incomuns.

Mas Link não a queria de volta, e Floyd e Sampson queriam, antes de mais nada, levar Necro de volta ao apartamento. O melhor que ela podia fazer para todos eles era se retirar e deixar que tentassem ajudar a Necromante.

Tinha urdido essa bagunça naquela noite no Sofrimento e, desde então, só piorou as coisas.

Era hora de ir, e era isso que Link queria.

Então ela deixou para trás a Sirene, o Restaurante da Marilyn, o apartamento 2D e o Brooklyn Blowout. Deixou para trás uma Necromante doente, uma Ilusionista que estava de olho em seu ex-namorado, um Nascido das Trevas altamente questionável e um parte Incubus traído e de coração partido.

Ridley não sabia aonde estava indo, só o que estava deixando para trás. Que era tudo.

Quando olhou pela janela, não havia nada de familiar. A cidade estava mudando diante de seus olhos — os prédios ficando mais altos, as floreiras, regadas, os sinais de rua, mais brilhantes. Ali não era Bushwick. Nova

York era o lugar mais difícil do mundo se você não tivesse condições financeiras de pagar seu aluguel. Por outro lado, se você tivesse como pagar não só seu próprio aluguel, mas o aluguel de milhares de outras pessoas, Nova York era a melhor cidade do universo. Era para aquele lado da cidade que Ridley estava indo. Não tinha dinheiro antes, mas, se Link era a única razão pela qual não estava usando seus poderes e ele não a queria mais, então nada mais a seguraria.

Considerando que ela própria não tinha o menor interesse em ser uma pessoa normal.

Mas, pensando bem, ninguém naquela vizinhança era normal.

Isso foi tudo em que conseguiu pensar enquanto entrava no lobby do hotel *Les Avenues*. A 77 com a Madison, no coração do Upper East Side, em Manhattan, era tão longe de Bushwick quanto Gatlin.

Talvez mais ainda, pensou ela enquanto olhava o soalho de mármore preto e branco do lobby, com sofás tão modernos que era preciso ser um ginasta para não cair deles.

Um homem de chapéu se encontrava sentado em um deles, lendo um jornal. Enquanto virava as páginas, ela notou um anel de sinete brilhando em seu dedo.

Ele levantou o olhar.

E desviou, prendendo a respiração.

O que foi?

Havia algo de familiar nele, mas o homem já se retirara antes que ela pudesse pensar no motivo para isso. Só sobrou o jornal, dobrado sobre a cadeira.

Estranho.

Enquanto Ridley se apoiava na mesa da recepção, percebeu que estava exausta. Exausta e desgastada. *Tudo que quero é desabar numa cama.* Por sorte, uma funcionária apareceu assim que ela pensou nisso.

— Boa tarde. Posso ajudar? — Até a recepcionista parecia mais sofisticada que Ridley naquele momento. Ridley não pôde deixar de notar a qualidade do penteado. *Pontas brilhantes. Bom condicionador. Nada dos produtos baratos que utilizamos.*

— Sim. Tenho uma reserva. Ridley Duchannes. — E deu seu melhor sorriso de *seu pouco conhecimento não lhe permite entender o quanto meu nome significa pela forma como o digo.* Era um sorriso novo, que ela aperfeiçoou desde a vinda a Nova York. Dava mais certo se você usasse as sobrancelhas também, mas Ridley estava cansada demais para tentar mover qualquer outra parte do rosto agora.

A funcionária tinha o próprio sorriso, e era bem desagradável.

— Fez recentemente? Não está aparecendo no computador. — Ela ergueu um pouco a sobrancelha que dizia para Ridley *você acha que eu ligo para quem você é?*

— Que estranho — disse Ridley. *Não tanto, considerando que não tenho reserva alguma.*

Ela acenou para o computador.

— Não dá para fazer alguma coisa com essa coisa e consertar? — *Nick, o Guerreiro Nerd, seria muito útil agora.* Ela olhou desejosa para o telefone.

— Que *coisa* a senhora sugere que eu tente, madame? — A recepcionista ergueu as duas sobrancelhas.

Não adiantou nada.

Ridley suspirou, abrindo um pirulito de cereja. Não queria fazer aquilo. *Ainda assim.*

Ela fez mais uma tentativa esforçada.

— Sei que tem um quarto para mim, querida. Vocês me mandaram um e-mail dizendo que eu tinha sido sorteada para o fim de semana.

— Isso aqui não é Las Vegas, madame. Não temos o costume de *sortear* pessoas. — Agora a recepcionista se permitiu olhar Ridley da cabeça aos pés.

Não foi um elogio.

Ridley suspirou novamente, colocando o pirulito na boca. Ao fazê-lo, o dourado de seus olhos se intensificou até parecer que estavam brilhando com luz própria. Ela sentiu o poder crescendo e saindo de seu corpo, emanando dela por todos os poros até o próprio lobby parecer iluminado por um singelo torpor dourado.

— Por que não procura outra vez?

A mulher desceu a tela.

— Desculpe. Soa... soa familiar. Mas não estou achando no computador.

Ridley ergueu uma sobrancelha.

Interessante. Ela é dura na queda.

— Eu disse fim de semana? — começou Ridley. — Porque agora que estou pensando, a carta só dizia que vocês tinham um quarto para mim e que eu podia ficar o quanto quisesse. De graça. Acho que era alguma coisa sobre meus fãs? Que queriam que eles soubessem que eu tinha escolhido este hotel?

Essas eram as regras fundamentais da Persuasão: blefar. Nunca recuar. Acreditar no que está vendendo. Quanto maior a pedida, maior a probabilidade de conseguir o que se quer.

Menos daquela vez.

— Não tenho nenhuma observação nesse sentido no computador. A senhora está na indústria do entretenimento?

— Por assim dizer.

— Poderia me dar um cartão de crédito? Posso reservar um quarto padrão com vista para a obra na Rua Setenta e Sete. É um pouco menor que...

— Eu disse quarto? Quis dizer suíte. — *Aumente o prêmio, Sirena.*

— Não temos nenhuma suíte disponível agora...

— Você ouviu *suíte*? Eu disse *cobertura*. — *Acredite. Você merece aquela cobertura. Não consegue se imaginar não tendo a cobertura.* Ridley tirou os óculos, olhando para a mulher com todo o poder dos olhos de uma Sirena.

— Ela está comigo, Penelope.

Ridley estava completamente enfurecida ao virar e ver Nox logo atrás dela, a jaqueta preta de couro pendurada em um dos ombros.

Ele não. Por favor. Agora não.

— Sinto muito, Sr. Gates. — A recepcionista corou.

— Por favor, pode me chamar de Nox. — Ele se inclinou sobre a mesa, piscando para a moça. — Considerando que somos todos amigos próximos aqui.

— Claro, Sr. Gates.

— Pode colocá-la nos aposentos de minha irmã. Ela está viajando agora. — Ele olhou para Ridley. — Temos alguns apartamentos aqui. Nunca se sabe quando serão úteis.

Ridley não respondeu.

— Muito bem, senhor. — A recepcionista desviou o olhar.

Nox sorriu encorajadoramente para ela.

— Talvez Frederico tenha se esquecido de lhe avisar quando liguei mais cedo para pedir que esperassem a Srta. Duchannes.

— Peço desculpas, Sr. Gates. Hum, Nox.

Ridley assistiu enquanto a recepcionista de coração gelado derretia. Ele era bom.

O que quer que ele fosse, não precisava de açúcar. Nenhum pirulito à vista. Ele não tinha nada que o denunciasse, até onde Ridley enxergava. Mas tinha todo o poder de uma Sirena.

Sempre teve? Usou em mim? Foi por isso que o beijei? A ideia era perturbadora demais para Ridley processar.

Mas as evidências eram claras. Ele tinha alguma espécie de poder.

O que quer que Lennox Gates estivesse vendendo, aquela mulher queria. Ridley nunca o odiou tanto.

— Você está me seguindo? — Ela sibilou para ele. Ele levantou um dedo. *Ainda não.*

Nox acenou para os elevadores. Enquanto se afastavam da recepção, o sangue de Ridley pulsava tão alto que ela não conseguia ouvir o estalo dos saltos no soalho de mármore preto e branco.

— O que havia de errado com aquela mulher? Eu me senti tão... tão... Mortal — estremeceu.

— Bem-vinda a Nova York.

— Sabe, cada vez que alguém me diz isso, estou começando a entender que querem dizer o oposto. — Ela não sabia por que estava falando com ele. Não deveria. Ele não era digno disso.

— Eu não. Quero dizer exatamente o que digo, cada palavra.

Mentiroso. Ridley olhou para Nox.

— O Poder de Persuasão não moveu um cabelo na cabeça daquela mulher.

— Você provavelmente deve considerar o *Les Avenues* imune aos seus poderes.

— Imune? Do tipo não sou nada aqui? — A ideia era desconcertante.

— É o que dizem todos que se aventuram por essa vizinhança. — Nox riu da própria piada. Então desistiu. — Ela é Nascida das Trevas.

— O quê?

— Os três primeiros andares destes prédios? Todos Conjuradores, todos poderosos, e não exatamente da Luz. — Ele deu de ombros. — Então o térreo, os funcionários? Nascidos das Trevas. Essencialmente imunes a todos os tipos de poder. A última palavra em segurança Conjuradora. — Deu de ombros. — Funciona.

— Mas você pôde controlá-la.

— Claro. Eu tenho o mais antigo dos poderes: uma quantidade obscena de dinheiro. Meu pai tinha a Visão e não resistia ao mercado de ações Mortal. — Nox apertou o botão do elevador e estendeu um cartão-chave. — Pegue o quarto. Minha irmã nunca o usa.

Ridley franziu o rosto.

— Pegue. Pense nisso como uma oferta de paz. Sinto muito pelo que aconteceu na boate. Eu não deveria ter feito aquilo.

O beijo. Nem ele consegue falar.

— E eu achei que você sempre falasse o que queria dizer.

— Falo. — Ele olhou para o teto de espelho. — Na hora, quis aquilo também. Só não sei por que o fiz. — Parecia que estava sendo honesto, mas ela já desistira de julgar Nox Gates por impressões.

Estavam sozinhos no elevador agora. Ridley encarou os botões. Era o lugar mais seguro para se olhar — até o elevador parar.

Nox observou o rosto dela enquanto a porta se abria. Ele a segurou.

— Estou começando a achar que alguma coisa em você desperta o pior em mim. — As palavras eram dolorosamente familiares. — Ou talvez seja melhor assim. Está difícil saber ultimamente.

Ridley saltou do elevador para o corredor.

— Você não me faz querer ser uma boa menina, exatamente, se é isso que está dizendo.

Ela não teve a intenção de elogiar, e esperava que ele soubesse disto.

— Fogo — falou ele quando ela se virou.

— Como? — Ela parou.

Ele soou tenso.

— Quando nos beijamos, senti gosto de fogo. Não sei o que significa. Achei que você devesse saber. — Ele estava agitado.

Curiosamente agitado, ela pensou.

— Sinto muito, isso provavelmente soa estranho. — Ele desviou o olhar.

— De jeito nenhum. — Ridley deu de ombros. — Isso é o que todos os meninos dizem.

Então ela saiu pelo corredor sem dizer uma palavra, e a porta do elevador se fechou entre eles.

A porta preta envernizada a esperava na extremidade do corredor. Assim que Ridley passou o cartão sobre a tranca, ela desconfiou que o que encontraria atrás da porta não seria nada como o apartamento 2D.

E tinha razão. Lennox Gates e a irmã aparentemente viviam como Príncipe e Princesa Encantados.

Ou Sem Encanto, ela pensou.

Pelo menos quando ficavam no *Les Avenues*.

A porta de entrada se abriu para um vestíbulo largo. Exatamente como no lobby, havia um chão de mármore preto e branco, que se estendia em uma sala com vista panorâmica da cidade. As janelas que iam do chão ao teto eram vertiginosas. Cada superfície no quarto era refletida — dos armários de bambu lustrado e os enormes lustres do teto até a extremidade prateada da placa de mármore branco que atuava como mesa de centro. Sofás baixos de couro preto cercavam a mesa, onde havia uma grande exibição de orquídeas brancas. A superfície que restava era ocupada por pratos e mais pratos de frutas cristalizadas e chocolates.

Ela tirou os sapatos e se acomodou no sofá, pegando uma bala em forma de cavalo marinho de um prato. Eram suas balas preferidas de infância.

Estranho.

Como ele poderia saber? Como poderia estar me esperando? Eu nem sabia que viria.

Ela alcançou um cartão cor de creme dobrado no meio do prato de doces. "*Se precisar de qualquer coisa, R, toque o sino. A banheira já deve estar quase cheia. Roupas no armário*".

Filho de uma bruxa metido.

O bilhete confirmava o que ela já desconfiava. Lennox Gates sabia que ela viria, o que significava que tinha algum tipo de premonição, mais até que um simples Vidente. Ler o futuro era um dom raro e limitado. Reece só conseguia ler expressões, e ela havia se tornado completamente insuportável. Nox provocou Ridley com relação a seu futuro antes, mas apenas do jeito que qualquer pessoa com meio cérebro faria.

Se Nox tivesse o dom da premonição além de suas outras habilidades, Ridley teria de admitir que ele era um dos Conjuradores das Trevas mais poderosos que já tinha conhecido. Ela sabia que ele conseguia manipular objetos materiais, que tinha alguma espécie de controle sobre o mundo material. Exceto por um Ilusionista como Larkin ou Floyd — que somente conseguiam aparentar ter esse poder —, a única pessoa que Ridley conhecia que realmente podia fazer algo assim era Lena. Ou Sarafine, mas esta realmente já tinha saído de cena.

Pelo menos era isso que Ethan insistia em afirmar desde que regressou do Outro Mundo.

Ela ficou encarando o cartão que tinha em mãos. O bilhete deixou Ridley sem escolha. Precisava aceitar que havia mais em Lennox Gates que amor ao jogo e boates. Havia coisas demais — os poderes de Persuasão, Manifestação e Distorção Temporal. Era demais para um Conjurador, e ela não sabia como ele tinha se tornado tão poderoso.

Mas era alguma coisa.

Algo que o tornava potencialmente perigoso ou potencialmente útil.

Uma ideia interessante.

Ridley se apoiou contra o sofá. Estava se sentindo péssima em relação a Link e preocupada com Necro.

Não foi à toa que a expulsaram.

Ouviu a água correndo no outro cômodo. A banheira. Ela se levantou, sentindo a maciez do tapete branco sob os pés. Talvez um banho a ajudasse a se acalmar. Pensar com mais clareza. Descobrir o que fazer em seguida.

Um pouco de espuma não faria mal.

Tentou não olhar para a enorme cama enquanto vagava pelo quarto. Tudo que notou foi a claraboia circular cortada no teto e no telhado acima. Rid se imaginou deitada ali, estudando as estrelas.

A Princesa Encantada tinha uma vista e tanto.

Ridley encontrou a porta do banheiro e se fechou lá dentro em segurança, onde a enorme banheira estava se enchendo sozinha com água perfumada a rosas e lavanda. Exatamente como Lennox Gates prometeu.

Só então Ridley se permitiu chorar.

Disse a si mesma que era o sabão ardendo nos olhos.

Três espessas toalhas brancas depois, Ridley estava se sentindo uma nova pessoa. Embrulhada em um roupão fofo, secou os longos cabelos molhados.

Fez um discurso para si e se olhou no espelho, escovando os cabelos emaranhados.

Levante-se. Controle-se, Sirena. Isso é o que você faz. Pare de agir como se você se importasse com eles. Pare de agir como o tio Macon.

Como se não conseguisse aceitar quem você é, o quão Trevas é. Como se tivesse escolha. Como se tivesse casa.

Como se as portas não tivessem se fechado na sua cara na noite de sua Invocação.

Deixe para lá.

Ridley pousou a escova e se levantou antes que o rosto no espelho revelasse alguma coisa diferente.

O apartamento se transformou em uma espécie de quietude de luxo na frente dela. Atravessou os corredores descalça, entrando na sala para investigar. Além do vestíbulo, o apartamento tinha uma sala, um banheiro, um closet enorme e um quarto. A sala era emoldurada por uma parede de janelas, com uma lareira de mármore dominando uma das extremidades.

Ao parar na frente dela, o fogo se acendeu sozinho, estalando e ganhando vida.

Belo toque, Príncipe Encantado.

Sobre a lareira, Ridley notou um pergaminho enquadrado, velho e amarelado. Era uma passagem da *Odisseia*, de Homero, conhecida de todas as Sirenas. "A Canção das Sirenas". Ela sabia quase de cor. Seu tio Macon tinha uma página semelhante na biblioteca. As páginas eram poucas, porém importantes.

Uma relíquia das Sirenas, se é que isso existia. Que estranho encontrá-la aqui.

*Venha aqui, venha Ulisses / A quem todos
cultuam, grande glória dos Aqueus
Traga seu navio e ouça nossa canção, / Pois jamais
passaram por nós em um barco de casco negro
Até de seus lábios ele ouvir a canção estática, / Então
seguiu caminho, regozijando-se e com mais sabedoria
Pois todos nós sabemos que, na planície de Troia, /
Argivos e troianos sofreram por ordem dos deuses
Sabemos de tudo que acontece na terra abundante.*

Ridley fitou as palavras, lembrando-se do que elas significaram para ela no início. Era difícil aceitar ser das Trevas aos 16 anos; saber que era seu destino facilitava as coisas. Durante séculos, Sirena após Sirena teve o mesmo destino, exatamente como marinheiro após marinheiro seguiu de encontro às pedras.

Por que eu deveria ser poupada?

Ela tocou o pergaminho suavemente. O mundo era um lugar cruel, mas ao menos era consistente. Ridley entendia quem e o que ela era.

Ridley entendia o destino.

Ela continuou seguindo ao longo da parede, olhando quadros, fotos e outros objetos da família Gates — até encontrar uma foto de infância de Nox com sua irmã mais nova, sentados no colo de uma mulher.

Um homem de cabelos escuros estava atrás deles. Parecia familiar.

Apesar de ser apenas um retrato, ela pôde sentir o poder inconfundível ecoando pela sala.

O Poder de Persuasão.

Aqui.

Agora.

Sirensong. Sirene. Tudo que Ridley sentiu na boate. De repente, tudo fez sentido.

A mulher na foto era uma Sirena. A mulher na foto provavelmente também era a mãe de Nox.

Lennox Gates tinha sangue de Sirena correndo pelas veias.

⊰ CAPÍTULO 25 ⊱

*Knockin' on Heaven's Door**

Link não teve tempo de atender ao telefone. Para falar a verdade, não tinha tempo para pensar em Ridley. Não tinha tempo para nada, além de surtar. Muito.

Do tamanho de um Incubus híbrido.

Mais que tudo, Link detestava quando meninas choravam. Detestava quando choravam, quando ficavam irritadas com você ou quando olhavam com aqueles olhos grandes que faziam com que elas parecessem filhotinhos de cachorro.

Mas isso era pior.

Necro não estava fazendo nada disso. Só estava ali deitada — sem se mexer. Não parecia nem estar respirando muito. Não parecia muito diferente dos mortos com os quais deveria estar falando, Link pensou.

A pele estava pálida, beirando uma cor verde. Olheiras apareceram sob seus olhos. O corte no pescoço quase parecia aumentar.

Estava um horror.

Os três se revezaram na função de tentar lhe enfaixar o pescoço. Os resultados foram bem precários, mas não tinha importância. O vazamento negro continuava, independentemente do que fizessem.

Até Lucille Ball se sentou ao pé da cama, encarando.

— Isso não pode ser bom — falou Floyd. — Já deveria ter parado.

— Acha que Necro atingiu alguma artéria ou coisa do tipo? — perguntou Link. — Existem artérias no pescoço?

---

* Batendo nas portas do céu.

— Não sei. — Floyd olhou para ele. — Acha que ela vai sangrar até a morte?

— Não. — Link balançou a cabeça. — Você pode perder até um terço de seu sangue antes de morrer. Mas precisamos suturá-la.

— Quê? — Floyd o fitou. Link não soou como ele mesmo, mas isso provavelmente se deveu ao fato de que ela não o conhecia durante a Semana do Tubarão.

— Costurar. — Link deu de ombros. — Vi no Discovery Channel.

— Espere um pouco. Vou pegar minha agulha e linha. — Floyd estava se irritando.

— Só dá certo se for esterilizada — informou ele. — Vocês têm um pronto-socorro 24 horas por aqui? — Link tentou pensar em qual seria a versão nova-iorquina para isso.

— Quer levá-la para uma emergência Conjuradora ou coisa assim? Porque, adivinha só?, não existe isso. — Floyd soou desesperada.

— Ela provavelmente vai morrer — falou Sampson, na outra ponta da sala.

— Cale a boca, cara! — Link praticamente gritou.

— Por favor. — Floyd balançou a cabeça.

— Vamos encarar os fatos. — Sampson andou de um lado para o outro do quarto. — Não sei quanto tempo um Necromante pode ficar assim antes de os efeitos se tornarem permanentes. Não muito. Ela já passa tempo o suficiente no Outro Mundo normalmente. Tudo que basta para uma pessoa como ela atravessar é um empurrãozinho na Outra Direção...

— Você acha? — Link se irritou e se curvou sobre a cama dela. — Ei, Necro. Acorde, cara. Foi um show incrível. Você tem de acordar para conversarmos a respeito. — Ele sacudiu o braço dela. Estava desesperado e não conseguia pensar direito.

O que Ethan faria numa situação dessas? O que Ethan fez, considerando que tudo que poderia dar errado com ele deu errado? Por que meu dedo está queimando loucamente no lugar deste anel estúpido?

Mas não importava quem tentasse, o que diziam ou faziam. Necro não respondeu. Ela estava pálida e pequena, deitada embaixo das cobertas. Floyd se sentou ao lado dela no chão.

— Esperanza — falou Floyd.

— Quê? — Link olhou para ela, confuso.

— O nome verdadeiro dela não é Necro. É Esperanza.

Link olhou para a punk adormecida.

— Tem certeza?

Floyd deu um sorriso triste.

— Ela detesta e vai acabar com você se chamá-la assim. Mas, às vezes, ela ainda parece uma Esperanza pra mim.

— Vocês são amigas há muito tempo, não são? — Link, de repente, se sentiu tão mal por Floyd quando por Necro.

Floyd deu de ombros.

— Sim, eu suponho. Ela é legal. Pra uma Necro.

— Quem fez isso com você, Esperanza? — Link se inclinou mais para perto do rosto dela. — Esperanza? Acorde e me dê uma surra.

Não adiantou. O sangue estava escorrendo do pescoço dela, deixando a atadura toda preta e verde.

Link desistiu.

— Como isso aconteceu? Nós teríamos visto se ela tivesse arrumado alguma briga.

— Não à noite, quando ela sofre com o sonambulismo. — Floyd pareceu espantada.

— E eu não durmo, lembra? — falou Link. — Eu veria quando ela saísse e quando voltasse.

— Não se alguém não quisesse que você visse — disse Sampson, levantando o olhar, apoiando-se na porta. — Não se o Feitiço correto fosse aplicado.

Ele chegou perto deles.

— Não se o Feitiço correto estivesse por trás disso.

—⟲〰

— Mas o que... — Ridley apalpou, procurando o relógio na cabeceira, mal registrando o fato de que era um elefante prateado esculpido e que o mostrador ficava na tromba. Ela se sentou no meio da cama vazia da irmã de Nox, completamente desorientada. A claraboia no teto já tinha se tornado rosa alaranjada. Quase pôr do sol.

Então ela se lembrou de como tinha chegado ali.

Ridley girou e puxou o travesseiro de volta para a cabeça. As lembranças voltaram, e ela estava exausta. Tinha caído na cama, sonhando com navios, Sirenas e tesouras de jardim. Ulisses, Abraham Ravenwood, Link e Necro. Ela ainda estava de roupão de banho, apesar de a toalha úmida ter caído do cabelo e se misturado aos lençóis.

Necro.

Ridley pegou o telefone. Nenhuma chamada perdida.

Necro poderia estar melhor, ou poderia estar pior. De qualquer forma, Floyd e Link não iam atender. Não se fosse ela ligando.

Mesmo assim.

Ela suspirou, apertando o botão para fazer a ligação.

O telefone começou a tocar e tocar.

Nada.

A campainha soou do outro lado e a sobressaltou.

Ridley ficou assustada. Ainda não tinha pensado no que diria a Lennox Gates quando o visse novamente. Nem sobre a foto, a Sirena, nem sobre a *Odisseia*. Mas quando abriu a porta, não era ele.

— Ah — disse Ridley, estranhamente decepcionada. — É você.

A recepcionista Nascida das Trevas estava com uma bandeja de prata com um cartão equilibrado em cima. Ridley pegou o cartão e bateu a porta na cara dela.

Jantar às oito? Três palavras. Era tudo que o cartão dizia, com uma letra elaborada.

Sério? Ele acha que pode estalar os dedos e eu vou pular? Não vou. Não vou pular por ninguém.

Ridley olhou para si mesma de roupão, com o estômago revirando.

Vou pensar.

Uma menina precisa comer. Mesmo uma Sirena.

E tenho de conversar com ele.

Se eu conseguisse que ele se abrisse comigo...

Eu podia descobrir o que a Sirena da foto tem a ver com Sirene e Nox — e comigo e com Link.

Quanto mais pensava no assunto, mais convencida ficava quanto ao que precisava fazer. Mas uma coisa de cada vez.

Para começar, ela estava vestindo basicamente uma toalha incrível.

191

O que Nox havia dito sobre roupas? Ridley investigou a suíte até encontrar um grande armário de bambu, embutido na parede do quarto. Quando ela pressionou as portas, elas se abriram, mas o closet estava vazio.

— Ótimo.

Lá se vai a magia Conjuradora. Aparentemente os Encantados deveriam passar menos tempo no trono e um pouco mais na Bloomingdale's.

Ela tentou alcançar um cabide solitário e o puxou da barra prateada que percorria a extensão do closet.

Ao levantá-lo mais alto, no entanto, deu para ver que não estava vazio. Agora havia um vestido pendurado ali.

E não era um vestido qualquer, mas um Gucci de couro preto, afiado como uma faca — o que Ridley admirou em uma vitrine em Milão no verão anterior.

Era mais que um vestido.

Era a arma de escolha de Ridley.

Armadura Sirena de batalha.

Ela jogou o vestido na cama e esticou o braço outra vez, retirando agora um par de botas altas de couro de bezerro. Prada.

Voltou para pegar uma bolsa — pequena, de camurça, numa espécie de tom cinza metálico. Chanel.

Brincos? Tiffany.

Pulseira? Cartier.

Colar? Harry Winston.

Diamantes realmente são os melhores amigos de uma Sirena.

Ela podia ter continuado a noite inteira, mas só tinha um corpo para vestir tudo, e já eram quase oito horas.

Resolveu que voltaria para casa mais cedo e brincaria de se vestir com qualquer coisa que o armário produzisse depois do jantar, e admitiu, pela primeira vez, que ia ao tal jantar.

Ia descer para encontrar Lennox Gates.

Ridley estava determinada a descobrir as razões para a foto na parede, antes de mais nada.

Quando acabou de colocar o vestido que pararia o trânsito, estava mais que pronta para o jantar.

Pronta para encarar Nox Gates.

Ele estava esperando por Ridley no lobby, parecendo não ser dono de uma boate Subterrânea, mas do mundo.

Mundos, Ridley pensou. *Tanto o Mortal quanto o Conjurador.*

Ele se levantou de uma das cadeiras de crina de cavalo do lobby assim que a viu, fechando o botão central do paletó feito sob medida. Seus cabelos longos batiam no colarinho de linho de uma camisa de corte tão bom quanto os cabelos, mas ele dava conta daquele modelito tanto quanto dos de couro velho na Sirene.

Subterrâneo e alta classe. Mais uma pista no mistério de Lennox Gates.

— Belos tecidos. — Ridley sorriu. — Espere, vamos jogar polo com seu mordomo hoje? Meu lacaio não me avisou. — A voz dela soou surpreendentemente leve, apesar das circunstâncias.

Estranho.

Não ajudava o fato de Nox ser tão bonito, principalmente naquela noite. Ela não pôde deixar de notar. Não havia muitos meninos vestidos assim em Gatlin. *Ou nenhum.* Ela não conseguia imaginar Link naquele estilinho. *É assim que ele chamaria. Estilinho.*

— Polo, sim, claro. No meu estado natal. Podemos levar meu iate, eu estacionei na esquina. — Nox a olhou da cabeça aos pés. — Apesar de eu não poder dizer que você está vestida para algo inocente como velejar.

Era verdade. Ridley de fato parecia uma má menina aquela noite, mesmo para uma Sirena. A forma como o vestido de couro caía em certos pontos e passava levemente sobre outros era praticamente criminosa. *Aquele realmente era um armário Conjurador*, ela pensou. *Ótimo para fazer um Conjurador das Trevas falar.*

Ela piscou.

— Que irônico. Inocente é meu nome do meio.

Ridley permitiu que Nox a ajudasse a entrar no carro alugado, o Lincoln. Enquanto a porta fechava atrás dela, ela se sentou, se sentindo culpada, como uma princesa indo para um baile. Independentemente da armadura de batalha.

Uma princesa maldosa em um baile perverso, mas tudo bem.

Encanto era Encanto, fosse entre a realeza Mortal, um Conjurador das Trevas ou uma Sirena moderna. E tivesse você uma agenda secreta ou não.
Você diz sapatinho de cristal, eu digo salto fino de couro de bezerro.
Ela nunca deixou um sapato para trás para um homem antes. Supôs que para tudo houvesse uma primeira vez.
Pare com isso, lembrou a si mesma.
Isso é guerra.
Nox Gates é o inimigo.
E vou ficar com os sapatos.

O jantar foi privativo, tão privativo quanto se pode ser em uma cidade habitada por milhões.

Naquele terraço em particular — o jardim de um enorme edifício de pedra —, eles ficaram intimamente sozinhos.

Sozinhos, apesar de um chef, um violinista e uma equipe de garçons.

Estavam sentados a uma pequena mesa redonda cheia de linho e de flores brancas. *Gardênias,* Ridley pensou. O cheiro era tão doce quanto a cidade era cinza. Em vez de estrelas, havia luzes da cidade. Em vez de montanhas, havia arranha-céus.

— Experimente um Cosmopolitan Metropolitano — disse Nox, servindo um drinque rosa de um recipiente alto de cristal em um copo com a borda polvilhada de açúcar. Tinha cheiro das flores das ilhas, Ridley pensou.

— Uma espécie de especialidade da casa — acrescentou.

— Casa grande — falou Ridley, bebericando do copo. O efeito do açúcar foi intenso. Ela sentiu o coração acelerando, então pousou o copo.

Precisava da mente límpida naquela noite.

Nox deu de ombros.

— Grande? Pode-se dizer que sim. Chama-se Met.

— O museu? — Até Ridley já ouvira falar no Met, e ela se empenhava ao máximo para evitar museus ou qualquer lugar onde as pessoas olhavam para coisas que não fossem ela.

Ele assentiu.

Rid pegou o copo e o pousou de novo. *Nervosa? Eu estou nervosa? É isso?*

Ela limpou a garganta.

— Onde está todo mundo? — Eles tinham entrado por uma porta lateral em um elevador de serviço, e, até chegarem ao terraço, Ridley não viu uma pessoa exceto por ocasionais seguranças.

Nox bebericou do copo.

— Digamos que dei a noite de folga.

A vista da mesa era de tirar o fôlego. Camadas de árvores verdes ainda eram visíveis à luz desbotada, mesmo com a selva de concreto se elevando entre eles. Ridley entendeu porque várias Sirenas ao longo da história foram atraídas por aquela cidade.

— É lindo — falou ela, se sentindo muito pequena. Era uma nova sensação, e ela a guardou bem fundo. Vinha tendo tantas novas sensações ultimamente.

Ele deu de ombros.

— É uma cidade linda. Não sei por que passo tanto tempo no Subterrâneo quando aqui em cima é tão incrível.

— Você adora a Sirene. — Ela sorriu para ele, conduzindo a conversa para onde precisava ir.

— Adoro.

— Por quê? — Ela tentou parecer casual.

Nox examinou a vista cuidadosamente, como se fosse desaparecer assim que ele desviasse o olhar.

— Adoro todas as minhas boates.

— Porque são das Trevas? — Ela o encarou. *Como a Sirena na foto? A que influenciou na escolha do nome da boate?*

Mas não disse. Ainda não.

Um homem como Nox Gates não era burro. Não se abriria tão facilmente. Não para uma Sirena que mal conhecia — e certamente não sobre sua ligação com outra Sirena.

Nox estudou a vista.

— Não. Porque são minha casa. Algo que nunca tive.

Ridley sorriu, quase involuntariamente.

— Você e todos os Conjuradores das Trevas do mundo.

— Você se sente em casa aqui? Em Nova York? — Olhou novamente para a cidade. — Com toda essa beleza?

Ridley fez uma careta.

— Não no nosso apartamento. Ou no meu emprego. Ou no metrô. Vejamos... sim, essas são as partes que eu frequento. — Ela riu.

Ele não.

— Há outras. Deixe-me mostrar.

É agora, ela pensou.

— Mostrar o quê?

— Nova York, da maneira como uma Sirena deve ver.

Exatamente.

— Uma Sirena? Como você saberia?

Ele não disse nada.

Ridley deu de ombros.

— Sabe, acho que já vi Nova York demais por um tempo. — *Não tão depressa. Faça-o trabalhar por isso.*

— Você não viu nada. — Ele tocou a mão dela. Ela se retraiu, espantada pela sensação da pele na dela. *Observe.*

Ele sorriu e concluiu:

— Um dia. Só um. Serei um bom menino, prometo. Então, se você ainda quiser, eu a levo de volta aos seus amigos e exijo que eles a perdoem.

— Você acha que se importam com o que você pensa? — O rosto dela ficou sombrio ao pensar no que estava se passando no apartamento.

Acha que eles são meus amigos? Ela pousou o copo.

— Claro que se importam. Todo mundo se importa. — Ele sorriu.

— Não se iluda — falou Ridley. — No máximo, eles têm medo de você.

— Como eu disse. — Ele deu de ombros. — Eles se importam com o que eu penso. A razão para isso realmente interessa?

— Sim — retrucou Ridley, e percebeu que estava falando sério. — Levei muito tempo para entender isso, mas interessa.

Nox ergueu uma sobrancelha.

— Não me diga.

Rid manteve os olhos na paisagem urbana diante de si.

— É bom ter pessoas que se importam com o que você pensa e que riem de suas piadas. E notam quando você diz coisas e quando não diz. — Ela sorriu pesarosamente para ele. — Ao menos, *era* bom.

Não se distraia, disse a si mesma.

— Que tal só um dia? — Nox pressionou novamente. — Deixe-me mostrar a você.

— Um dia é muito tempo. — Rid hesitou. — A visão de uma Sirena sobre Nova York?

Ele assentiu.

— Só isso? — confirmou ela.

Só um dia? Será que isso bastaria para desvendar o mistério que era Lennox Gates? Não era isso que ela queria?

Ridley pensou nas ligações não atendidas que fez mais cedo para o apartamento. Necro estava machucada. E se precisassem dela? Será que havia algo que pudesse fazer?

Não é como se me quisessem de volta. Não é como se fossem me deixar voltar. Sequer atendem ao telefone. Ao menos dessa forma eu conseguiria fazê-lo se abrir sobre a Sirena na foto.

— Um dia. Prometo. — Nox colocou a mão no coração de brincadeira.

— E não pode tentar me enrolar nem me forçar a ficar. — Ridley olhou para ele, cruzando os braços. Tinha feito e perdido uma aposta para ele antes. Não cometeria esse erro outra vez. — Sem regras da casa? Sem truques?

— Nada de oculto.

Guerra, ela lembrou a si mesma. *Respostas. A Sirena na foto. É por isso que você está fazendo isso.*

A forma como ele sorriu a fez sentir que podia confiar nele.

E a forma como ela se deixou levar pelo sorriso a fez ter a certeza de que não podia confiar nele.

Enquanto Ridley se jogava na enorme cama circular naquela noite, fitou o telefone. Continuava sem chamadas perdidas. Nem Lena estava atendendo naquele dia.

Nenhuma chamada... e nenhum amigo.

Nada.

Necro, Floyd e Sampson não queriam nada com ela.

Eles não queriam, e Link não queria.

Ia acontecer. Era apenas uma questão de tempo. Ridley sempre soube disso.

Não dava para combater o destino. Não quando o destino era só mais uma porta batida na sua cara, não importando se você merecia ou não.

Não quando o destino era você sentada sozinha na calçada, querendo entrar ou não.

Frustrada, Ridley puxou as cobertas sobre si.

Mas a questão não é só comigo. Necro pode estar muito mal. Sangue negro. É um feitiço muito ruim.

Ela tinha de tentar.

Mesmo que ninguém se importasse, mesmo que ninguém quisesse que ela fizesse isso.

Daquela vez, Ridley deixou o telefone tocar sem parar. Então ligou de novo. E de novo. E de novo. Contou as estrelas no céu até os toques pararem e o pequeno retângulo no seu celular ficar sem bateria.

Até lá, ela já estava dormindo e sonhando com ruas sem calçadas e passagens de pedra rachada — mães sorridentes e portas infinitamente abertas.

⊰ CAPÍTULO 26 ⊱

*Back in Black**

— Parece ruim. Pior, até. Acha que tem alguma maldição nela ou algo assim? — Link estava com os olhos arregalados, encarando Necro enquanto ela continuava deitada na cama. Parecia horrorizado.

Lucille Ball, circulando-o, parecia mais horrorizada ainda.

Floyd se levantou para olhar o machucado. Mexeu a cabeça.

— Parece pior que ontem.

— Maior. Mais preto. — Sampson assentiu. — Uma maldição seria minha aposta. — Ele examinou o ferimento mais de perto. — Imagino que a lâmina que fez isso estivesse Enfeitiçada. E o corte não está fazendo mal a ela. O Feitiço está. Bastaria uma pontinha.

Ele deu de ombros. Floyd e Link olharam um para o outro.

— Ele tem razão — falou Link. — Nec pode não ter notado um cortezinho, mas provavelmente teria reparado se cortasse a própria garganta, caso estivesse assim tão grave quando ela chegou aqui.

— De qualquer jeito, não podemos ajudá-la até sabermos o que há de errado com ela — respondeu Floyd.

— Mas, se ela estiver amaldiçoada, como vamos descobrir? — Link olhou para Sampson. Ele não gostava do sujeito e não o entendia. Mas ele era da banda, então, até onde sabia, Sampson era um deles.

Não era assim que funcionava?

— Você tem alguma ideia, Sammy? — Link olhou para o Nascido das Trevas. — Se tiver, por favor, se manifeste, porque eu não tenho nada.

---

* De volta às trevas.

Os olhos de Sampson foram de Necro para Link.

— Não me envolvo com assuntos Conjuradores.

Link ficou espantado.

-- Mas ela é sua amiga.

Sampson ficou olhando para a frente.

— Na verdade, não.

Link balançou a cabeça.

— Qual é seu problema, cara?

Sampson deu de ombros.

— É assim que são os Nascidos das Trevas. Não somos Conjuradores.

— Sim, bem, o jeito de vocês é péssimo. — Link foi bem claro nesse ponto.

— Você pode dizer o que quiser, mas sei que é meu amigo — disse Floyd. — Sei que é amigo de Necro. Está com a gente há tempo demais, há boates demais...

— Duas. Foram duas boates — corrigiu Sampson. E cruzou os braços, obstinado.

— Não importa. Ela faria isso por você, e eu também. — Floyd olhou para o outro garoto. — E Link também.

Link olhou para ela.

— Isso mesmo. Estou aqui para o que precisar, cara. E eu faria praticamente tudo se fosse você deitado nessa cama.

Sampson não disse nada.

Floyd acenou com a cabeça para Link.

Ele tentou novamente.

— Então. Tem isso. E... você sabe... sempre que este mundo for cruel comigo eu tenho você para me ajudar a perdoar.

Sampson ergueu uma sobrancelha.

— É o que o Queen diz. Agora você está citando letras de músicas.

Link deu um tapinha nas costas dele.

— Demais. Você entendeu. E isso, cara, é o motivo pelo qual estamos na mesma banda.

Silêncio.

Floyd acenou mais uma vez com a cabeça. *Então?*

Link deu de ombros. *Não tenho mais nada.*

Sampson suspirou.

— Tudo bem, mas não me envolvam. Vocês não me devem nada, e eu não devo a vocês. E não somos amigos.

— Tudo bem. — Link estendeu a mão. — Não somos amigos. Vamos selar com um aperto de mão.

Sampson o ignorou e olhou novamente para Necro. Em seguida, olhou nos olhos de Floyd.

— Não sei como ajudá-la. Mas posso dizer quem é o responsável por isso.

— Quem? — Floyd engoliu em seco.

— É mais o quê — disse Sampson. — Posso ser imune a poderes de Incubus e Conjuradores, mas ainda consigo senti-los. Seus poderes deixam todos vocês diferentes, e eu posso sentir.

— Do que você está falando? — Link franziu o rosto.

Sampson acenou com a cabeça para Floyd.

— Floyd parece uma montanha-russa. Se eu pego alguma coisa em que ela tocou, me sinto enjoado. Tonto.

— Nossa, muito obrigada. Eu também amo você, Frankenstein.

— Link, você parece mais uma coceira ruim. — A boca de Floyd se curvou em um sorriso, ainda que rápido. Link a fitou com cara feia.

Sampson ignorou os dois.

— Você me faz ter coceira... É desconfortável. Como uma planta venenosa. Acho que é o conflito entre seus poderes e sua falta de poder. Híbridos são sempre assim.

— Talvez você apenas seja alérgico a beleza e a genialidade musical. — Uma parte de Link queria bater naquele cara. Mas o resto dele queria mais ainda ouvir o que tinha a dizer.

— Talvez. — Sampson deu de ombros. — E eu também não gosto muito de Incubus.

— Tudo bem. Estamos chegando a algum lugar.

— E Necro? — perguntou Floyd.

Sampson alcançou a mão dela e a pegou.

— Ela normalmente é parada e fria. Calma. Não é uma sensação desagradável. É mais como boiar, talvez em um lago.

— Você já esteve em um lago? — Link olhou para ele. — Porque não é nenhuma dessas coisas.

— Deixe ele falar — disse Floyd. Ela olhou para Sampson. — O que está sentindo agora?

— Ela continua aqui, fria como o Subterrâneo. Mas consigo sentir o Feitiço. É fogo e calor, afiado e forte. E mais alguma coisa.

— O quê? — Floyd soou ansiosa.

Link esticou a mão e a colocou no ombro de Sampson.

— Sério, cara. Você está nos matando. Diga de uma vez.

— Doce — concluiu Sampson. — É doce. Como açúcar queimando. Eu acho...

— Não diga. — Link soou sombrio. — Não precisa dizer.

— Uma Sirena — falou Sampson. — E só estivemos com uma delas.

— Até onde sabemos — Link disparou.

— Ela faria uma coisa assim? — Floyd estava com os olhos arregalados. Ela se afastou de Link, como se o fato de ele conhecer Ridley fosse, de algum jeito, contagioso.

— Não. Nunca! — Link tinha certeza.

— Sua Sirena nunca machucou ninguém antes? Mesmo sem intenção? — Floyd pareceu em dúvida.

Link não respondeu.

Ela nunca tem más intenções.

Quase.

Floyd se afastou dele, deixando que a mão de Link lhe caísse do ombro.

— Porque, se isso for verdade, Link, ela é a primeira Sirena da história a poder dizer isso.

— Não foi ela, Floyd, eu sei. Ela não faria isso.

— Você só está dominado por ela. Não consegue nem enxergar. — A garota soou amarga.

Link a interrompeu.

— E que importância tem? Rid já se foi. Saber se foi ela não ajuda Necro.

— Claro que importa. Preciso saber quem terei de arrebentar. — Floyd se irritou.

Sampson balançou a cabeça.

— Floyd tem razão, Link. Você não entende. Só a Sirena que fez isso com Necro pode desfazer. Você não pode salvá-la se não descobrir quem enfeitiçou a faca. — Ele olhou para Link. — O tempo de Necro está se esgotando.

Floyd encarou Link.

— Acha que pode encontrá-la? Ridley?

Link pareceu desanimado.

— Ela simplesmente partiu. Não faço ideia de onde esteja. Mas estou falando, não foi ela.

Sampson praticamente rosnou.

— Você é um doce, Incubus.

Link pegou Sampson pelo colarinho da camisa.

— Ouça, Maybelline. Eu conheço Rid, e ela não fez isso. Juro pela minha vida.

Sampson o fitou calmamente.

— Vamos torcer para que não chegue a esse ponto.

Link relaxou as mãos, soltando a camisa de Sampson.

— Desculpe, cara.

Ao recolher a mão, o Anel de Ligação começou a brilhar outra vez — dessa vez passando de vermelho a uma cor dourada pulsante.

Link observou, segurando-o na frente do rosto. Floyd e Sampson observaram o anel mudar de cor.

— O que foi isso? — Floyd esticou a mão, deixando um brilho rosa se espalhar por seus dedos. — Até que é bonito.

— Magia antiga — disse Sampson. — E poderosa. Diferente de tudo. Nada que eu já tenha encontrado.

Link levantou a mão. O anel brilhou cor após cor, como se, de repente, tivesse ganhado vida.

— Acho que esse negócio está tentando me dizer alguma coisa. Isso, ou só quer queimar meu dedo.

— Deixe que diga, o que quer que seja. — Floyd encarou o anel como se realmente fosse feito de fogo.

Link segurou o braço com a outra mão.

— Está me puxando pela porta.

— Uau — disse Floyd.

— Então vá — mandou Sampson enquanto o anel iluminava o recinto.

— Acho que sei como encontrar Ridley — falou Link lentamente. — Ou, pelo menos, acho que o anel sabe.

Floyd se virou para a cama.

— Não se preocupe, Necro. Já voltamos. — Ela ajeitou as cobertas da menina, em seguida pegou a jaqueta de couro. — Vamos.

— Vai ficar com ela? — Link olhou para Sampson, que assentiu.

— Uma coisa. — Floyd parou Link quando chegaram à porta. — Não ligo se é sua namorada ou não. Vamos encontrar aquela Sirena e acabar com ela.

Link não respondeu nada.

Não precisou.

Se Ridley tivesse alguma coisa a ver com isso, não seria Floyd quem lidaria com ela.

— Espere.

Link parou para pegar a mochila. Ele só precisava de uma coisa. Com ou sem anel queimando, Ilusionista impaciente ou Necromante ferida.

Tesouras de jardinagem enferrujadas.

Se Ridley estivesse envolvida em algo tão sombrio assim, tinha de haver um motivo. E, se havia um motivo, bem, provavelmente não era nada bom.

Era melhor estar preparado.

✠ CAPÍTULO 27 ✠

*Fly to the Angels**

O telefone de Ridley estava desligado, assim como sua resolução. Mesmo com carregadores perdidos, ninguém acidentalmente perdia cem ligações, nem mesmo Link.

Entendido, com grande clareza.

Rid havia prometido um dia, e Nox poderia tê-lo. *Nox e sua Sirena misteriosa*, ela pensou. Se Ridley soubesse mais sobre a Sirena na foto, talvez entendesse o segredo por trás do próprio Nox.

Sua armadura de batalha era bastante simples: o armário ofereceu um vestido floral *vintage* de alcinha, botas pretas de couro com tachas e uma jaqueta também com rebites combinando.

O armário, pelo jeito, favorecia Saint Laurent. *Vai entender.*

O sol subiu lentamente, como se não tivesse nada melhor para fazer. O dia começou tarde e continuou com chá no lobby e uma torre de *macarons* da Ladurée, a casa de chá parisiense da Avenida Madison. Rosa, doce de morango e, claro, chocolate, talvez melão. Os melhores sabores.

Em outra vida, Ridley teria achado perfeito.

Nox tomou xícaras minúsculas de espresso como se fossem chocolate quente. Ridley não suportava café.

— O mundo já é um lugar suficientemente amargo — falou ela. — Vou ficar com chocolate mesmo.

— *Chocolat chaud* — disse Nox.

---

* Voe para os anjos.

— Isso também. Agora me dê as coisas boas. — Ela alcançou o prato mais próximo de biscoitos.

— *Un de chaque*, é isso que você quer. — Nox sorriu, oferecendo a Ridley um *macaron* de caramelo meio salgado. Ele parecia particularmente deslocado com suas roupas de boate: jeans preto, um paletó vintage preto e uma gravata fina preta, cercado por rosa, roxo, biscoitos em tom pastel e docinhos.

— O que é isso? — Ridley colocou o *macaron* na boca, fazendo uma careta. Coisas doces com um pouco de salgado não eram sua preferência, e sim as coisas doces bem doces.

— Bem, em Paris não são tão indulgentes, mas os italianos entendem. *Uno di tutti*. É isso que digo quando entro em uma confeitaria romana. Um de tudo. Experimente o de coco.

Ela já havia experimentado.

Então experimentou de novo. E de novo, e de novo, até a torre de pratos ficar vazia, exceto pelos farelos. Com a boca ocupada com tanto açúcar, ela não teve muito tempo para perguntas. *Ainda não*, pensou. *Em breve*.

Depois do café da manhã, perambularam pela Madison até o Museu Whitney. Equipes de construção tinham aberto as calçadas, táxis buzinavam e guinchavam, pessoas andavam rapidamente e tagarelavam ao telefone.

Era uma perfeita manhã nova-iorquina. Ao menos, deveria ter sido — e, se as coisas fossem diferentes, teria sido.

— É apenas um dia. Por que desperdiçá-lo em um museu? — argumentou Ridley. — É isso que uma Sirena verdadeiramente nova-iorquina faria?

Agora. Mostre qual é a sua.

— Não é só um museu. É meu preferido entre todos os de Nova York — disse Nox.

— Um museu *preferido*? — Ridley balançou a cabeça de brincadeira. — Sério? Não acredito que acabou de dizer isso. *Preferido* quer dizer que você já visitou mais de um.

— E visitei. Você deveria fazer o mesmo. Pense bem. Andy Warhol fez uma Marilyn e uma Liz. Se elas não fossem Sirenas...

— Não foram. — Ridley revirou os olhos.

— Deveriam ter sido. — Nox riu. — Mostre-me um grande artista, e eu mostro...

Ridley o interrompeu.

— Uma loja de souvenires e um café.

— Uma grande Sirena. — Nox sorriu.

— É isso? Marilyn e Liz? Nenhuma outra grande Sirena de Nova York para me apresentar?

Ele olhou para ela, e o sorriso desapareceu.

Ela encontrou os olhos dele.

Agora. A mulher na foto. Conte-me.

Mas o telefone de Nox vibrou, e ele o retirou do paletó, franzindo o rosto.

— A Sirensong desmarcou um show esgotado hoje à noite. O que está havendo?

O instante passou, e, com ele, a luz e a risada da manhã. O rosto de Nox mais uma vez ficou sombrio e impenetrável.

Ridley não podia se preocupar com isso, no entanto. Mais uma vez ela só conseguiu pensar em Necro.

Ridley puxou o pulso dele em sua direção e olhou o relógio.

— Sinto muito. Preciso voltar.

Pronto. Podia parar de fingir que não estava pensando no assunto.

— Para seus amigos? — perguntou Nox. — Pensei que eles é que a tinham expulsado.

— E foi. Quero dizer, Link me expulsou. Mas minha... — *O que diria? Amiga? Era isso?* — Necro está doente.

— Necro? — Nox puxou o braço de volta, ajeitando a camisa. — Doente como?

— Ela desmaiou no palco. Não viu? Ontem, antes de eu ir para o hotel?

Ele balançou a cabeça.

— Saí assim que nós... você sabe... — Uma sombra passou pelo rosto. — Sinto muito em ouvir isso. Melhor ligar para alguém. Mandar um médico. — E se apalpou para achar o telefone.

— Não sei se querem algo de algum de nós dois agora. — Ridley pronunciou as palavras lentamente. — Aliás, tenho quase certeza de que somos as últimas pessoas que Floyd, Link ou Necro querem ver.

Nox colocou o celular de volta no bolso.

— Você acha?

Ela ergueu uma sobrancelha.

— Você estava lá. — *Quando me beijou. Na frente dele. Enquanto eles observavam.*

— O que faremos? — Ele soou verdadeiramente preocupado.

— Deixei mil recados. Só nos resta esperar.

— Até quando?

— Não tenho certeza — respondeu Ridley.

Ele suspirou.

— Justo.

— Sirenas. — Ridley levantou o olhar. *É melhor eu continuar. A Sirena na foto. Plano é plano.* — Você ia me mostrar o olhar de uma Sirena em Nova York.

— Primeiro, o museu. Acho que temos de expandir seu conceito de Sirena.

— Esclareça.

Nox sorriu.

— Veja, não estou dizendo que a conheço melhor do que você se conhece. Estou dizendo que, se abrir os olhos, vai entender que não está tão sozinha. Ou, pelo menos, que não precisa estar.

— Não estou sozinha. Eu tenho... — Quem? Link, não. Principalmente depois de ontem.

Não mais.

— Bem, tenho minha prima Lena.

Nox assentiu.

— A Natural. E tem sua irmã. A pequena Taumaturga.

— Irmãs. Não posso me esquecer de Reece, por mais que queira. — Ela parou. — Espere... como você sabe que Lena é Natural? — Ela não gostava de surpresas e não sabia se confiava em Nox para não lhe apresentar algumas.

— Ela é Lena Duchannes. Você é Ridley Duchannes. Conheci muitos Duchannes, e ainda mais Ravenwoods. Vocês não são exatamente discretos.

Continuaram andando.

— E Ryan? Como soube que tipo de Conjuradora ela é?

— Senti. Ela é uma garotinha poderosa. — Ele sorriu. — Como a irmã, eu acho. Dá para perceber que gosta dela. Mas precisa admitir. Você mesma? É uma espécie de loba solitária. Principalmente para uma Sirena. Pensei que só andassem em bandos? Como os montes de marinheiros que as idolatram?

Ridley não disse nada. Ela ficou sozinha do instante em que saiu de casa até a hora em que encontrou Link. Desde que seus próprios pais a expulsaram de casa, após a Invocação. Mas, mesmo com Link, independentemente de como as coisas pareciam se encaminhar por um tempo, ela sempre voltava ao começo. Sozinha outra vez.

De volta à calçada.

— Talvez eu queira ficar sozinha — concluiu, porque todo o resto era doloroso demais para ser dito.

— Talvez você seja tão mentirosa quanto eu — falou Nox, estendendo a mão.

Ela a pegou.

A mão dele era quente e forte, e ela se sentiu inexplicavelmente melhor ao segurá-la.

Mesmo que ele fosse a segunda pior pessoa do mundo.

Mesmo que ela fosse a primeira.

Então ele apertou a mão dela, como se também tivesse sentido.

O museu virou um piquenique no parque e compras no SoHo. Uma caminhada à tarde virou um sushi delicado. O jantar virou sobremesa, caramelo de *crème fraîche* e sonhos mergulhados em calda quente de chocolate. Garçons ficaram atentos como se fossem guarda-costas; portas se abriram, carros ficaram esperando, atendentes de loja se esforçavam.

Como um filme sobre a vida invejável de outra pessoa. Ridley queria que fosse real. Queria que fosse dela. Mas mesmo que só estivesse desempenhando o papel por um dia, era melhor que nada.

E, ainda assim, nada de Sirenas.

O dia podia ter sido encantador, e o príncipe, Encantado, mas não havia provas de nenhum outro tipo de Encanto ou Feitiço.

Mesmo assim, ela aproveitou cada minuto.

Quando voltaram ao *Les Avenues*, Ridley deixou que Nox subisse com ela até o quarto.

— Só por um instante — emendou.

Ele não é tão ruim assim, ela pensou, em se tratando de príncipes.

— Só para ver o sol se pôr — concordou ele.

Ele não é tão ruim, ela pensou, em se tratando de inimigos.

— Só para ver as estrelas — concedeu ela.

Isto não é tão ruim, ela pensou, em se tratando de guerra.

— Só um dia — disse ele. — Você prometeu.

E só para dar mais uma olhada em uma pequena fotografia pendurada na parede, ela pensou.

Lennox Gates, qual é sua história de Sirena?

⊰ CAPÍTULO 28 ⊱

*Fear of the Dark**

— Você conhece bem esse cara? — Link estava suando. Balançou a mão com o anel. Parecia em chamas.

— Quem, Sampson? Quão bem alguém conhece um Nascido das Trevas? — Floyd se irritou. Estavam presos no metrô. Não no Subterrâneo nem nos Túneis. O metrô normal. O que cheirava a cigarros e fraldas geriátricas.

Era hora do rush em Nova York, o que significava que toda vez que as portas do metrô se abriam, entravam tantas pessoas quantas já havia lá dentro.

A situação toda era um quebra-cabeça irremediavelmente quebrado.

Link e Floyd foram seguindo o anel pelo metrô, e, até onde Link podia perceber, ele não levava a lugar algum nos dois sentidos. Necro não tinha tempo para nada disso. E Ridley...

Link tinha a péssima sensação de que Ridley estava muito mais encrencada do que até mesmo ele imaginava. *Aquela segunda aposta*, pensou. *Aquela segunda aposta significa que ela não está no controle. A segunda aposta significa que Lennox Gates pode obrigá-la a fazer tudo que precisa que ela faça. Mesmo que isso signifique machucar Necro.*

Ele não sabia o que pensar sobre Ridley, mas fosse qual fosse a perspectiva, estava preocupado.

Tentou não focar no assunto. Ele se segurou no apoio superior, deixando o longo corpo balançar com o movimento do trem. Então olhou para Floyd.

---

* Medo do escuro.

— Mas para um Nascido das Trevas. Acha que ele é confiável?

Floyd estava apoiada firmemente contra a lateral do assento, que chacoalhava.

— Veja bem, Link. Está me perguntando se acredito nele sobre sua namorada ser capaz de machucar minha melhor amiga em todo mundo? Sem contar que é nossa tecladista? Claro que acredito.

Link observou o túnel passar através das janelas pretas que piscavam pelo vagão do metrô. *Ela não é mais minha namorada. Mas isso não significa que eu não a conheça. Não significa que ela seria capaz de fazer alguma coisa assim. Não por conta própria.*

A mão dele doía.

Floyd apenas observou.

— Não acha que ela poderia?

Ele fez uma careta.

— Não seja burra. Claro que não acho.

Ela desviou o olhar, magoada.

— Tudo bem, então. Se sou tão burra, acho que não temos mais muito que conversar.

— Acho que não. — Link não queria pensar na tesoura de jardinagem no bolso. *Se tem tanta certeza, por que trouxe isso? Com quem você acha que vai lutar? E em que ela poderia ter se metido dessa vez?*

Depois disso, Floyd e Link viajaram em silêncio. Mas o silêncio só durou alguns minutos, porque então Floyd olhou para ele e começou a falar, do nada.

— Não é da minha conta.

— O quê? — Link não estava prestando atenção. Estava observando um cara no fim da fileira colocando o dedo no nariz na surdina, o que não era tarefa fácil em um vagão lotado do metrô durante a hora do rush.

— Você merece coisa melhor. Só digo isso. — Floyd desviou o olhar.

Link passou a mão no cabelo, confuso.

— Melhor o quê? Do que está falando? — Ela não estava sendo muito específica. Além disso, o cara estava com o dedo muito enfiado no nariz. Se não tomasse cuidado, ia atingir o próprio cérebro.

— Você sabe do que estou falando. — Floyd estava irritada. Link percebeu.

Ela parece meio com raiva.

— Não sei, de verdade. — Agora Link estava irritado. Apertou a mão que estava queimando contra o poste ao qual estava se segurando.

Sério. Não faço ideia.

— Não é de minha conta. Parei.

Viu? Ela está maluca.

— Tudo bem — falou ele. — Pode parar.

Considerando que não faço ideia do que você está parando.

Um homem se meteu entre eles. Floyd o empurrou de volta. Deslizou mais para perto de Link.

— Ridley o trata como lixo.

Pronto.

— Rid trata todo mundo como lixo.

— Por que você deixa?

— Ninguém *deixa* Ridley fazer nada. Rid é assim. Ela é uma Sirena. É... — Suspirou. — Confusa.

Floyd cruzou os braços.

— Você merece coisa melhor. É só isso que eu queria dizer.

— Eu sei. — Ele tinha visto o beijo. Não havia mais nada a discutir. Não que Link quisesse discutir isso com ninguém, principalmente com Floyd. Ridley não o queria mais. Ninguém deixa um cara beijá-la daquele jeito se estiver apaixonada por outra pessoa.

Se é que já esteve.

— Você não entende. Qualquer garota seria sortuda se tivesse um cara como você — continuou Floyd.

— Qualquer garota? — Uma dor súbita pulsou do anel para sua mão. — Santo Zeu... — O apoio metálico que Link segurava soltou do teto, saindo na mão dele.

Link olhou em volta em pânico, acidentalmente balançando o metal em um círculo sobre a cabeça. Os vizinhos em todas as direções se desviaram.

— Desculpe. Não foi nada. Vou colocar isso de volta no lugar. — Ele tentou, mas não deu certo. — Está tudo bem.

Link desistiu e descartou a barra no chão, chutando-a para baixo da fileira de assentos ao lado. Só o sujeito com fones de ouvido que estava mais próximo dele pareceu se importar.

— Muito bem, babaca.

O resto dos passageiros sequer olhou na direção de Link, agora que a barra estava longe de suas mãos.

Link se sentiu o mais longe de Gatlin que imaginava ser possível.

Sentiu muitas coisas, na verdade.

Tinha sido sacaneado pela namorada, como todos sempre disseram que seria. Ele a viu beijando outro cara que — convenhamos — era quase tão bonito quanto ele próprio. Uma pessoa de sua banda estava morrendo. Ele não podia comer. Não podia dormir. Seu melhor amigo estava longe. Sua família era maluca. Ele nem tinha certeza se sua música era boa, por algum motivo.

E acabei de quebrar o maldito metrô.

Assim que pensou nisso, o trem parou.

As portas se abriram, e mais pessoas entraram.

A mão de Link estava latejando. Ele tinha a sensação de que quase conseguia escutar a pele chiando. Estava cogitando quebrar o vagão inteiro.

Então olhou para Floyd.

— Isso é ridículo. — Link pegou a mão dela e fechou os olhos.

Ela o fitou, confuso.

— Link, o que você...

Ele a puxou para perto.

Então se fez silêncio, exceto por um ruído familiar, o som de uma Conjuradora e um Incubus, deslizando para fora do vagão, por um túnel em ruínas, deixando a hora do rush e até mesmo aquela dimensão.

Viajando.

Ninguém no trem sequer olhou.

⇥ CAPÍTULO 29 ⇤

We Are Stars*

Ridley jamais vira tantas estrelas. Constelações Mortais até onde o olho alcançava. A Estrela do Sul não estava em lugar nenhum, mas, pensando bem, Ridley não estava com a cabeça em nada que envolvesse Conjuradores, exceto pelo que estava em sua companhia agora.

E também a da foto na parede.

Ela se sentou perto de Nox, olhando para a escuridão, do centro do jardim da suíte, aceso apenas pela luz das velas que cercavam o assento compartilhado.

Do terraço do hotel, a noite parecia enorme.

Sempre vou me lembrar disso, ela pensou. *Príncipe ou guerra. Bom ou mau. Esta noite. Esta sensação.*

Como estou me sentindo.

A cidade abaixo era uma multidão louca de luzes sob o banho escuro do céu.

Posso olhar de cima para todo mundo, ela pensou, lembrando-se da garotinha que nunca conseguia encontrar saltos altos o bastante.

E ainda assim é baixo demais.

A jaqueta de Ridley já havia sido removida há muito tempo, e a brisa noturna soprou os cabelos de seus ombros nus. Ela estremeceu.

Nox passou o braço pelo encosto do assento que dividiam. Uma fileira elaborada de velas de todos os tamanhos brilhava na mesa em frente a eles.

---

* Somos estrelas.

— Isso é agradável. — Ridley disse as palavras na escuridão, onde coisas como a verdade podiam se revelar sob o véu da noite.

— Mais agradável que o esperado. — Ele inclinou a cabeça para trás contra a almofada. — Considerando.

— Considerando o quê?

— Um tal de Wesley Lincoln, para começar. Presumo que seja alguma espécie de fetiche sulista. Como frango frito ou torta de nozes.

A brincadeira a irritou, e ela se sentou ereta.

— Está presumindo errado. Ele é uma boa pessoa, e eu... — As palavras pairaram no ar. Ela não concluiu.

Não sabia o que dizer.

— Você o quê? — Ele pressionou.

— Gosto profundamente dele. — A forma como se expressou fazia com que parecesse se referir a um de seus parentes mais velhos. Ela franziu o rosto.

— E ele *gosta profundamente* de você?

Ridley balançou a cabeça.

— Não mais. — Inclinou-se para trás. — Estraguei tudo. Sempre estrago.

Nox não sorriu. Soou estranhamente sério.

— Ele sentia mais que isso? Foi isso que lhe contou?

— Como sabe?

— Deixe-me adivinhar. A palavra *amor* me vem à cabeça?

— Ele não sabia o que estava dizendo. Sou uma Sirena. — Ela disse a palavra com cuidado. Intencionalmente. — Você sabe como é.

Não sabe? Ou ela sabe, quem quer que seja? A mulher do retrato?

— E daí? — Nox avaliou seu rosto.

— E daí que as pessoas não podem controlar o que me dizem. Você sabe disso. — Pessoas normais, Ridley pensou. Pessoas normais e indefesas.

— E se ele pudesse? Se soubesse, quero dizer. O que estava falando? E se ele pudesse controlar os sentimentos?

— Isso importa? Como vou saber a diferença? Tenho habilidades nada naturais que fazem as pessoas se importarem comigo. Como posso confiar em qualquer coisa que qualquer pessoa sinta por mim?

— Não pode — respondeu Nox lentamente. — Não os bons sentimentos. Só os ruins. Razão pela qual você faz metade das coisas que faz, e diz metade das coisas que diz. Para provocar os sentimentos nos quais sabe que pode confiar.

Isso. Exatamente. Para eu saber se uma coisa é real.

Ridley não conseguiu falar. Aquela era uma conversa que jamais se imaginara tendo com alguém. As palavras eram de tirar o fôlego. Exaustivas. Ela nunca contou nada disso a ninguém. Não contou a Lena. Sequer contou a Link.

O que isso significa? Que posso ter essa conversa com Lennox Gates? Que ele conhece meu segredo mais profundo?

Ela virou o rosto para que ele não visse o brilho súbito em seus olhos.

Nox virou para ela.

— Você é tão Sirena.

Ridley limpou o olho com um sorriso.

— Sou? Como sua mãe? — perguntou cuidadosamente. Porque já era hora. Ele contaria agora. Tinha de contar. Ele era tão sozinho quanto ela. Eram iguais, e aquela era a guerra deles. A calçada deles.

As mesmas portas foram batidas nas caras Conjuradoras das Trevas de ambos; Ridley tinha certeza disso.

Porque Lennox Gates tem sangue de Sirena.

Tem de ter.

Está tão longe de ser uma pessoa normal quanto eu.

Ridley ficou imaginando há quanto tempo ela sabia, no fundo da mente, e depois ficou pensando por que demorou tanto para descobrir.

Nox olhou-a, surpreso.

Ridley respirou fundo.

— Sirene? O Poder de Persuasão ardendo como fogo por sua boate? Achou que eu não fosse descobrir?

Ela estremeceu involuntariamente.

— Vamos — falou Nox. — Para dentro.

As luzes estavam baixas, mas o fogo era alto. Nox sentou de costas para as chamas enquanto Ridley as encarava. Sob os dois Conjuradores, o tapete espesso estava quente e macio.

Ridley o observou.

— Por que não me contou?

— Que minha mãe era Sirena? Não é exatamente o tipo de informação que você sai divulgando.

— Por que não? É para ser segredo? — Ela se arrepiou. — Somos tão ruins assim?

Nox se inclinou para a frente, parecendo enojado.

— Não é uma questão de ela ser Sirena. É por causa da situação dela.

— A situação dela? — Ridley gritou as palavras na cara dele. — É assim que você chama? — Seus olhos flamejaram. — Que tal *aflição*? Que tal *infecção*? É por isso que nunca falou dela? Tem medo de pegar o que quer que ela tenha? — Ridley estava tremendo de raiva.

— Não foi isso que quis dizer. — Nox colocou a mão no braço dela, mas ela o puxou de volta. — Você está entendendo tudo errado.

— Sou a errada aqui? — *Inacreditável.*

— Não, quero dizer, estou falando errado. — Ele pareceu arrasado. — Além disso, pensei que você soubesse. Pensei que todos soubessem.

Ridley suavizou um pouco.

— Soubessem o quê? Como eu poderia saber alguma coisa?

— A queda da casa dos Gates? Oras.

— Conte-me — pediu Rid. Dessa vez foi ela que pegou a mão dele. — Pode me contar, Nox.

Ele não disse nada por um longo tempo.

— Não sei muita coisa. Minha mãe morreu quando eu era muito pequeno.

— Sinto muito. — Ridley enxergou a tristeza nos olhos dele. *Isso é verdade. Ele não está brincando.*

Nox assentiu, mas seus olhos estavam distantes.

— Você me faz lembrar dela. A forma como sempre parece saber que era destinada a coisas maiores que uma vida comum.

Normal, Ridley pensou. *A palavra é* normal.

— Minha mãe também nasceu para uma vida melhor.

— O que aconteceu? — Ridley não soltou a mão dele.

— Ela foi tirada de nós e mantida presa em uma jaula como um animal de estimação. Jamais foi vista como uma pessoa, só como um poder a ser negociado entre Incubus e Conjuradores poderosos.

Como tantas Sirenas antes dela, Ridley pensou.

— Isso destruiu meus pais. Minha irmã. Minha vida. — Ele olhou para Ridley. — Como alguém pode ser tão cruel?

Ela pegou a outra mão dele. Agora, quando os dedos se tocaram, a sensação foi leve e calorosa, e ela não desviou o olhar.

— Eu entendo — falou Ridley. — Fui mantida em uma jaula uma vez. Nunca mais vou permitir que aconteça. — Sua voz ficou tão sombria quanto sua expressão. — Morreria antes.

Nox olhou para ela.

— Você o ama? O híbrido?

— O que isso tem a ver com alguma coisa?

— Preciso saber.

Ridley sentiu a raiva arder.

— Não é de sua conta.

Nox estava tão bravo quanto ela.

— Era uma jaula?

Agora ela estava furiosa.

— O quê?

Ele forçou as palavras, desconfortavelmente, uma de cada vez.

— Amor. Era... é... como uma jaula também?

Ela não respondeu. Lentamente, ele afastou a mão, levantando-se. Estava perto da longa parede de janelas, olhando para a cidade.

— Minha mãe já sentiu alguma coisa que não fosse uma prisão? Enjaulada por meu pai ou minha família?

Ridley foi para o lado dele.

— Por você? —perguntou suavemente.

Agora Nox ficou em silêncio.

Ela respirou fundo.

— Ele me amava. Link. Digo, foi o que ele falou. É tão... foi tão estranho. — Mais estranho ainda era tentar verbalizar isso, principalmente agora. Principalmente para Nox Gates.

Parecia uma jaula? Foi por isso que fugi? Isso que é o amor?

— Não — disse de repente. — Não é uma jaula, Nox. — E colocou a mão no ombro dele. — O amor é uma porta aberta.

Ela esticou os braços em volta dele, envolvendo o peito e o máximo que conseguia dos ombros altos e largos. Ele apoiou a cabeça nos braços dela.

Nox não falou por um bom tempo, e, ao fazê-lo, a voz soou abafada.

— Ridley Duchannes, o que pode ter lhe convencido de que você não era digna de ser amada? — Ela ouviu o coração dele batendo forte no peito.

Calçadas e jaulas. Este é nosso mundo.

Ela não sentia rancor. Entendia.

A situação, ele.

Ridley balançou a cabeça.

— O amor, Nox, é terrível. É doloroso, humilhante e envolve canções, horríveis, melosas, sobre corações partidos, lágrimas caindo e pessoas se perseguindo em lugares escuros.

— Parece péssimo — falou Nox. Ela não conseguia dizer se ele estava sorrindo ao falar. Havia escuridão demais no quarto.

Assim é mais seguro.

— É como uma doença, Nox. Uma doença Mortal. Uma perda total da coragem. O equivalente emocional de um vômito violento. E excesso de violões acústicos.

Ele riu, levantando a cabeça.

— Você está matando o clima, Sireninha.

— Exatamente. Mas, quando se está apaixonado, a pessoa não tem controle sobre o que pensa, diz ou faz. E não existe nada que eu ame mais que controle, e nada que eu ame menos que não tê-lo. Então, me diga, o que uma pessoa como eu deve fazer com um sentimento como esse? — Ela sentiu os próprios olhos começarem a arder.

Ele suspirou.

— Então você estava mentindo. Sobre a jaula.

Era verdade, e sempre seria o problema. O amor era o oposto de poder, e Ridley não suportava não ter ambos.

Ela afastou os braços de Nox, encarando a noite. A cidade era tão grande e estava tão abaixo que era como se ela estivesse voando. Desejou que pudesse fazer isso. Ela voaria para longe, e tudo isso ficaria para trás.

Nox a seguiu. Ridley o sentiu se aproximando, pegando sua mão na escuridão. Ele a segurou perto dos lábios.

Ela puxou de volta.

— Não ouviu uma palavra do que eu disse?

— Não precisei ouvir. Eu mesmo poderia ter feito esse discurso.

Aham, tá bom, ela pensou. Mas não o contradisse. Em vez disso, olhou para ele.

— Detesto isso. Me sentir tão fraca.

— E estar tão enganada.

— O quê?

— Sireninha. Já lhe ocorreu que amar uma pessoa poderosa só a torna mais poderosa?

Ela balançou a cabeça.

— Não. Amor é amor.

Ele colocou um cacho atrás da orelha de Ridley.

— Não é. — Ele inclinou a cabeça dela em sua direção, pressionando o polegar contra o queixo de Ridley. — Não mesmo.

Seus olhos se fixaram nos dela, mesmo na escuridão.

Olhos escuros, Conjurador das Trevas, noite escura. Não é a combinação mais segura, ela pensou. Mas não podia evitar, não mais do que podia se controlar.

Havia alguma coisa que a ligava a Lennox Gates.

Alguma coisa poderosa.

Ficaram ali juntos, olhando para a cidade, quase cara a cara. As luzes brilhavam ao longe, alheias. Ele passou uma das mãos pelo braço nu de Ridley. Naquele momento, ela soube que o que mais queria era beijá-lo.

Me beije, ela pensou. *Quero que me beije outra vez.*

Era a sensação da boate, e tinha voltado com força total. Ela se sentiu tonta e com calor, e seus lábios começaram a queimar, exatamente como quando ele os tocou pela última vez.

Em nosso primeiro beijo.

Parecia certo. Parecia o destino

E estranhamente familiar.

Por quê?

— Nox. — Sua voz falhou. — Nós já fizemos isso antes?

O que acontece com querer Lennox Gates que me dá a sensação de que já quis tudo isso antes?

Alguma coisa nele.

O rosto dele. Eu conheço o rosto dele.

Mas então os olhos de Ridley se fixaram novamente na foto na parede. Em um rosto diferente. Dava para enxergar sobre o ombro de Nox.

A família Sirena. A irmã. A mãe. Nox.

Não entendeu como não enxergou antes.

Não tinha procurado.

Não soube.

O homem de olhos escuros.

— Não posso... — Ela começou.

— Não pense no híbrido. Deixe-o para trás — sussurrou ele ao seu ouvido. — Antes que seja tarde demais.

Ridley não estava ouvindo.

Conheço aquele homem.

Na foto.

Ela respirou fundo.

E então não conseguiu mais respirar, porque sabia quem era o homem da foto. Foi como o golpe de uma lâmina mais afiada que o canivete de Necro.

O homem na foto de família de Nox — bem ali, com a mãe de Nox e sua irmãzinha — era um Abraham Ravenwood mais novo.

Abraham Ravenwood.

Morto pela mão de Link, com minha ajuda.

Abraham Ravenwood é parte da família de Nox.

Abraham Ravenwood é de Nox

É de Nox

Nox

Ela se afastou dele e foi direto para a foto emoldurada na parede.

— É ele.

Nox pareceu arrasado.

Ridley estava em choque.

— Mas Abraham Ravenwood só tinha John. John teria lhe conhecido.

— Abraham não era meu pai. Jamais poderia ser meu pai.

— E como é que sabe disso?

— Foi ele quem manteve minha mãe enjaulada. Ele é o motivo pelo qual meu pai acabou com a própria vida. Abraham Ravenwood destruiu minha família e agora vai destruir a sua.

Ridley queria arrancar a foto da parede.

— Não acredito em você. Não sei em que acredito.

Nox pegou sua mão outra vez.

— Não importa. Você precisa sair daqui antes que seja tarde.

Pareceu mais uma ordem que um pedido, e Ridley não reagia bem a ordens.

— Tarde? Isso é uma ameaça? — Ela deu um passo para trás.

— Não foi isso que eu quis dizer. — Ele se aproximou. — Só quero que você se afaste do híbrido antes que aconteça alguma coisa. A vocês dois. — Agora Nox soou tão frio quanto ela.

— Do que está falando, Nox? — Ela deu mais um passo para trás. — Link? Entregar um Incubus híbrido a seus associados? Voltamos a essas ameaças?

— É complicado.

— Com você sempre é.

— Não sei explicar, mas precisa confiar em mim. Por favor. Posso protegê-la. Ele não pode. — Nox lhe estendeu a mão, mas ela não a aceitou.

— Na verdade, estou com a sensação de que você é a última pessoa em quem devo confiar.

— Está errada.

Ridley virou-se de costas.

— Exatamente. O que há de errado comigo? Nem sei o que estou fazendo aqui.

— Você é uma Sirena. Está fazendo o que faz melhor — retrucou Nox amargamente.

— O que isso quer dizer? — Ridley não estava gostando do rumo da conversa.

— *Primeiro encontrará as Sirenas, que vão jogar um feitiço em todos os homens que aparecerem em seu caminho.* — Nox estava citando Homero, com a voz decididamente sombria.

Está começando a soar como um lunático, na verdade.

— Pare com isso, Nox.

— *Aquele que se aproxima desavisado e escuta as vozes das Sirenas não terá esposa ou filho feliz com seu retorno.*

— Não faço isso com as pessoas.

— *Pois as Sirenas entoam uma canção penetrante, sentadas em uma campina. Ali perto há uma infinidade de ossos humanos apodrecidos, com fragmentos de pele sobre eles.*

— Cale a boca! — gritou Ridley.

— *Portanto, continuem navegando e contenham os ouvidos de seus camaradas com cera doce, macia, para que ninguém escute.*

— Eu não sou assim. — Lágrimas arderam nos olhos de Ridley.

Nox a encarou.

— Mas Ulisses era só um homem, e todos nós sabemos como acaba. É só perguntar a Homero.

— Não precisa citar a *Odisseia* para mim. Não vou destruí-lo. Não sou um monstro — emendou Ridley.

Nox a encarou de volta, a expressão ilegível.

— Não. Não acho que você seja. Mas eu sou.

⊰ CAPÍTULO 30 ⊱

*Some Kind of Monster**

— Um monstro? — Ridley deu de ombros. Ela não conseguia tirar os olhos da face de Abraham Ravenwood na foto. — Tal pai, tal filho, suponho. — Ela não estava facilitando nada para Lennox Gates. Não depois de ele lhe revelar algo assim. *Não é à toa que nunca confio em ninguém.*

— Não diga isso! — Nox ficou furioso. Ele tirou a foto da parede, jogando-a no chão. Vidro estilhaçado voou para todos os lados. — Já disse. Ele não é meu pai.

— Certo. E porque você se demonstrou tão confiável, Nox, vou acreditar em sua palavra.

Nox foi até a janela e ficou olhando para a paisagem urbana de Manhattan.

— Não existe uma categoria Conjuradora para o que sou. Não posso escolher Sirena em um passaporte Subterrâneo.

— Por que não? Você é tão manipulador quanto uma Sirena. Você nasceu de uma Sirena, não importa quem seja seu pai. E não é você que está por trás do Poder de Persuasão na Sirene?

— Ridley. — Ele estava inquieto.

— Vamos, Nox. Ao menos sejamos honestos um com o outro agora.

Não que tenhamos mais alguma coisa a perder, Ridley pensou. *Agora que sei que está ligado a Abraham Ravenwood.*

Ela continuou.

— Não é você o motivo pelo qual a Sirensong está indo tão bem, ganhando público, fãs?

—————————

* Um tipo de monstro.

Nox deu de ombros.

— É o nome da banda. Isso deveria ter sido sua primeira pista.

— Como você fez isso? Uma bebida? Estava no Néctar dos Deuses? — Não era algo impensável.

Ele balançou a cabeça. Ela tentou novamente:

— Nenhuma Sirena pode afetar tanta gente assim de uma vez. O sistema de ventilação? Amplificado por alguma espécie de Feitiço? — Ela já ouvira falar disso.

— Não.

Ridley girou um pedaço de cabelo louro no dedo.

— Ande. São os truques do tempo de comércio. Diga como fez.

Nox ficou em silêncio por um longo tempo.

— A música — respondeu afinal.

— O quê?

— É a guitarra de Sampson. Na verdade, é mais uma lira. Era de minha mãe. Fiz alguns ajustes e pronto. Sucesso instantâneo.

Ridley balançou a cabeça.

— Bem, eu sabia que não era a letra. Acho que não deveria estar surpresa. Por que outro motivo você chamaria sua boate de Sirene a não ser que pretendesse fazer alguma magia?

— Confie em mim. Os detalhes não são importantes. Aliás, quanto menos souber sobre mim, mais segura estará.

— E o manjar turco? A boate desaparecendo? Como explica o resto? — *Como explica a maneira como me sinto, às vezes? Essa guerra não é uma guerra?* Ela queria respostas.

— Pechinchas de Mentirosos. — Ele olhou para ela. — O que foi, acha que as únicas apostas que ganhei foram as suas? O que você pensa que acontece com todos aqueles talentos, favores e poderes perdidos?

— Claro, os TFPs. Você é um ladrão. Todo seu poder é roubado. — Estava muito claro agora. Ela não conseguia acreditar que não havia notado.

— Nem todos. Você sabe que minha mãe era Sirena. Meu pai... meu pai verdadeiro... era um Vidente. O sangue dos dois corre em minhas veias.

— Se você está dizendo — falou Ridley. Ela não conseguia deixar de tocar na ferida. Principalmente se a ferida fosse Abraham Ravenwood.

Nox parou de andar de um lado para o outro. Estava irritadíssimo.

— Minha família é minha família. Não era perfeita. Na verdade, era um inferno.

Ridley assentiu.

— Estou começando a entender isso.

— Exatamente. Mas sabe o que mais era? Assunto meu.

Ridley parou na frente dele.

— Nox, acalme-se. O que está acontecendo? Por que não me conta? Uma hora está tentando me assustar, na outra, me dá um dia de sonhos em Nova York. Ou você é completamente louco ou é um grande babaca.

— Obrigado.

— Seja como for, eu o ajudaria se você me contasse o que está acontecendo. De verdade.

— Não — retrucou Nox. — Você já tem problemas suficientes. Não precisa que eu a arraste para mais um. Encrencas parecem encontrá-la por conta própria, do mesmo jeito que fazem comigo. — Nox pareceu mais nervoso que nunca.

— Então voltamos ao monstro? — perguntou ela, quase com medo da resposta.

— Você não sabe como é. Sou mais das Trevas que você. — Ele balançou a cabeça. A voz era baixa e trêmula. — Quando penso no que queriam que eu fizesse com você...

— Pare com isso — disse Ridley. — Você é muitas coisas, Nox, mas não é um monstro. Confie em mim. Já vi muitos.

— Como Abraham Ravenwood? — perguntou ele. Seu tom estava ainda mais sombrio agora.

— Não vou negar.

— Ele roubou a Visão de meu pai e a utilizou para seus próprios objetivos sombrios. Até o dia em que me pai viu a própria morte na mão de minha mãe.

O homem que você quer que seja seu pai, Ridley pensou. Nox prosseguiu:

— Ele não conseguiu lidar com isso. Se jogou de um penhasco em Barbados para impedir que a única mulher que amou tivesse de viver com essa culpa.

— Nox. — Ela não sabia o que dizer. Ele fora tão destruído quanto ela, exatamente como suspeitava.

Talvez até mais.

— Fui criado por meus avós, como você. Abraham enlouqueceu minha mãe e se certificou de que minha vida fosse tão patética quanto seus projetos científicos distorcidos com Incubus.

Ridley entendia muito bem o que ele estava dizendo.

— Ninguém encontra Abraham Ravenwood sem sair com uma cicatriz. Nox assentiu.

— Talvez por isso eu deteste tanto assim a imagem de seu namorado Incubus híbrido. Detesto qualquer coisa que me lembre Abraham ou seus laboratórios.

Ridley pegou a mão de Nox. Não pôde evitar. Ele parecia um menininho, incapaz de ser consolado.

— Sem querer afirmar o óbvio, mas Abraham está morto. Disso sei eu. Eu estava lá.

Nox permaneceu sorumbático.

— Foi o que ouvi. Tesoura de jardinagem, certo?

Ridley assentiu.

— Tomou uma tesourada no coração. Está tão morto quanto um prego. — Ela apertou a mão dele. — O que não está me contando, Nox?

— Estou tentando dizer — falou e desviou o olhar. — O lado complicado da história.

— Estou ouvindo.

— Sireninha — disse Nox —, eu daria tudo para tê-la conhecido de outro jeito.

— Eu sei. — Ela apertou sua mão ainda mais forte.

Ele a olhou, triste.

— E daria mais que tudo para mudar os pesadelos que vejo em seu futuro.

O coração de Ridley acelerou.

— Quê?

— Você precisa se lembrar. Só porque eu vi, não quer dizer que não haja esperança. — Ele a tocou na bochecha, subitamente carinhoso.

Ela se afastou dele.

— Nox, o que foi que você viu?

— Vi nosso futuro. Meu e seu.

— E? — Ela não sabia se queria ouvir o resto, mas não conseguia deixar de perguntar.

— E estou dizendo que ainda deve haver esperança para nós dois. E para isto — falou, e se inclinou para a frente, como se pretendesse beijá-la.

Ela prendeu a respiração, mas o beijo não aconteceu.

Porque o som da Viagem veio antes.

Então veio a inevitável batida de quando um móvel encontrava uma bota tamanho quarenta e cinco.

Wesley Lincoln, um quarto Incubus híbrido e três quartos coração, saiu da parede entre o quarto e a sala. Ele ajeitou um quadro enquanto tirava o pé de uma lixeira, mas fora isso, até Ridley tinha de admitir que suas habilidades com Viagem tinham melhorado muito.

Suas habilidades de luta mais ainda.

Link não perdeu tempo. Foi direto para cima de Nox e o prendeu contra a parede.

— Por essa eu não esperava — disse Nox, tentando empurrá-lo para longe.

Link não cedeu.

— Diga que é ele e não você, Rid — gritou, sem tirar os olhos de Nox.

Ridley pegou o braço dele.

— Pare com isso. O que está fazendo aqui?

— Aparentemente, tentando me dar uma surra — disse Nox.

Link virou para olhar para ela.

— Alguém merece uma surra, e espero que seja ele, porque estou esperando por isso desde que chegamos aqui.

— Não se contenha. — Nox fechou os olhos. — Vá em frente. Dê seu melhor soco.

Ridley tentou impedir Link.

— Está louco? — Ela puxou Link o mais forte possível, mas ele continuou imóvel. — Sinto muito pelo que aconteceu. Não sei o que eu estava pensando, mas você não pode aparecer do nada aqui e me ameaçar... ou a ele... assim.

— Na verdade, pode sim. E, se ele não fizer, eu faço. — Floyd foi para o centro da sala, e suas mãos se transformaram em socos ingleses. — No melhor estilo Ilusionista. Sem regras Mortais. E nada dessa maldição complicada de consciência.

Ela ergueu os punhos.

Nox parecia confuso.

— Calma aí, Clube da Luta. Não vou machucar nenhum de vocês.

Link ficou encarando.

— Não, não vai. Os machucados vão ser todos direcionados para você. Admita o que fez, e talvez possamos dar um jeito.

— O que exatamente devo admitir? — perguntou Nox.

Link hesitou, olhando de Nox para Ridley.

— Necro está mal. Pode nunca mais se recuperar.

— O quê? — Ridley sentiu o estômago começar a se revirar. — Está tão ruim assim?

O rosto de Link ficou sombrio.

— Sampson disse que foi trabalho de Sirena.

— Link — Ridley começou, balançando a cabeça.

— Não me diga que foi você, Rid. Diga que foi ele que a obrigou. — Os olhos de Link se moviam rapidamente, vermelhos. — Não me diga que ele usou aquela aposta da casa e fez com que você machucasse alguém.

Nox e Floyd olharam para ele. Até Ridley pareceu surpresa pela menção à aposta do Sofrimento.

Ela balançou a cabeça.

— Nox? Ele não me fez fazer nada. — Ela tocou o braço de Link.

— Sério, Rid. — Link parecia desesperado agora. — Porque eu a conheço, certo? Você nunca machucaria alguém de fato. Simplesmente não faria isso.

Ridley não sabia exatamente do que Link estava falando, mas tinha quase certeza de que era mais do que Necro estar ferida.

— Ouça, Link. Eu não fiz nada. Nem com Necro, nem com ninguém.

A expressão de Floyd enrijeceu.

Link pareceu tão aliviado que ela achou que ele fosse abraçá-la.

— Ótimo. — A voz dele tremeu. — Acredito em você. Eu a defendi.

— Defendeu?

— Sabia, no fundo, que você só fala. Mas nunca tem a intenção de magoar ninguém. Você é só uma daquelas pessoas ouriço. Tem espinhos, verdade, mas é só por causa do medo de tubarões. Por dentro, você é toda suave.

— Ou, pelo menos, uma ótima casa para um peixinho — acrescentou Floyd, irritada. — Podemos encurtar a conversa e partir para a surra?

Em vez disso, Link olhou de Nox para Ridley outra vez.

— Se você não fez nada, e ele não a obrigou a fazer, então quem foi? Porque o tempo de Necro está se esgotando, e, se não tomarmos uma atitude, precisaremos de um Necromante para voltar a falar com ela.

— Não fomos nós — falou Nox. A palavra ecoou entre eles.

Nós.

Link olhou de Nox para Ridley.

— É mesmo?

Lentamente, Ridley assentiu.

— Você sabe que nenhum de nós faria nada para machucar Necro. — *Ou você, Link.*

Link sacudiu a cabeça, mas ele parecia preferir sacudir tudo no recinto. *E talvez arremessar as coisas*, Ridley pensou.

— Sério? Não a machucaria? Porque tem um corte no pescoço dela, e não para de jorrar sangue negro. — Link se irritou. — Você viu. Se não foi nenhum de vocês, por que ela está a caminho do Outro Mundo?

— Se Necro está doente por causa de um corte no pescoço, então é minha culpa — falou Nox suavemente, mas todos escutaram.

Link rosnou.

— Do que você está falando?

— Aconteceu enquanto ela trabalhava para mim. — Nox parecia arrasado.

— Ela cortou o pescoço tocando teclado? — perguntou Ridley.

Nox balançou a cabeça.

— Não é a única coisa que ela faz para mim. Ela também é minha Necromante. Nunca deveria tê-la arrastado para isso, mas preciso dela.

— Para quê? — perguntou Link.

— Ela é a melhor Necromante que conheço, e tem a ligação mais forte com os Ravenwood que já vi. — Agora foi Nox quem não conseguiu olhar para Rid.

— Os Ravenwood — repetiu Ridley, sentindo-se mal. — Claro. Abraham.

Agora foi a vez de Link pareceu enjoado.

— Abraham? Meu Abraham?

Nox assentiu, a cabeça entre as mãos.

— Eu tinha de fazer uma coisa para eles, e precisava de Necro para conseguir conversar com Abraham Ravenwood.

— Você é o *espião* dele? O menino de recados de Abraham Ravenwood? O homem que arruinou sua família e matou seus pais? Está trabalhando para ele? — Ridley estava incrédula. Nox era ainda mais perturbado do que ela havia percebido.

Ele não respondeu.

Ridley cuspiu as palavras.

— E Necro sabia?

— Não — disse Nox, levantando o olhar. — Ela não faz ideia. Ela só acorda, sem qualquer lembrança.

Link cruzou os braços com força.

— O que exatamente o velho vovô Abraham quer que você faça?

Nox o encarou.

— Isso não importa agora — disse Nox. — Eu não fiz.

Ridley pareceu incrédula.

— Como sabemos disso?

— Porque se eu tivesse feito, vocês dois estariam mortos.

O quarto caiu em silêncio.

Link foi o primeiro a falar.

— Você é um grande herói, e eu aposto que é uma história interessante, mas não temos tempo para suas bobagens. Não agora. Necro está morrendo. Seu amigo Sampson tem alguma espécie de detector de Nascido das Trevas e disse que foi uma Sirena que fez isso com ela, e que, portanto é a única pessoa que pode salvar Necro.

Nox soou sombrio.

— Eu não fiz o corte, mas a faca é minha. Pertencia a minha mãe. Emprestei para Necro porque tive medo de que ela não conseguisse se proteger, considerando seus dons.

Floyd parecia querer espancar Nox até a morte.

— Quando está trabalhando para você, você diz? Tenho uma ideia... que tal se *você* a protegesse?

Nox passou a mão no cabelo.

— Não é tão fácil.

— Mas falar com os mortos é? — Floyd se irritou.

Ridley estava horrorizada.

— Não. Você tem razão. É melhor ela cuidar de si própria. Considerando que, segundo você, ela *não faz ideia* do que esteja acontecendo.

— Necro entrou em contato comigo. A única coisa que me pediu foi para que eu apagasse qualquer coisa de sua mente. Utilizei um Feitiço *Oblivio*.

— Por que ela faria isso? — perguntou Floyd.

— Ela estava com medo. Seus poderes estavam atrapalhando tudo em sua vida. Quando a conheci, ela mal conseguia se levantar da cama e tocar. Não queria mais viver assim, mas Necromantes são muito valiosas para as pessoas erradas. Ela sabia que, se começasse a trabalhar abertamente outra vez, alguém a acabaria encontrando. Então me procurou e pediu proteção. — Nox soou resignado.

— Você fez um péssimo trabalho até o momento — retrucou Link.

Nox o ignorou.

— A faca é Enfeitiçada. Foi feita para render espíritos descontrolados do Outro Mundo. Eu não sabia que podia ferir uma Conjuradora viva, exceto pela própria lâmina.

— Talvez você devesse ter investigado antes de tê-la entregado a ela — rosnou Floyd.

— Eu a vi se cortando — falou Nox. — Não sabia que ela ficaria doente com isso. Precisam acreditar em mim. Jamais faria mal a Necro. Ela é o mais próximo que tenho de uma amiga.

Tinha, Ridley pensou. *A não ser que possamos ajudá-la*. Levantou a mão.

— Espere, você a viu se cortar? E não fez nada?

Nox suspirou.

— Ela não fez isso com ela mesma, estritamente falando.

— Então quem foi?

— Abraham Ravenwood.

— Claro que foi. — Link socou a parede, jogando poeira de gesso no ar em volta. — Porque as coisas não estavam suficientemente ruins.

Ele pegou Nox pelo colarinho da camisa, e Floyd pela mão.

— É hora de corrigir isso. Segure alguém, Ridley.

Link não precisou dizer o óbvio. Não era a mão de Ridley que ele estava segurando agora.

⇥ CAPÍTULO 31 ⇤

*Flash of the Blade**

Nox não demorou muito para tirar o Feitiço da lâmina de Necro. Uma vez que o fez, tudo que restou foi esperar para ver se o ferimento se curaria. Até Sampson parou de fazer previsões sombrias sobre o destino de Necro.

Mesmo assim, ninguém sabia o que aconteceria.

A espera era a pior parte.

Ridley ficou olhando para um pôster de Sid Vicious. Ela continuou seguindo pela parede até Johnny Rotten, depois Social Distortion. X. Black Flag. Dead Kennedys. Não sabia muito sobre punk rock, mas imaginava que estivesse olhando para o hall da fama.

— Os Necros? É uma banda? — Parou em outro pôster punk ancião. — Foi daí que ela arranjou o nome?

Floyd assentiu.

— Nec é de Toledo, Ohio. A banda também era. Acho que ela pensou que fosse o destino. — A garota sorriu. — Mais ou menos como Link Floyd.

— Comece com isso outra vez, Supertramp. Duvido. — Rid a encarou. Link as interrompeu.

— Por falar em Necro, quanto tempo mais teremos de esperar? — Ele pareceu preocupado. Estava assim desde que Nox desfez o Feitiço.

— A verdadeira pergunta é: em quantos lugares uma pessoa pode colocar alfinetes de segurança? — Rid balançou a cabeça, tocando o pôster do Social D. Em seguida, ao lado deste, o dos Dead Kennedys. Cada face

---

* Brilho da lâmina.

que via parecia pertencer à família de Necro, ou, ao menos, a sua banda. Metade deles tinha mais piercings que ela.

Floyd olhou para Rid.

— Nec adora os Dead Kennedys. Diz que são sua tribo.

Ridley ergueu uma sobrancelha.

— Necro tem uma tribo?

— Claro que sim. Ela tem a nós — completou Floyd.

— Vocês devem ser muito próximas. Digo, para deixá-la dominar as paredes assim. — Ridley tocou a ponta do pôster do X.

— Você nunca teve uma melhor amiga? — Pelo tom de Floyd, ficou claro que não estava apostando nisso. — Ou você sempre morou sozinha na caverna que chama de coração?

Ridley fixou os olhos no X gigante.

Não responda.

Não deixe que ela veja.

Não lhe dê essa satisfação.

— Pare com isso, Floyd — disse Link, levantando o olhar. — Rid tem muitos amigos, uma família grande e tem a mim. Tem a todos nós.

Os olhos de Rid encontraram os de Link do outro lado do recinto.

— Somos a tribo dela — completou ele.

E era verdade.

Ela teve a sensação de que iria explodir em lágrimas, mas preferiria golpear os próprios olhos a desmoronar na frente de Floyd.

Só um rosnado vindo da cama baixa e frágil a salvou.

— Santa Toledo — murmurou Necro.

Link sorriu.

— Ei, estávamos falando disso agora.

Os olhos de Necro se abriram com esforço.

— Estou me sentindo um lixo.

— Está parecendo um lixo também. — Ridley sorriu para ela. Jamais ficara tão aliviada em ver tantos piercings e um moicano azul.

— E aí, cara. — Floyd pegou a mão de Necro. A outra mão no mesmo instante se transformou em um buquê de flores

Necro assentiu.

— Pode transformar em chocolates?

— E deixar que coma meu dedo? — A mão de Floyd voltou à forma natural, enquanto Necro virava a cabeça para o resto do recinto, sorrindo fracamente.

Link estava circulando.

— Não se preocupe, cara. Já resolvemos tudo. Você vai estar inteira e tocando rapidinho. — Ele afagou a cama, pouco à vontade.

— Rock'n'Roll! — Necro fez o chifre com a mão, o símbolo universal de *é isso aí* em heavy metal. — O que o chefe está fazendo aqui?

Nox estava sentado no chão, apoiado contra a parede do quarto. Ele estava tão quieto que quase se esqueceram de que ainda estava lá.

Floyd esticou a mão para tirar uma mecha azul do rosto de Necro.

— Só está preocupado com você, como o resto de nós. — Floyd não disse nada além disso, apesar de Ridley saber que ela teria muito a dizer sobre Nox Gates e sua relação secreta com a Necromante favorita.

Discutiriam mais tarde, Ridley desconfiou. Era isso que bandas faziam.

Exatamente como tribos.

— Nunca fiz isso antes. Espero que funcione. — Ridley acendeu a última vela no Círculo de Proteção em volta do apartamento 2D. Um amplo anel de luz faiscante agora se estendia do palco à praia e ao quarto de Necro, e voltava. Rid não tinha certeza se Necro estava em perigo, mas estavam todos assustados demais para deixarem-na sem proteção em seu estado atual.

Nox olhou para trás quando ela apagou o último fósforo. Ele manteve os olhos em Ridley.

— Sinto muito, Sireninha.

Eu também, ela pensou. *Sobre isso. Sobre tudo.* Por um segundo, ele pareceu não saber o que dizer, mas Ridley também não sabia.

Ela deu de ombros, como se dispensasse aquilo.

— Não. Foi um acidente. E, de qualquer forma, você voltou para ajudar Necro. E isso foi importante. — *Agora não importa*, ela pensou.

Barreiras foram ultrapassadas. Tudo foi dito. Não havia razão além daquela para falar sobre isso.

Nox esticou o braço para tocar uma mecha de cabelo cor-de-rosa.

— Acho que essa é uma despedida. — Ele abaixou a mão. — Cuide de Necro. E de você.

— Sempre cuido. — Seus olhos pousaram nele.

— Eu sei — falou Nox.

Ele deu um passo sem-graça em direção a ela.

— Você se importa? — Ele gesticulou, pouco à vontade. — Um adeus de verdade? Considerando que eu talvez nunca mais a veja?

— O quê?

Nox estendeu os braços. Um último abraço. Entre amigos. Rid não podia recusar. Mas também não podia deixar de olhar por cima do ombro antes de se aproximar dele. Só para se certificar de que a porta estava fechada.

Ridley e Link podiam não estar mais juntos, mas ele e Floyd a torrariam eternamente se entrassem e a vissem sequer tocando Lennox Gates.

As velas piscaram e soltaram fumaça.

Ridley e Nox estavam no centro do círculo — na costa da praia que era o apartamento 2D.

Ele a puxou para um abraço. Ela pôde sentir os braços poderosos do rapaz sob o paletó. Parecia que tinha sido há tanto tempo que tinham estado na pista de dança da Sirene e dado aquele beijo incrível e assustador.

Ela não se dera conta de que seria o único.

Nox se inclinou para ela.

Seus lábios tocaram gentilmente os dela. Um tipo bem diferente de beijo.

Foi doce.

Doce o suficiente para os dois.

Nox tinha machucado Ridley, e sabia disso. Sentiu, no instante em que a beijou.

Se ao menos ele tivesse contado tudo que sabia, desde o começo.

Se.

Ele tinha achado que, se pudesse ter um último beijo, talvez fosse como um Feitiço. Talvez ela o perdoasse, e tudo voltasse a ser como era antes de ele estragar.

Mas isso não era possível, porque ele vinha estragando tudo desde o começo.

Quando prometi entregá-la a um Incubus de Sangue Ravenwood. Ou quando a vi morrer em um incêndio em minha própria boate e não a alertei.

Se eu deixar acontecer assim.

Havia um lugar reservado no inferno para caras como Lennox.

Chamava-se vida.

A única coisa que lhe restava era um beijo.

Este beijo.

Nox enxergou a vela com a visão periférica e, de repente, estava fora do controle.

O fogo.

A visão veio durante o beijo, e não havia nada que ele pudesse fazer para contê-la.

⁓ᴄᴈ

A visão ficou nítida mesmo enquanto Nox tentava enxergar além dela. Ele estava em um lugar cinza e sujo, que fedia a lixo e esgoto. Uma camada fina de lodo crescia no chão de pedra e no teto.

Sem luz. Subterrâneo. Uma cela, provavelmente. Parece mais uma masmorra.

Nox se viu no corredor, olhando para celas individuais. Cada porta de aço era idêntica — pesada, com grades e trancada.

Ele se afastou das portas em direção ao fim do corredor. Na extremidade, havia dois homens que pareciam vagamente familiares. Eles olhavam com interesse por uma janela quadrada cortada na porta da cela imediatamente diante deles.

O primeiro era uma figura grandona, de terno preto e sapatos baratos de couro.

O outro homem era mais magro, porém imponente, com o rosto escondido sob um chapéu preto. As mangas da camisa cara estavam cuidadosamente puxadas sobre os cotovelos. Ele era o perigoso. Afastou-se da porta, fumando um charuto.

Nox reconheceu a coroa dourada estampada na lateral.

Charutos de Barbados. Ele é um Ravenwood.

Ele não precisava ver o brasão de família estampado no anel de sinete no dedo do homem. Havia apenas uma pessoa que se encaixava na descrição, apesar de o próprio Nox nunca tê-lo visto pessoalmente.

Silas Ravenwood, o infame e letal neto de Abraham.

— Mantenha-a acorrentada até que eu ordene o contrário — falou Silas, com um sotaque pesado que Nox não conseguia situar. — Dizer que o Poder de Persuasão é valioso para um homem no meu ramo profissional é pouco. E minha última Sirena era inútil.

O homem dos sapatos baratos olhou para as sombras da cela.

— As correntes deixam marcas?

— Claro. Mas farei com que ela mesma as apague com Feitiços. Ou talvez as deixe como um lembrete.

— Acha que esta Sirena será melhor?

— Ela vem de uma linhagem poderosa. E fez inimigos poderosos. De que outro jeito teria vindo parar aqui? — A voz dele não traiu uma ponta de emoção. — Você conhece Lennox Gates?

O grandalhão assentiu.

— Acho que o vi uma vez, em uma de suas boates.

— A mãe dele era a Sirena pessoal de meu avô e uma vaca poderosa. O filho me vendeu esta. — Silas Ravenwood riu.

— Cara?

— A vida dele — respondeu Silas.

— Você o fez pagar para conservar a própria vida? — O subordinado de Silas pareceu chocado.

— Claro que não. Eu o fiz pagar *com* ela. — E deu de ombros. — Nunca barganhe com um Incubus de Sangue.

A ponta no estômago de Nox endureceu até virar um nó. Foi o mais próximo que já esteve de enxergar o próprio futuro, e desconfiou que assim tivesse sido porque não era sobre ele.

Essa era a visão de Ridley.

Ela era a Sirena de quem estavam falando.

A que está acorrentada como um animal.

Então a fumaça baixou, os rostos terríveis desapareceram...

... e Ridley interrompeu o beijo.

— Nox? Você está bem? — Ridley olhou nos olhos dele, apesar de eles não parecerem enxergá-la. Ela sacudiu seus ombros com força. — Nox. Você está me assustando.

Ele abriu os olhos e a abraçou. Agora estava apertando com tanta força que doía.

— Preciso falar uma coisa, Sireninha.

Ridley se soltou dos braços dele.

— O que é?

— Algo que eu já devia ter falado há muito tempo. — Olhou fixamente nos olhos dela. — Não quero fazer isso. E nunca fiz antes.

— Fez o quê? — Pelo jeito de falar de Nox, Ridley não sabia se queria saber.

— Meu pai me alertou a não fazer. Ninguém quer ouvir.

— Nox. — Ridley estava assustada.

— Nem mesmo uma Conjuradora. Todos nós queremos fingir que vamos viver para sempre.

O rosto de Ridley estava pálido.

— Do que está falando?

— Existe um motivo pelo qual seu beijo tem gosto de fogo — começou Nox.

⊰ CAPÍTULO 32 ⊱

*Disposable Heroes**

Nox contou a Ridley e a Link o máximo possível dentro da relativa segurança do Círculo de Proteção e das cinquenta velas acesas. Não que um Círculo ou mil velas pudessem conter um Ravenwood.

Nem mesmo o apartamento 2D era seguro, não mais.

Ridley teve de conter Link fisicamente até Nox acabar de falar. Ela teria precisado segurar Floyd e Sampson também, só que eles estavam ocupados demais com Necro para se preocuparem com o que Nox quisesse contar sobre qualquer coisa.

— Então me deixe esclarecer — continuou Link. — Você prometeu a Abraham Ravenwood que nos entregaria aos capangas dele. Já nos contou isso.

Nox assentiu.

— Um capanga. Silas Ravenwood. O neto dele.

— O criminoso — disse Link.

— Ou o Capo. Ouvi dizer que se refere a ele próprio assim.

— Por que eu? Para quê? — Ridley estava entorpecida.

— O que você acha? Ele quer vingança — disse Nox. — Seu híbrido apunhalou o avô dele com uma tesoura de jardinagem.

— E o avô devia imaginar que isso ia acontecer. — Link deu de ombros. — Suponho que faça sentido; não que eu vá me deixar abater sem luta. Mas o que ele quer com Rid?

---

* Heróis descartáveis.

Nox foi até a janela e ficou olhando para fora. Era difícil olhar para qualquer outro lugar.

— Ela atraiu Abraham para lá. E o entregou a você.

— Então Silas quer matá-la também? — perguntou Link. — Eu não basto? — E pareceu quase ofendido.

Ridley ficou em silêncio e, pela expressão em seu rosto, estava apavorada.

— É isso? É assim que eu...

— Não sei ao certo — respondeu Nox lentamente. Como se as próprias palavras fossem dolorosas. — Já vi seu futuro duas vezes. Cada vez foi um pouco diferente.

— Mas eu morro? Em um incêndio?

— Uma vez.

— Uma vez? E a outra?

Nox agora estava com um olhar desgastado.

— Lembra quando contei sobre minha mãe?

Ela fez que sim com a cabeça.

— Silas é um homem poderoso. Parte desse poder vem dos Conjuradores das Trevas ao seu redor. Ele precisa de uma Sirena, e sua família é basicamente a mais poderosa, Rid.

— Não a chame assim. — Link se irritou. — Rid não é sua amiga. Amigos não vendem amigos para Incubus das Trevas.

— Mas Silas venderia. E Silas é um homem de negócios. Vender uma Sirena pela melhor oferta é um bom negócio. Vender uma Sirena que ajudou a acabar com Abraham Ravenwood é um negócio melhor ainda.

Ridley olhou para Nox, espantada.

— Você disse que sua mãe era escrava de Abraham. Está me dizendo que ia me entregar a Silas para que ele pudesse me trancar em uma jaula também? Exatamente como o avô dele fez?

Link cerrou as mãos em punhos.

— Esse é um cenário — observou Nox cuidadosamente. — O incêndio é outro.

Ridley não conseguia acreditar.

— E você nunca disse nada?

Nox olhou para o chão.

— Tentei.

Não o suficiente.

Nox parecia arrasado.

— Eu não queria entregá-la, ponto. Mas, antes, eu não enxergava outra saída. Agora é diferente. Agora que somos... amigos. É por isso que estou contando tudo.

Link se aproximou e ficou ao lado de Ridley.

— Não vou deixar que a entregue a ninguém. E não vou permitir que ninguém a coloque de volta em uma jaula. Vou no lugar dela.

— Link — começou Ridley.

Nox se virou para encará-los.

— Você não entende, Mortal.

— Parte Mortal — argumentou Link, irredutível.

— Abraham quer os dois, e, se eu entregá-los, você estará morto, e ela, acorrentada. Se eu não entregá-los, ele mandará Silas encontrá-los mesmo assim. Então precisamos de um plano B.

— E se formos embora? — perguntou Ridley. — Agora.

Nox assentiu.

— É melhor. Voltem para a estrada e não olhem para trás. É a coisa mais inteligente a se fazer.

— Conte a ela o resto. — Sampson estava na entrada, apoiado contra a moldura da porta.

— Cale a boca — exigiu Nox. — Fique fora disso.

Ridley virou para Sampson.

— Contar o quê?

— Cale a boca. — Nox se irritou.

Sampson enfiou as enormes mãos nos bolsos e ficou olhando para Nox.

— Não gosto de pessoas me dizendo o que fazer. Você sabe disso, chefe.

Nox se irritou.

— Só tem uma palavra importante nessa frase: *chefe*. Já resolvemos isso. Fique quieto.

Sampson assentiu, os cabelos castanhos escondendo a expressão.

— Se esses dois forem embora, você não será mais meu chefe. Então acho que agora não tem importância se eu disser qualquer coisa, tem?

Ridley girou.

— Nox, do que ele está falando?

Nox a encarou, a garota que mudou tudo, inclusive ele próprio.

— Se eu não entregar vocês, Silas ficará insatisfeito comigo.

— Insatisfeito? Ele vai matá-lo. — Sampson não sorriu. — Silas ou diversos Tormentos. Se ele estiver de bom humor, vai permitir que você escolha.

— Mas, ah — Nox forçou um sorriso. — As coisas já não estavam muito boas para meu lado mesmo.

A expressão de Ridley desmoronou.

— Então ficaremos. Não vamos permitir que enfrente Silas Ravenwood sozinho.

— Ela tem razão — disse Link. — Não vou deixar que outro cara tome um tiro por mim, principalmente um babaca feito você.

Nox balançou a cabeça.

— Você não está entendendo. Ele não vai parar até o híbrido estar morto, e você, acorrentada de vez. Não dá para fugir dos Ravenwood. Já deveria saber disso.

— E se ele achar que estamos mortos? — perguntou Ridley.

Nox balançou a cabeça.

— O que eu devo dizer a ele? Que vocês dois fizeram uma viagem ao Triângulo das Bermudas e seu avião desapareceu? Ele não vai acreditar que estejam mortos a não ser que veja com os próprios olhos.

— Não existe nenhum Feitiço ou truque ilusionista para isso? Talvez Floyd possa fazer alguma coisa — argumentou Link. — Alguma espécie de Feitiço *Corpus Falsus*?

Mas Ridley sabia que existiam coisas que nem um Feitiço podia corrigir.

Às vezes, era preciso recorrer aos bons e velhos planejamentos e manipulações.

À maneira Mortal.

⊰ CAPÍTULO 33 ⊱

Oh Yoko!

Horas depois, Nox estava no Empire State. A cidade se desdobrava abaixo, mas ele não conseguia enxergar. Estava concentrado apenas no momento bem à frente. Esse era o grande jogo, a última cartada, e Nox não tinha nada. Só restava uma saída agora.

O que sempre fez.

Blefe.

Nox não tinha certeza de nada disso. Era ideia de Ridley. O híbrido concordou, mas concordaria com qualquer coisa — por mais arriscada ou ridícula — se achasse que poderia manter Ridley longe das garras de Abraham.

Nox conhecia a sensação, razão pela qual estava ali agora.

Ele ouviu a porta da plataforma de observação se abrir e os passos logo atrás.

— Soube que estava me procurando — falou Nox.

É agora. Faça-o crer que você tem um full house.

Silas Ravenwood o circulou, deixando um rastro de fumaça do charuto de Barbados. Com a camisa engomada, a calça cinza e os sapatos italianos, Silas poderia ter se passado por um CEO em vez de chefe do crime.

Um CEO Incubus de Sangue.

Apenas os charutos contrabandeados, a forma como enrolava as mangas da camisa de mil e quinhentos dólares e o chapéu o denunciavam como criminoso.

E os nós dos dedos.

Homens de negócios não têm articulações tortas de tanto espancar as pessoas até a morte.

— Por onde andou, rapaz? Deixei um recado.

Nox deu de ombros.

— Em nenhum lugar especial.

Silas foi até ele, a ponta do charuto perigosamente próxima da bochecha de Nox.

— Acha que estou brincando? Quando mando um carneiro feito você entrar, espero vê-lo no meu escritório com o rabo entre as pernas.

— Andei ocupado.

— Não ficará mais tão ocupado se estiver morto — retrucou Silas. — Você tem um dia para entregar a Sirena e o Incubus híbrido.

— Por que se importa tanto com eles, se me permite perguntar? — Nox sabia que estava andando em gelo fino. Silas Ravenwood não gostava de perguntas.

— Por que está tão interessado subitamente? Está sentimental? Sei como se sente em relação a mestiços e pessoas que concedem desejos. — Silas sorriu. — São quase como sua *família*.

Nox deu de ombros, contendo a raiva.

— Desculpe-me por ter pisado em um calo. Só fiquei curioso.

— Meu avô quer ter o nome vingado. — Silas deu uma longa tragada. — Tenho minhas próprias razões para querer a Sirena.

— É amor? — Nox ergueu uma sobrancelha.

Silas sorriu.

— Para mim, é.

O rapaz estremeceu.

Ridley acorrentada. Em cativeiro. Implorando pela vida. Nox passou mal ao contemplar isso, principalmente por saber o quanto Silas iria gostar.

— Faça o que quiser. Não ligo para Sirenas.

— Muitas lembranças? — Silas provocou. — Porque, se me recordo, sua mãe não tinha nenhum problema em me conceder todos os meus desejos enquanto trabalhava para meu avô. Pelo menos quando não estava ocupada sendo a vadiazinha de Abraham.

Nox lutou contra a onda de raiva ardente.

Firme.

Em vez disso, se imaginou pegando a lâmina Enfeitiçada do bolso e colocando-a na garganta de Silas Ravenwood. *Como a pele partiria, como o sangue fluiria para a superfície. Como o corpo cairia.*

Nox respirou fundo, deixando os olhos fixos em Silas.

— Ótimo. Tire-os de minhas mãos amanhã à noite. Vai ser mais fácil se eu trancá-los na boate até você ir buscá-los.

— Amanhã? — Silas foi pego de surpresa, ao que parecia.

Nox deu de ombros.

— O híbrido é imprevisível, um saco. Mas ele vai tocar na boate, o que significa que a Sirena também estará presente. Vou trancá-los na despensa do porão. — Sorriu. — À la carte e prontos para serem levados.

Silas pensou por um instante. Finalmente, fez que sim com a cabeça.

— Certifique-se de derrubar o Incubus primeiro. Somos muito mais espertos que vocês Conjuradores, então precisam se cuidar. Se ele tiver aprendido qualquer coisa sobre Viajar, saberá que pode levar a Sirena com ele.

— Naturalmente.

Silas apagou o charuto na grade, perto da mão de Nox.

— Amanhã à noite. Se não estiverem lá, você pagará por isso.

Nox tentou manter a expressão ilegível.

— Como se eu esperasse outra coisa.

— Já viu minha tatuagem? — Silas puxou a manga mais alguns centímetros para cima. Duas palavras se curvavam no bíceps do Incubus.

Sem piedade.

— Foi meu avô que tatuou meu braço. — Silas deixou a manga cair. Estalou os dedos, e a porta da plataforma de observação se abriu atrás dele.

Depois que Silas se retirou, Nox ficou no terraço. Havia mais uma coisa que ele precisava saber, e queria fazer isso antes de mudar de ideia.

Tirou uma caixa de fósforos do bolso e passou os dedos sobre as seis letras na tampa.

Nox não conseguia enxergar o próprio futuro, mas não sabia mais se isso importava. Não era seu futuro que precisava ver.

Ele tinha de ver o dela.

Nox havia visto fogo e correntes, e iniciara o maior golpe de sua vida. Precisava saber se ia dar certo; se podia protegê-la.

Não importava como Ridley se sentia em relação a ele, ainda assim precisava saber.

Acendeu o fósforo. O cheiro de enxofre entrou em suas narinas.

Ele levantou os olhos e, ali, na escuridão, viu os últimos dias da vida de Ridley Duchannes.

Pela terceira e última vez.

E, em seguida, quando as nuvens apareceram, fez mais uma coisa. Fez um plano para mudá-lo.

Os quatro ficaram sentados comendo cachorro-quente em uma pilha de pedras no Central Park, cercados por árvores. O céu estava escuro, e a chuva se aproximava.

Só chuva se tivermos sorte.

Mas quando temos sorte?

Rid ainda conseguia ouvir o trânsito do Central Park Sul. O ruído do caos era reconfortante. Depois do que Nox lhe contara, ela não se sentia segura em lugar algum, mas havia um limite de tempo que os outros se dispunham a ficar entre velas protetoras.

Se esconder em espaços públicos lotados — espaços Mortais — foi a única ideia que teve.

E ficarmos juntos.

— Esse era o grande plano? Foi o melhor que conseguiu bolar? — Floyd soou cética. Enfiou o resto do cachorro-quente na boca.

— Isso. — Link a encarou. — Considerando que a Marinha já estava ocupada.

— Acha que pode funcionar? — Necro jogou o sanduíche de volta na embalagem. — Silas vai acreditar? — Ela estava se recuperando mais depressa que qualquer um havia imaginado, principalmente considerando que só tinha se passado um dia desde que ela estava desmaiada inconsciente no leito de morte.

Mesmo assim, o cachorro-quente foi ambicioso.

— Pode ser. — Link suspirou. — Talvez.

Ridley também não conseguia comer.

— É uma tentativa difícil. Se não quiserem fazer, eu entendo — falou, enfiando as mãos nos bolsos da jaqueta de couro, e estremeceu.

— O que isso significa? — Necro tocou a atadura no pescoço.

— Significa que não fui honesta com Link e que não fui honesta com você. E sinto muito por isso. — Ridley soou arrasada. — Por muitas coisas.

Necro olhou para ela. Floyd não.

Link permaneceu em silêncio.

Ao longe, dois motoristas de táxi se xingaram. Buzinas dispararam e carros passaram.

— Quer saber o que acho? — perguntou Necro.

Rid não tinha certeza.

— Você, Ridley Duchannes, é uma vaca e tanto. Uma verdadeira Yoko Ono. — Necro falou as palavras lentamente. Em seguida, olhou para Floyd, que deu de ombros.

Ridley enrijeceu.

— E?

— E eu acho que John Ono Lennon foi um dos maiores músicos da história do universo. — Necro sorriu.

Ridley foi pega de surpresa.

— O que isso quer dizer?

— Toda banda precisa de uma Yoko. E Silas Ravenwood que se ferre. Ninguém mexe com minha banda. Certo, Floyd?

Floyd amassou o embrulho do cachorro-quente.

— Ela tem razão.

Necro levantou o punho.

— Toque aqui, amiga. Silas Ravenwood vai desabar.

Floyd levantou o dela.

Em seguida, Link:

— Não deixem um cara no vácuo.

Ridley não deixou.

— Agora — disse Necro, esfregando o moicano azul. — Acha que consegue fazer alguma coisa com esse cabelo? Estou achando que a noite de hoje pede um Brooklyn Blowout.

— Não dá tempo. Precisamos encontrar Nox no apartamento. — Ridley deslizou da pedra, o kilt curto agarrando no processo.

— Diga que ele vai levar pizza — falou Necro, deslizando depois dela. — Qualquer coisa, menos cachorro-quente.

— Melhor ainda — falou Ridley enquanto Link e Floyd desciam da pedra. — Ele vai levar as plantas da Sirene.

⊰ CAPÍTULO 34 ⊱

Symphony of Destruction*

— Este lugar é um inferno — murmurou Ridley de seu assento no chão frio e úmido do porão.

— Você acha? — Link se sentou ao lado dela, olhando para o teto, onde alguma espécie de cano vazava através das tábuas e placas de gesso.

Não apenas um inferno. Uma prisão, pensou ela. Quase dava para ouvir os ratos correndo por trás dos barris.

Como vim parar no porão sujo de uma boate no Brooklyn? Temendo pelo meu futuro? Me escondendo de Silas Ravenwood?

Esperaram em silêncio. Não havia muito que falar em um momento como aquele.

Vinte e quatro horas de planejamento não facilitaram a noite. A banda foi para a boate em um silêncio tenso. O porão mofado abaixo da Sirene continuava úmido, frio e deserto. Nox ia de um lado para o outro como se fosse noite de inauguração.

Não era.

Não havia Conjuradores se escondendo. Nem Sirenas brilhantes vendendo Néctar dos Deuses. Nem atendentes do bar, nem banda.

Não naquele andar da boate, que fora isolado do resto do mundo, exatamente como Nox prometera a Silas.

O armazém fazia o Subterrâneo parecer o Lugar Mais Feliz da Terra.

Ridley podia sentir a batida do baixo pulsando pelas paredes. O DJ da casa estava cobrindo para Nox. Cada ruído a fazia pular.

---

* Sinfonia da destruição.

— A música começou — comentou Link, escutando.

— É. — *Não vai demorar*, pensou ela.

— Deveríamos estar lá. — Link soou nostálgico.

— Hoje não, não deveríamos.

— Acho que não.

Rid sorriu para ele.

— Você teve uma boa jornada, Shrinky Dink.

— É. Sirensong. — Ele falou o nome como se o estivesse arquivando em seu cemitério de bandas fracassadas.

Quem Atirou em Lincoln. Os Holy Rollers. Meatstik. Sirensong.

Rid cutucou uma unha rosa brilhante.

— Não foi tudo só por causa de Nox, sabe. Nem tudo.

Link não mordeu a isca.

— Claro. Também foi a lira Sirena da mãe dele.

— Link.

— Acho que não há como descobrir agora. — Link suspirou e olhou para ela. — Não tem importância, Rid. Precisamos sair daqui e ficar seguros. — *Tirar você daqui e deixar você em segurança.* Era isso que ele estava pensando. Ridley conhecia Link bem o suficiente para saber disso, não importa o quão bravo estivesse com ela.

Ela sempre foi sua prioridade. Cuidar dela. Fazer a coisa certa para ela. Gostar dela. Ridley não entendia por que tinha demorado tanto a acreditar.

Acho que não há como descobrir agora.

Ela resistiu ao impulso de esticar o braço na direção dele, nem que fosse só para colocar a mão nele. Era estranho ter de se lembrar que não podia tocá-lo.

Eu fiz isso.

Fiz isso comigo.

— Ai. — Uma exclamação de Link interrompeu o silêncio, e ele sacudiu a mão como se quisesse arrancá-la. — Seu anel está queimando?

Ela ergueu o dela, fazendo uma careta. A luz vermelha brilhante projetou sombras na parede ao redor deles.

— Loucamente.

Fez-se silêncio por um instante.

Ridley deu uma olhada de esguelha para Link.

— Eu também teria, você sabe.

Ele ergueu uma sobrancelha.

— Teria o quê?

— Ficado em seu lugar. Com Abraham, quero dizer. Antes, o que você disse. Que iria em meu lugar.

Link encarou a parede intensamente.

— É?

Ridley deu de ombros.

— Só queria que você soubesse.

Ele se virou para ela.

— Rid...

Mas a batida na porta os assustou, e Ridley se levantou, com Link logo atrás.

— Nox?

— Sou eu. — A voz familiar respondeu do outro lado da porta.

Link a destrancou.

— Demorou.

— Desculpe — respondeu o outro. — Tive de organizar algumas coisas. Alguns milhares de coisas. Floyd e Necro estão prontas. Uma em cada lado do palco, esperando meu sinal.

Ridley olhou para Nox.

— Necro. Ela...

— Está bem. Mais forte do que você imagina. Pode acreditar. — De certa maneira, Nox a conhecia melhor que todo mundo, Ridley percebeu.

Link pareceu aliviado.

Nox assimilou o recinto.

— Como estão aqui embaixo? Bem luxuoso, não?

— Não podíamos esperar no escritório? — perguntou Ridley.

— Eu disse que estava prendendo vocês aqui — retrucou Nox. — Esse era o plano. Tem de parecer legítimo. Silas tem olhos na boate. Confiança não é exatamente seu traço marcante.

— E depois? — perguntou Ridley, tremendo. Ela conhecia o plano, mas isso não a fazia se sentir melhor em relação a ele.

Nox pegou uma pequena caixa de fósforos vermelha no bolso e a segurou no ar entre os dedos. Ridley a reconheceu imediatamente. A palavra SIRENE estava impressa na tampa.

Nox a segurou Rid pela mão com a que estava livre, e Rid quase sentiu Link observando.

— Tem certeza de que quer levar isso adiante, Sireninha?

— Se você tem certeza de que é o único jeito — respondeu ela.

Ele assentiu.

— É o único jeito em que consigo pensar.

Os olhos de Link estavam fixos nos fósforos.

— Isso é o que estou pensando? Ou está planejando começar a fumar?

— Está na hora — falou Nox.

— Só um pequeno incêndio, certo? Uma distração? — Rid começou a se sentir nervosa.

— Não tão pequeno — falou Nox. — Talvez um pouco maior do que dei a entender.

— Nox. — Ridley puxou a mão de volta.

— Tudo bem, nada pequeno. — Nox deu de ombros. — Não se preocupe. Mostrei tudo a Necro e Floyd. A Ilusionista dá conta. Vão tirar todo mundo da boate antes de sequer saberem o que está se passando. E, com sorte, antes de explodir.

— Espere aí, cara. — De repente, Link estava prestando atenção. — Você vai colocar fogo na própria boate?

— A única maneira de Silas Ravenwood deixá-los em paz vai ser acreditar que estão mortos, e preciso ser convincente. Uma coisa que ele possa ver, ou que, pelo menos, seus homens possam ver, com os próprios olhos. Vão ver a Sirene quando ela queimar. — Nox balançou os fósforos. — Entendeu?

— Espere. Sério. — Ridley colocou a mão no braço dele. — Você atearia fogo na Sirene por mim?

— Por que não? — Nox deu de ombros, olhando para ela. — Construí para você.

Por um segundo, ninguém disse nada.

Então Link olhou com uma expressão séria para Nox.

— Que tal guardar essas bobagens para si, bonitinho? Do contrário, o Sobrenatural errado pode acabar queimado.

Nox o ignorou.

Ridley desviou o olhar.

— Não.

— Ridley. Por favor. Deixe-me fazer a coisa certa, pelo menos uma vez na vida.

— Já disse que não. — Ela balançou a cabeça. — Cancele tudo. Tem de haver solução melhor.

Link olhou para ela.

— O cara tem razão. Por mais que eu não goste, não temos muita opção agora, Rid.

— Exatamente! — Nox suspirou. — Eles vêm atrás de vocês. A boate pega fogo. Nós carregamos os corpos.

— Nossos corpos. — Ridley ainda estava com dificuldades em assimilar aquilo.

Ele assentiu.

— Eventualmente, Abraham vai descobrir, quando não aparecermos do outro lado. Mas, até lá, já terão vantagem em relação a ele. Só terão de ser discretos.

— Discreto tipo programa de proteção a testemunhas. — Link assentiu. — Vamos dar um jeito.

Nox diminuiu a voz.

— Vocês viram a planta. Não podem sair pela porta da frente, ou os homens de Silas vão vê-los. Só há um jeito de sair daqui — explicou Nox, e apontou para o corredor. — A porta de serviço fica no final daquele corredor. Saiam por ali.

— Silas não terá homens naquela porta também? — perguntou Rid.

— Sim — respondeu Nox —, mas não estarão muito perto se o incêndio começar por ali.

— Você não está dizendo... — Ridley não conseguia concluir.

— O fogo começa aqui. — Nox assentiu. — Vocês vão ter de atravessá-lo. É o único jeito.

— Alô. — Link acenou. — Incubus híbrido no recinto. Não vamos sair pela porta. Posso Viajar com ela. Melhorei muito ultimamente.

— Não podem — contestou Nox. — Silas não é burro. Ele já cuidou disso. A boate é Bloqueada; além dos meus próprios bloqueios, ele fez o dele. Não conseguem sentir? Ninguém pode Viajar para dentro nem para fora. Nem carta de Viagem poderia funcionar agora. Precisarão usar as portas, como Mortais.

Ridley entrou em pânico.

— Mas você disse que eu morreria em um incêndio. — Ela o encarou, com o coração acelerado. — Foi esse o alerta que me deu. Hoje à noite.

Nox assentiu.

— Você morre em um incêndio. Essa é uma possibilidade. Mas não nesse. Eu nunca vi nada assim. Nunca vi um futuro em que o fogo era iniciado por nós.

— Como você sabe? — Ridley se sentiu desesperada.

— Vi escadas de madeira. Vi um incêndio. Vi o céu. Não vi um porão embaixo da boate.

Ela balançou a cabeça.

— E se for a mesma coisa?

— Não é. Não se estivermos no controle de tudo.

— Tem certeza? — Dava para ver pela expressão dele que não.

— Noventa e nove por cento. Esse não é um dos futuros que vi para você. Esse não era um de seus caminhos.

Ridley fez silêncio por um instante.

Que outra escolha tenho?

— Prefiro morrer em um incêndio a acabar como parte do harém de Silas Ravenwood — decidiu ela, afinal.

Link pegou a mão de Rid.

— Sim, bem, não vai acontecer nem uma coisa, nem outra. Não no meu turno.

— Nosso turno — disse Nox.

— Um minuto. — Link franziu o rosto. — Se eu não posso Viajar, como vamos sair deste lugar? Sou bem forte, mas não sou à prova de balas.

— Eu sou — retrucou Sampson de onde estava, do lado de fora da porta. Ridley não fazia ideia de há quanto tempo ele estava ali observando.

Link ergueu uma sobrancelha.

— Sério?

O Nascido das Trevas encarou Link severamente.

— Claro que não, seu idiota. Mas posso controlar. — Sampson abaixou a cabeça por baixo da moldura da porta e entrou. — Já ouviu falar no efeito borboleta? Dizem que se uma borboleta bater as asas na China, isso pode causar um furacão do outro lado do mundo.

— Eu meio que repeti biologia no curso de verão, então talvez seja melhor você explicar direitinho.

Sampson continuou.

— Quando sua prima atrapalhou a Ordem das Coisas, foi isso que ela fez. Mudou a natureza do mundo sobrenatural até a fonte.

— O Fogo das Trevas — falou Ridley em voz alta.

Os olhos cinzentos de Sampson encontraram os dela, e ele sorriu.

— Por que você acha que eles nos chamam de Nascidos das Trevas?

— É verdade. A espécie de Sampson obtém força do Fogo das Trevas — explicou Nox. — Então, fogo Mortal? Nada de mais para eles.

— É? E a inalação de fumaça Mortal? — Link desconfiou.

— Existe fogo, e existe fogo. Digamos que ele obedece a minha vontade — disse o Nascido das Trevas, olhando para Ridley. — Do jeito que os homens obedecem a sua.

— Pensei que você não se importasse com o que acontecia a Mortais? — Ridley olhou desconfiada para Sampson. — Pensei que não se envolvia em assuntos Conjuradores?

Ele deu de ombros.

— Para toda regra há uma exceção. Detestaria acabar com a banda.

Link encarou o guitarrista da Sirensong com a boca aberta.

— Você é o Magneto dos Sobrenaturais. Caramba. — Magneto era o personagem de quadrinhos que Link mais adorava. Era o maior elogio que podia fazer a Sampson.

— Eu preferiria Metallica — disse Sampson. — Mas aceito.

Link assobiou para ele mesmo assim.

— Pode apostar suas bolas de Fogo das Trevas que é um elogio.

— Então é isso. — Nox levantou a caixa de fósforos. — Hora de assumirmos o controle do futuro. Nós acendemos o fogo. Ativamos a Roda do Destino.

Link sorriu.

— Estou começando a entender o que estão dizendo. A Roda não pode passar por cima de nós se a empurrarmos.

Nox entregou os fósforos a Link.

— Você não é tão burro quanto parece. Para um Incubus perturbado com limitações Mortais.

— Me dizem isso sempre.

Nox virou-se para Ridley.

— Está pronta?

Ela jogou a cabeça para o lado.

— Nasci pronta. — Era a segunda vez que tentava blefar com ele. Torceu para que dessa vez ele acreditasse.

—⌒ᘐ

Link estava com a caixa de fósforos. Ridley e Sampson ao lado dele, sombrios. Podiam estar em um enterro — o que, de certa forma, era o caso.

— *Incendio* — disse Nox. Pegou uma ficha de pôquer do bolso interno do paletó. — Hora de começar a festa.

Ridley ficou encarando a ficha como se fosse amaldiçoada. Estava hipnotizada.

— O que é isso? — perguntou Link.

— Algo que ganhei em uma partida de Pechinchas de Mentirosos. Uma aposta. Ganhei um Feitiço muito poderoso de uma Cataclista muito poderosa. — Nox olhou para Ridley. — Não, você sabe, poder nível Duchannes. — Ele sorriu. — Mas tão gostosinha quanto.

Ridley olhou para ele.

— Acho que nunca se sabe quem você vai encontrar em uma mesa.

Ele sorriu para ela, girando a ficha na mão.

— Acendemos, e o Feitiço *Incendio* sobe como fumaça. Literalmente. O Feitiço e a boate.

— Sério? — Link coçou a cabeça. — Simples assim?

— Não faço ideia. Nunca tentei antes.

Nox levantou a ficha.

Olhou em volta do porão; em seguida, para o teto acima, onde estava a pista de dança principal. Rid quase não suportava olhar.

— Boa noite, Sirene.

Nox beijou a ficha e a entregou a Sampson.

— Agora. Antes que eu mude de ideia.

Sampson girou a ficha na mão e lentamente a estendeu, com a palma para cima.

— Pode me acender, Link.

Rid deu um passo para trás.

— Cuidado.

Link virou a cabeça enquanto estendia o fósforo, pronto para atacar.

— Sempre, meu amor. — Ele olhou para Sampson. — Foi ótimo, cara. Nos vemos do outro lado.

Link acendeu o fósforo, que ganhou vida. Pareceu passar uma eternidade enquanto ele esperava a chama crescer.

Nox desviou o olhar. A mandíbula de Sampson estava rija. Link deu uma última olhada para Ridley. Segurou o fósforo sobre a ficha e o derrubou na mão de Sampson.

Então tudo ficou branco.

A explosão fortíssima de chama e calor jogou todo mundo para trás. Link bateu na parede atrás dele com força. Ridley caiu perto dele. Nox estava ajoelhado.

Só sobrou Sampson de pé. Ele estendeu o braço com uma bola de fogo intensa na mão, brilhando como um sol. Jogou-a por um corredor em direção às portas de saída.

Exatamente como Nox queria.

Em poucos segundos, as chamas chegaram ao teto de vigas de madeira e às paredes com painéis também de madeira.

A Sirene estava virando fumaça e levando consigo os sonhos de Nox.

— Hora de irmos — falou Sampson, cheio de fumaça e coberto de fuligem, mas fora isso, intacto.

Link se levantou, puxando Rid.

— Lembre de me mandar comprar uma camisa nova para você quando sairmos daqui.

— Não onde você compra. — Sampson sequer sorriu. Encarou o restante deles. — Precisam ficar bem atrás de mim, a não ser que queiram uma queimadura séria.

— Desviar e proteger — disse Link. — Entendi.

Sampson olhou nos olhos dele.

— Não estou falando de seu tipo de queimadura de terceiro grau.

— Supus que não.

O fogo cresceu diante dos olhos deles, inchando e rugindo a cada segundo. Madeiras estalavam e rachavam como se todo o lugar estivesse, de algum jeito, ganhando vida, nem que fosse apenas para morrer de novo. Fumaça já estava preenchendo o corredor do porão, e fogo rolou pelo céu em ondas. Sampson foi para as chamas, e, apesar de Nox ter dito o que esperar, era difícil acreditar. As ondas ardentes se afastavam de Sampson, se espalhando pelas paredes e ao redor dele como se o Nascido das Trevas estivesse fechado em uma bolha.

Em termos de fogo Mortal, estava mesmo.

Nox assistiu horrorizado enquanto a sala inteira acendia, cercando-os por todos os lados, tomando o espaço atrás deles cada vez que Sampson dava um passo à frente.

Link esticou a mão para a beira da bolha.

— Não faça isso — disse Sampson. — Só funciona para mim, híbrido.

Link abaixou a mão, afagando o ombro do Nascido das Trevas.

— Você realmente é o Magneto.

— Apenas fique perto.

Ridley estava atrás de Link, e Nox manteve a mão na lombar dela.

Vai dar certo. Tem que dar.

Apesar de as chamas se afastarem de Sampson, o calor era intenso, e as paredes, chão e teto começaram a ruir em volta deles, desintegrando-se em cinzas, chamas e pedaços carbonizados de madeira.

O chão estremeceu, e placas de madeira começaram a rachar sob seus pés enquanto andavam. Era um jogo de pulos de vida ou morte que praticavam enquanto Sampson os guiava cuidadosamente pelo corredor.

Então o êxodo começou.

Podiam ouvir, ao redor deles, os pés batendo e as pessoas gritando, mesmo através do rugido das chamas.

Um por um, os alarmes de incêndio começaram a soar pelo ar.

Os berros só aumentaram — e depois se aquietaram.

Floyd e Necro devem estar em ação, exatamente como disseram que seria.

Foi em tudo que Ridley conseguiu pensar.

Pelo menos, tudo pelo que conseguia torcer. Que tirariam todo o público lá de cima do recinto. Porque precisavam fazer isso.

Aquelas meninas são tão duronas quanto Sampson, talvez mais.

Até Necro, mesmo agora.

Enquanto os quatro Sobrenaturais se moviam pelo corredor, as chamas arqueavam sobre a barreira invisível que os protegia.

Fizeram um bom progresso até uma das vigas de suporte no teto começar a rachar.

Ridley sentiu antes de escutar. *Minha mão está queimando. Por que minha mão está queimando?* Olhou para baixo e viu o anel brilhando em vermelho.

Alguma coisa estava errada.

— Link... — começou ela.

Mas Nox viu primeiro.

— Rid! Cuidado...

Um pedaço de madeira em chamas caiu exatamente quando Ridley olhou para cima.

Ela gritou e deu um pulo para trás.

Não!

Nox tentou empurrá-la para a frente, mas já havia muita distância entre os dois e Sampson e Link.

O fogo se espalhou pelo chão entre eles, e a viga do teto caiu no chão, levando Ridley consigo. A viga agora separava Ridley e Nox de Sampson e Link, e as chamas estavam se fechando depressa.

Já vi isso, Nox pensou. *É assim que acaba.*

O pensamento foi seguido por outro, apenas uma fração de segundo depois.

Não. Não pode ser. Não vou deixar.

— Rid! — gritou Link do outro lado da parede de fumaça.

Nox levantou Ridley do chão. A expressão dela era uma mistura de confusão e pânico.

— Peguei você, Sireninha.

Ele tossiu enquanto a fumaça agredia seus pulmões. O fogo era tão intenso que mal conseguia enxergar. O mundo estava caindo em volta deles. Sem o Nascido das Trevas, não durariam muito.

Ele investigou a fumaça em busca de um sinal de Sampson, porém mal conseguia enxergar à frente. Se o Nascido das Trevas não estava voltando, havia motivo para tal. Sabia que ele não os deixaria para trás.

Nox tropeçou para longe da parte mais quente do corredor estreito, segurando Ridley contra o peito com um braço e passando a mão pela parede de pedra com o outro. Chamas se aproximaram, e a fumaça soprou cinzas e brasas no rosto deles.

Agora não. Assim não.

Ele recuou para uma entrada mais atrás, encontrando um abrigo temporário contra o calor e as chamas.

Mas estavam acabando as opções.

A porta atrás deles estava fechada, e estavam encurralados pelo fogo. Não havia sinal de Link e do Nascido das Trevas.

Ridley estava espantada e tossindo.

— Estamos presos, não estamos?

Nox olhou em volta, mas balançou a cabeça.

— Vou dar um jeito, Rid. Vamos conseguir, prometo.

Não vamos conseguir.

Nox se posicionou entre o fogo e Ridley em um esforço inútil para protegê-la do calor, mas agora ele estava tossindo tanto quanto ela. Suas costas queimavam enquanto a dor se tornava forte demais para ser suportada.

Seus olhos ardentes se fecharam.

— Nox, fique acordado. — Ele ouvia a voz de Ridley, mas parecia que estava distante.

Estou aqui, pensou ele, apesar de a boca não emitir qualquer som.

Porque não havia esperança — foi o pensamento seguinte. E o fato de que jamais sairiam dali.

Sinto muito, Ridley. Me desculpe pelo fato de as sombras me seguirem aonde quer que eu vá. E por terem me seguido até você.

— Pare com isso, Nox. Abra os olhos. Estou bem aqui.

A cabeça de Nox caiu no ombro dela.

— Lennox! — Sampson gritou através das chamas.

A nuvem de fumaça clareou, e Sampson atravessou, intocado. Pegou Ridley e Nox, um com cada braço, e, de repente, o calor se dissipou piedosamente.

— O híbrido maluco se descontrolou. Queria voltar aqui para buscá-la pessoalmente. Precisei dar tudo de mim para nocauteá-lo antes que os homens de Silas o vissem.

— Precisamos tirá-la daqui — disse Nox, lutando para manter a cabeça erguida

— Estou bem. Posso andar. — Ridley soou como ela mesma outra vez, e Nox estava se sentindo melhor. Ele não tirou os olhos dela, agora que estavam abertos. Sabia que podia ser sua última chance de tê-la tão perto.

Sampson foi na frente, e, quando chegaram à última escada, Link estava caído na lateral.

Nox e Ridley sentiram uma lufada de ar fresco na direção deles.

O mundo exterior está muito perto agora.

Nox puxou Ridley para perto, lutando para respirar.

— Graças a Deus! — exclamou.

Ridley não falou. Estava apenas tentando respirar. Mesmo assim, esticou o braço para pegar a mão dele.

Nox inclinou o rosto para ela enquanto recuperava o fôlego, permitindo que seus lábios tocassem sua bochecha uma última vez.

Então a soltou e a empurrou para Sampson.

— Você tem de ir, Sireninha.

— Você quer dizer *nós* temos de ir. — Ela continuava segurando a mão dele.

Sampson se virou, tentando dar a Nox um momento a sós com ela enquanto continuava mantendo o fogo afastado.

Não havia muito tempo.

— Isso não é parte do plano. Alguém precisa ficar por aqui e encarar Silas, ou ele não vai acreditar que vocês estão mortos — retrucou Nox.

— Não, eu já falei. Já *conversamos* sobre isso. Não vou deixá-lo aqui. Não com eles.

— Estarei logo atrás de você ou perto o bastante. Mas preciso fazer uma saída dramática por causa de Silas. Não dá para conseguir isso com você no meu braço. Tenho de sair pela entrada principal. Nos vemos no mundo lá fora, quando for seguro.

— Você está mentindo — retrucou ela.

Era verdade.

Nox olhou para as vigas enegrecidas no teto. *Quanto tempo até caírem?* Ele precisava fazê-la entender.

— Quando Silas descobrir que estão vivos, nunca vai parar de procurá-los. Posso ajudar, mas só se ficar. Vocês têm de sair de Nova York. Podem ir pra onde quiserem, desde que seja longe daqui.

Lâmpadas começaram a estalar, uma de cada vez.

Velhas garrafas de vinho começaram a explodir e incendiar.

Outra viga caiu no chão atrás deles.

A boate estava ruindo.

Ridley mordeu o lábio.

— E minha aposta? E minha dívida com você? Ou você se esqueceu?

Nox alcançou o bolso e retirou alguma coisa, pressionando-a na palma da Sirena.

— Leve. É sua.

Seus dedos se curvaram em torno do que parecia uma ficha inofensiva de pôquer.

— Nox — implorou ela.

— Eu não me esqueci. Eu me lembro de cada detalhe a seu respeito — disse Nox gentilmente. — E você não me deve nada. Nunca vai dever.

— Sabe que isso não é verdade.

— Arrumou meu baterista, lembra?

— Não estou falando da aposta, e você sabe disso.

Nox a envolveu nos braços, puxando-a para perto.

— O que me deve, Sireninha, o que sempre deveu, não era algo que pudesse ser conquistado em um jogo. Nem mesmo quando se joga por TFPs.

A voz de Ridley tremia.

— Era uma dívida com a casa. Era escolha sua, Nox. Poderia ter pedido o que quisesse. Qualquer coisa que eu tivesse para dar.

— Eu sei — respondeu Nox. *Sei mais do que ninguém. Pensei nisso mil vezes, todos os dias.* — Queria nunca ter ganhado. Queria que você jamais tivesse vindo aqui. Queria jamais ter lhe pedido o baterista. Foi errado, tudo. Sinto muito.

A verdade de suas palavras era inegável, assim como a emoção por trás delas.

Ridley se inclinou e jogou a ficha o mais forte que pôde, lançando-a no coração vermelho do fogo.

Uma lágrima correu por sua bochecha. Ela limpou com as costas da mão suja de fuligem.

— Eu o perdoo.

A lágrima de uma Sirena.

Ele só tinha visto uma Sirena chorar uma vez antes. Sua mãe, no dia em que Abraham Ravenwood a tirou dele. Ele jamais se esqueceu daquele momento.

E nunca vou me esquecer deste.

Nox não viu Sampson levá-la para fora pela porta dos fundos. A farsa era boa; Ridley estava mole como um farrapo e coberta de fuligem. Silas e seus homens jamais saberiam que ainda batia um coração no peito da Sireninha.

Uma visão perturbadora.

Talvez nunca mais a veja. Não quero me lembrar dela assim. Tocou os dedos, ainda molhados de lágrimas, contemplativo.

Quero me lembrar disso.

Nox voltou para as portas da boate, provavelmente pela última vez.

Quando ele finalmente saiu, não restava nada da Sirene. Observou os bombeiros molharem a estrutura e o resto do telhado, mesmo que apenas para impedir que o fogo se espalhasse para os prédios mais próximos.

Fogos Mortais. Bombeiros Mortais. Eram surpreendentemente bons no que faziam. Que pena que não se lembrariam de nada no dia seguinte.

Um carro utilitário preto parou na curva atrás dele.

A janela com vidro fumê desceu, e Silas Ravenwood olhou para ele por baixo do chapéu. Olhou para o que restava da boate.

— Espero que tenha seguro, rapaz.

Você só precisa de mais um blefe.

Por ela.

Nox pensou na mãe e na noite em que descobriu que seu pai estava morto. Pensou em cada coisa horrível que já acontecera em sua vida miserável. Em seguida, se lembrou de uma coisa que era ainda mais dolorosa — a maneira como se sentiu ao pensar em Ridley acorrentada, exatamente como sua mãe, em uma jaula.

E em como estava se sentindo agora.

Total e completamente vazio.

Nox levantou os olhos vermelhos para encontrar os olhos vazios de Silas.

— O que você quer, Silas? — E apontou para a boate. — Estou fora. Não tenho mais nada que você possa levar.

Silas acendeu um charuto e saltou do carro. Foi até Nox e espanou as cinzas no ombro da camisa queimada dele.

— Detesto ouvi-lo falar assim, menino. Sempre sobra alguma coisa para ser levada.

Medo correu pelas veias de Nox.

Não reaja.

O Incubus passou o braço em volta do pescoço dele, em seguida, apertou.

Nox lutou contra ele, esforçando-se para respirar.

— Achou que eu fosse cair nessa terrível encenação? Sei que deixou aquela vadia escapar. — Silas apertou mais, cortando o que tinha sobrado do ar de Nox. — Você é um idiota, Gates, exatamente como seu pai. Jogou a vida fora por uma Sirena que não vai viver o suficiente para se beneficiar de tanta devoção equivocada.

O motorista de Silas abriu a porta de trás, e Silas jogou Nox dentro do carro. Para um Incubus mais velho, ele tinha mão de ferro. *Se meter nos poderes dos outros ao longo de toda a vida faz isso com você*, pensou Nox enquanto a porta batia. *Eu deveria saber.*

Nox riu da ironia. Tinha mais em comum com Silas Ravenwood do que jamais imaginara.

O ar invadiu seus pulmões, e ele engasgou a cada respirada. Nox sabia que Silas Ravenwood iria matá-lo — e iria gostar de fazer isso. Mas seu futuro não importava mais.

Porque ele tinha visto o dela, na terceira e última versão. Na última vez em que olhou para os últimos dias de Ridley Duchannes.

Deixe que ela tenha o hoje. Deixe o amanhã para os anjos.

Sempre havia mais Trevas.

Lennox Gates sabia disso melhor que ninguém. Não importava se você empurrava a Roda ou se ela se dirigia para você, as Trevas sempre o encontravam no final.

Só torceu para que fosse o único a saber.

Nox fechou os olhos quando o carro começou a se mover.

Ele ia desmaiar.

Eu deveria ter dito o que sinto por ela na primeira vez que tive chance. É meu único arrependimento. Há tantos anos, quando éramos crianças.

Naquela praia em Barbados.

No primeiro dia em que encontrei a única pessoa do mundo que seria capaz de me entender. A menina que sabia como era poder fazer as coisas que eu sabia.

Eu devia ter contado a ela.

Nox desmaiou antes de conseguir lembrar por que não o fizera.

⇥ DEPOIS ⇤

*Fade to black**

A saída de Nova York pela estrada foi rápida, assim como a chegada. Só que, dessa vez, Lucille Ball se sentou no banco da frente, entre a Conjuradora e o parte Incubus, ronronando.

— O que há de errado com esta gata? É como se ela não fizesse ideia de que estamos em fuga! — Ridley estava irritada.

— Ela não sabe. É uma gata.

— Lucille Ball é tão fofoqueira quanto as Irmãs — falou Ridley. — Ela sabe de tudo. Estamos fugindo de um bando de Conjuradores Subterrâneos Vagabundos. O apartamento não é seguro. A cidade, pior ainda. Provavelmente o país inteiro está cheio de capangas de Silas Ravenwood. A gata não devia estar ronronando.

Ridley estava inquieta o bastante pelos dois. Ela não se importava se nunca mais voltasse a ver a cidade. Tudo que sabia era que tinham um ao outro e estavam vivos.

Mas por quanto tempo?

— Pare de olhar para trás — disse Link.

— Não tenho culpa de não querer morrer — retrucou ela. — E parece que eu... que nós estamos sendo observados.

— Você não vai morrer. Bem, quero dizer, vai. Todos nós vamos. Mas ainda não. — Link acelerou, de qualquer forma. — Se Nox fez a parte dele, Silas Ravenwood não faz ideia de onde estamos nem para onde vamos, e o restante da banda já deu no pé há muito tempo.

---

* Escurecer.

Ridley olhou pela janela. Não queria pensar em Nox, nem no que ele estava ou não fazendo. Ela não queria pensar daquilo que ele abriu mão ao ficar para trás.

— Não temos como nos esconder de Silas para sempre.

— Fale por si só. Sou ótimo em me esconder. Ano passado o diretor Harper não conseguiu me encontrar durante mais de meio semestre. É só um de meus muitos dons. — Link deu uma piscadela. Ridley sabia que era verdade. Além disso, Link escondia quase toda sua vida da mãe há muito mais tempo. Àquela altura, ela concluiu, ele era tão bom em invisibilidade quanto Savannah Snow com visibilidade.

— O diretor Harper não é Silas. — Ridley estava insegura. Mas Link estava começando a acalmá-la, amaciando as pontas mais tensas, como sempre fazia.

— Talvez. Mas Silas também não é o Incubus de Sangue mais poderoso de todos os tempos. Talvez possamos enrolá-lo. Talvez possamos ganhar tempo.

Até Abraham se envolver novamente, Ridley pensou. *Coisa que espero que nunca aconteça.*

— E agora? — Ela olhou para ele. Mais uma vez no Lata-Velha, onde tudo que tinha a ver com Link começava e acabava. Onde Lena conheceu Ethan, lembrou agora. O Lata-Velha viu de tudo. Era impressionante que aquilo ainda conseguisse se mover.

Link olhou de esguelha para ela.

— Como assim, e agora?

— Não podemos voltar para Nova York?

— Não, senhorita. A não ser que se satisfaça com uma vaga eterna no Vosso Jardim da Paz Perpétua — disse Link. — Aí poderíamos assombrar qualquer lugar que quiséssemos. Considerando que estaríamos mortos.

— Pare de brincar. Estou falando sério. Você nem imagina com o que está lidando aqui. Pode muito bem ser uma sentença de morte Conjuradora. Acabou para nós. E ninguém nunca mais vai contratar seus serviços. Esqueça a Sirensong. Pode esquecer a carreira musical. — *Por favor*, ela pensou desesperada. *Por favor, por favor, esqueça.*

Link batucou no volante.

— Ah, Asinha de Frango.

Ridley praticamente gritou:

— Não. Me. Chame. Assim.

Ele sorriu e a ignorou.

— Só acabamos em Nova York, querida. Não prestou atenção em mim todas aquelas vezes? Quando contei sobre todas as bandas que deram certo sem jamais pisar em Nova York?

Ela simplesmente o encarou.

— Você está louco. Sabia?

— Ei, posso não ter uma banda, mas tenho você, não tenho?

— Não tem sempre?

— Não me respondeu.

Link afastou o cabelo de Rid para trás até conseguir ver os brincos em S em suas orelhas.

— O que é isso?

— O brinco? Esqueci de tirar. — S de Sirena. S de Sirene. *De certo armário Conjurador*. Lembravam o jantar sob as estrelas, no terraço do Metropolitan.

Cinderela no baile dos condenados, ela pensou.

— São brilhantes verdadeiros? — Link olhou para ela. — Não responda — pediu, e balançou a cabeça. — Não posso competir com isso.

— Com o quê? — Ridley alisou o cabelo sobre as orelhas; agora se sentia culpada.

— Com o Sr. Nova York. Com todo o brilho e o dinheiro.

— O Sr. Nova York salvou nossas vidas — argumentou Rid.

— Claro, salvou dele mesmo. Do que ele estava planejando fazer com a gente inicialmente. Se quer ser exata.

— Não quero.

— Não sou ele. Nunca serei. — Link fixou os olhos na estrada. — Sou um menino sulista. Quando lhe der brincos, serão comprados no shopping. Já deveria saber disso.

Alguma coisa dentro de Ridley se quebrou. Estava dominada por sentimentos, mais que nunca. Mais do que sabia processar.

Pelo que tenho e pelo que perdi. Quem eu tenho e quem perdi.

Mas Ridley e Link sobreviveram. Estavam juntos. Tinham o presente e tinham um ao outro. Aquilo era o mais importante.

Só queria saber como dizer a ele.

Ridley olhou para Link.

— Não quero ninguém além de Wesley Lincoln, de Gatlin, Carolina do Sul.

— Isso é doce como açúcar, meu Doce. Queria acreditar em você, mas isso não diminui a doçura.

— Link.

— Vamos lá. Nós dois sabemos que Lennox Gates é dono de caras como eu.

Rid tocou o ombro dele.

— Não ligo para isso. Só quero que me beije, seu idiota.

Ela percebeu que era verdade assim que falou.

Link mordeu o lábio, pensando.

— De jeito nenhum. Se você vai ficar comigo, não será porque nos agarramos em um beco uma vez e depois você teve pena de mim.

— Não estamos em um beco. Agora me beije.

— Eu disse não. Se vamos estar juntos nessa, vai ser porque nós dois queremos. Porque nos respeitamos e precisamos um do outro. E amamos...

— Me beije — falou.

Lentamente, ele foi para o acostamento.

Link foi até o lado do passageiro do Lata-Velha e abriu a porta. Ele estava ajoelhado, basicamente porque esse era o único jeito com que conseguia inclinar seu corpo enorme o suficiente para deixar a cabeça da altura dela.

Ridley olhou para ele de onde estava.

— Posso ajudar, Wesley Lincoln?

— Ridley Duchannes. Existe alguma partezinha de você que ame alguma partezinha burra de mim?

Ela olhou para ele, piscando para conter as lágrimas. Podia ter evitado tudo isso se simplesmente tivesse jogado os braços em volta dele na primeira vez em que ele falou que a amava, beijado seu rosto doce e confessado que ela também sempre o amou.

Não teriam brigado. Ela não teria fugido do país e, no fim das contas, de todo o mundo Mortal. Ela não teria tentado se perder em um jogo de cartas.

Sofrimento era o nome perfeito para um clube onde ela quase perdera tudo. E descrevia o que estava acontecendo com os dois desde o instante em que ela pôs os pés naquele lugar. Mas, se Ridley fosse honesta consigo mesma, saberia que já estava sofrendo havia três meses quando chegou lá.

Por quê?

Porque não conseguia dizer a um menino tolo que o amava com cada músculo de seu coração estupidamente partido, que o amava mais profunda e passionalmente do que jamais amou ninguém no mundo.

Ridley não podia voltar àquela tarde no Dar-ee Keen. Doía demais. Não podia voltar a nenhum dos caminhos errados que havia seguido.

Em vez disso, fechou os olhos e começou a chorar, chorar de verdade.

Ela amoleceu nos braços de Link, enterrando o rosto em seu ombro, pressionando o nariz que escorria contra os cabelos espetados dele, como se ele estivesse esperando para ela fazer isso desde a primeira vez em que falou.

Wesley Lincoln finalmente teve sua resposta, mesmo que tenha sido coriza molhada em seu pescoço. Mesmo que Ridley Duchannes tivesse ficado sem fala e tudo que conseguisse fazer fora um sim com a cabeça.

Mesmo que tivesse demorado tanto tempo, mais tempo que infinitas Semanas do Tubarão, mais que férias de verão preenchidas por jogos de videogame radicais, e mais ainda que a maratona de Batalha de Bandas Ruins de Summerville.

Link aceitou. Podia esperar pelo resto, mesmo que levasse a vida inteira.

Naquele momento, o impasse mais longo registrado na história — pelo menos na história entre esta Conjuradora em particular e este parte Incubus em particular — chegou a um final curto e feliz.

Juntos estavam prontos para conquistar o mundo.

Ou se esconder dele por tempo indeterminado.

Ainda estavam pensando em um plano.

— Próxima pergunta, amor.

— Você está cheio de perguntas hoje, Shrinky Dink. — Ridley apoiou os dedos do pé com unhas cor-de-rosa no colo de Link enquanto ele dirigia, e o Incubus os segurou com a mão.

Ela mexeu os dedos e sorriu.

— Só mais uma pergunta, e prometo que vai ser mais fácil que a última.

— Tudo bem, então — falou.

— Acha que devemos voltar para Gatlin?

Ele estava errado. Essa também não era fácil.

Essa os fez conversar por 160 quilômetros.

Por mais que Ridley quisesse que a resposta fosse sim — mais do que um dia pensou que pudesse querer voltar a Gatlin, a tudo que aquele lugar representava —, sabia de coração que não podia colocar em risco todas as pessoas de quem gostava. Sequer arriscaria contar para eles aonde iriam.

Não quando Silas Ravenwood estava envolvido. *Ou pior, Abraham.*

— Então pra onde vamos? Se não podemos ficar em Nova York nem voltar para casa? — Ridley ainda não tinha resolvido isso.

— Você chamou Gatlin de *casa*?

— Não fuja da pergunta — falou Ridley, evitando a pergunta.

Link sorriu, batucando no volante.

— Pra onde vamos? Você e eu? Isso é música e magia, amor. Sei exatamente o lugar. Só existe um.

— É?

— Claro. Era para ser o capítulo dez em minha autobiografia. Você sabe, *Ícone da Carolina*. Já contei essa?

Rid teve de pensar.

— Viva Link Vegas?

— Não, lá é só magia falsa. Além do mais, esse é o capítulo 12, o que inclui os tigres brancos. Quando minhas cordas vocais estiverem destruídas e eu estiver gordo de tanto comer manteiga de amendoim frita. — Ele deu uma piscadela para ela.

Ridley sorriu. Ela não sabia se já não estavam destruídas agora.

— Onde, gostosão? Não morra em um banheiro antes de me contar.

— Ah, vamos. Não é o pior jeito de partir.

Ridley não sabia quanto a isso, mas pelo menos não era um incêndio nem eram correntes. Ficou imaginando qual teria sido a terceira visão de Nox, a última que ele teve.

A que não contou para ela.

Rid olhou para Link.

— Desembucha. Para onde vamos?

Link ia contar para ela, mas *Stairway to Heaven* começou a tocar, e eles tiveram de parar de falar.

Única regra do Lata-Velha.

Ridley precisaria esperar três minutos para descobrir.

Enrolou uma mecha de cabelo no dedo e pensou em aonde estava indo e o que deixava para trás.

Link estava cantando, o rádio tocando e o vento soprando. A janela de Rid estava aberta, e a mão para fora sentia o calor do sol. De um lado da via expressa, viam-se vacas, e do outro, cavalos. Para onde quer que olhasse, montes de palha se encontravam enrolados com cordas como presentes de aniversário.

Ridley estava se sentindo muito bem para alguém com um coração esmurrado e um preço por sua cabeça. Seu anel bateu na lateral do carro, mas ela não conseguia enxergar se estava brilhando, e, naquele momento, não se importava.

Razão pela qual também não viu o caminhão na direção deles.

Docinho...

Dizem que o tanque de gasolina explodiu e voou mais de dois andares.

Gostosão, não me deixe...

A traseira do Lata-Velha? Destruída como um acordeão derrubado.

Escadas. Chamas. O céu.

Stairway to Heaven continuou tocando até o rádio pegar fogo.

Agradecimentos

Tantas pessoas colaboraram para trazer a nossos leitores as aventuras subsequentes de Link e Ridley e do mundo Conjurador dos primeiros livros. Os últimos seis meses foram verdadeiramente milagrosos.

Nossas agentes, Sarah Burnes (e todo mundo da Gernett Company, em nome de Margie) e Jodi Reamer (e todos na Writers House, em nome de Kami), colaboraram, como sempre, com graciosidade e sendo incríveis.

Nossas editoras, Kate Sullivan (para Margie) e Erin Stein (para Kami), assim como nossa antiga editora, Julie Scheina, foram não apenas brilhantes, mas passionais com o #TeamLinkERidley desde o começo.

Os departamentos de publicação, vendas, editorial, marketing, publicidade, serviços de escolas e bibliotecas, direção de arte e grupos de edição de texto na Little, Brown Books for Young Readers continuaram trabalhando exaustivamente em nome dos Conjuradores de todos os lugares.

Professores, bibliotecários, vendedores de livros, blogueiros, jornalistas, no Tumblr, no Twitter, seguidores do Facebook, primos, tias, tios, amigos, amigos escritores, entusiastas de romances para Jovens Adultos, e, acima de tudo, todos os QUERIDOS LEITORES (OBSERVAÇÃO: VOCÊ) que fizeram o mundo Conjurador se tornar o MAIOR FANDOM DE TODA A HISTÓRIA DA HUMANIDADE.

Um agradecimento gigante, do tamanho de Wesley Lincoln, a todos vocês.

Mas, principalmente, agradecemos a nossas famílias. Vocês, queridos, são os maiores amores de nossas vidas. E nos Encantam diariamente.

Lewis, Emma, May & Kate, e Alex, Nick & Stella, guardaremos para vocês os maiores pirulitos de cereja de todos.

Beijos e abraços,
Margie & Kami

Este livro foi composto na tipologia Minion Pro,
em corpo 11,5/15,5, e impresso em papel off-white,
no Sistema Cameron da Divisão Gráfica
da Distribuidora Record.